心有明月，
万物有光

|崔立百篇小小说自选集|

崔立 著

上海大学出版社

图书在版编目(CIP)数据

心有明月，万物有光：崔立百篇小小说自选集/崔立著. —上海：上海大学出版社，2024.1
ISBN 978-7-5671-4884-0

Ⅰ.①心… Ⅱ.①崔… Ⅲ.①小小说—小说集—中国—当代 Ⅳ.①I247.82

中国国家版本馆CIP数据核字（2023）第250038号

责任编辑　陈　强
助理编辑　夏　安
封面设计　倪天辰
技术编辑　金　鑫　钱宇坤

心有明月，万物有光
崔立百篇小小说自选集
崔　立　著
上海大学出版社出版发行
（上海市上大路99号　邮政编码200444）
（https://www.shupress.cn　发行热线021-66135112）
出版人　戴骏豪

*

南京展望文化发展有限公司排版
上海华业装潢印刷厂有限公司印刷　各地新华书店经销
开本890 mm×1240 mm　1/32　印张12.75　字数251千
2024年1月第1版　2024年1月第1次印刷
ISBN 978-7-5671-4884-0/I・697　定价　55.00元

版权所有　侵权必究
如发现本书有印装质量问题请与印刷厂质量科联系
联系电话：021-56475919

自序：从前

从前，我还作为一名初中生，第一次在语文试卷上接触到阅读分析题，其中不乏有许多精彩的微型小说，到现在我印象很深的还有比如李本深的《丰碑》，谈歌的《桥》，语文老师教我们，要反复研读文章，一遍不够两遍，两遍不够三遍四遍……要细细揣摩作者写作的真实意图，答案都在文章之中，勤能补拙。于是我低下头，一遍遍去研读，认真作解答。

越难越要去克服，这也成为我后来写作微型小说的一个主要原因。

像攀登一座高峰般的，一开始总是最难的。从1997年开始学习写作微型小说，大概是在2004年，我的第一篇微型小说得以在当时上海古籍出版社出版的《微型世界》发表，还有幸上了杂志的封面标题推介。

这就像是打开了一把锁，从此越发的无法阻挡。

自2007年赴河南新乡参加全国首届小小说青春笔会后，我几乎每年都要出去几次，赴河南郑州参加小小说界最权威的金麻雀小小说节、赴江西南昌参加全国微型小说学会笔会、赴北京参加全国小小说研讨会、赴四川资阳参加全国小小说大赛颁奖大会、赴浙江宁波参加杜湖文学奖颁奖大会、连续多年赴湖南常德参加善德武陵杯世界华文小小说高峰论坛、连续多年赴江苏泗阳参加全国小小说大赛颁奖大会，还参加了在上海举办的中国微型小说学会换届大会等，相识的业界知名微型小说作家、编辑们数不胜数。

这些年，我在《小说选刊》《山花》《飞天》《北京文学》《福建文学》《广西文学》《四川文学》《山东文学》《山西文学》《长江文艺》《安徽文学》《湖南文学》《北方文学》《时代文学》《当代人》《创作与评论》《青海湖》《草原》《绿洲》《火花》等省级以上刊物，《人民日报海外版》《中国纪检监察报》《中国建设报》《解放日报》《新民晚报》《南方日报》《羊城晚报》《辽宁日报》《宁夏日报》《西藏日报》《山西晚报》《内蒙古日报》《海南日报》《齐鲁晚报》等省级以上报纸等发表了以微型小说为主的作品1 400多篇，并有300多篇被微型小说界两家权威选刊《微型小说选刊》《小小说选刊》转载，入选权威选本、获奖多达数百篇次。

同时令我欣喜，或者说意外的是，我写作的微型小说也被作为全国各个省市初、高中语文阅读分析，而且不止一篇，而是好几十篇。从前我是做微型小说分析题的学生，现在摇身一变成为写作者。

像收入本书的《哥哥的妹妹》在发表后不久，即被多家中学类杂志转载，还被作为包括初中毕业生学业（升学）统一考试语文试卷、2015年浙江省宁波市中考真题语文、北京市西城区职教中心对口升学语文冲刺经典试题、贵州省遵义市2021年中考语文试题、2021年暑假八年级阅读强化训练等全国数十个省市地作为阅读分析的文章，小小的一篇作品，竟能有至少百万人阅读，这在我看来也是出乎意料的。

还有如《母亲开的店》《同学京禾》《有人会看见》等篇什，也被选入各种阅读分析类试卷。本书收录的100篇微型小说都被全国各地报刊发表或转载，又或获奖过，像《崇明菜的味道》《春天的列车》《塔里木之歌》《老吴的最后一班岗》《喜欢喝茶》《楼上的女人》《租界》《一碗面》等一批作品，都是赢得大量业界人士褒奖，并值得一读的作品，或乡情、或爱情、或亲情，又或是职业使命、或是校园生活、或是城市过往，以小见大，以一叶窥全貌，100个不同故事的融合，汇成了这本带有温度的作品集。

从前，我并不是一个语文成绩比较好的学生，包括我的作文写作，也不是很出挑。只能说，我算是语文老师说的勤能补拙类的学生吧。

从前，一个初中农村男孩，坐在课桌前仰望着窗外的蓝天白云，从来没有奢望什么，从来也没有想过自己能写作微型小说，并且还能出版七本微型小说个人作品集。

而这本相较过去七本更厚实更有时代印记的微型小说集，是我的第八本书。同时，这本书的出版也是个意外。感谢为这本书付出努力的编辑老师们。

是为序。

崔立

2023 年 12 月 13 日

目录

第一辑

崇明菜的味道 / 003

大上海的肖雪 / 006

犟老耿分垃圾 / 010

让我多看一眼新娘 / 013

徐婷的亲戚们 / 017

言几又的猫 / 021

有梦想 / 024

秋天的风 / 028

铜镜是宝物 / 031

好人老齐 / 035

矫情 / 039

污泥 / 043

朝圣路上 / 047

冥思一想 / 051

谢谢—— / 055

轩尼诗道 / 058

一个电话 / 062

遭遇一场车祸 / 065

窄 / 070

最好的出路 / 073

第二辑

天空好大 / 079

春天的列车 / 083

我爱上海这座城市 / 086

堂弟的跬步 / 090

表弟李凯 / 094

塔里木之歌 / 098

我要一位努力的同事 / 102

小章姑娘 / 107

苦到底,就不苦了 / 111

虹是我的名字 / 115

晓雨,晓雨 / 119

一块好钢 / 123

一起吃肉才香 / 127

一股暖流 / 130

王凡的平凡之路 / 134

老吴的最后一班岗 / 137

"付干部"扶贫记 / 141

看一棵树 / 144

请为我投一票 / 148

有人会看见 / 152

第三辑

同学京禾 / 159

跟踪女儿 / 164

爱的禁区 / 167

拯救一个孩子 / 171

有爱的城市 / 175

我的话说给你听 / 179

喜欢喝茶 / 183

羽毛球像什么 / 187

李老师 / 191

一场突如其来的雨 / 194

春天和秋天 / 198

去澳门 / 202

生活总是越来越美好 / 205

糖 / 208

和小天使的约定 / 211

哥哥的妹妹 / 214

2015年某月某日 / 218

下一站，徐家汇 / 222

一群燕子向南飞 / 225

启程 / 229

第四辑

春天了，我们一起谈场恋爱吧 / 235

春天的花开 / 239

楼上的男人 / 243

会唱歌的李炜 / 246

十年之前 / 250

美酒和美人 / 254

迷失 / 258

520 / 262

舒菲 / 266

其实醒着也是梦着 / 270

租界 / 274

青梅 / 278

庐山行 / 282

哥的爱情 / 287

吃午饭 / 292

你像一阵风 / 296

我身上的香水味 / 300

想吃天鹅肉的癞蛤蟆 / 303

相见或是怀念 / 308

流年 / 312

第五辑

一碗面 / 319

你的忧伤我想懂 / 323

我吃到的最好美食 / 327

春暖花开，去找儿子 / 331

找一些朋友，陪父亲喝酒 / 335

父亲来开家长会 / 339

父亲是我的孩子 / 343

好茶来一杯 / 347

父亲的种子 / 351

我是蚕 / 354

破茧 / 358

母亲中大奖后 / 362

母亲开的店 / 366

装在嘴巴里的新牙 / 369

外婆来 / 373

回家看看 / 377

万物生长 / 381

心有明月，万物有光 / 385

港口，有一个老人 / 389

晚上的声音 / 393

第一辑

崇明菜的味道

晚上，已经没有客人了，饭馆刚准备关门，突然冲进来一个男人，喊着，等等！看他风尘仆仆的样儿，还有一辆长长的卡车停在门口，显然是长途跋涉途经这里的一名驾驶员。

男人问，你们这里是崇明饭馆？男人显然是看到了门口的招牌。

一个中年男人，是店的老板，刚把一张椅子往桌上放，老板点了点头，手上的活儿也没停，说，是啊，我是崇明人，土生土长，一直吃崇明菜，自然会做的也是崇明菜了。

男人重重地拍了拍手，说，太棒了！老板，我也是崇明人，只要你今天能让我感受到家乡菜的味道，这些钱就是你的了！男人把一沓钱拍在桌子上。看那阵势，至少有一千块钱的样子。

这是高速公路边的一家小饭店，一天千儿八百块钱的营生，男人一下掏出这么多钱，倒把老板着实惊了好一会，老板说，好，你稍等。

半小时不到,男人坐着的桌子上摆的是三菜一汤,一盘红烧小黄鱼,一盘凉拌金瓜,一盘崇明红烧肉,还有一大碗青头菌煲崇明老鸭,标准的几个崇明菜,还带着暖暖的热气。热气升腾中,是男人期盼的脸。

菜是老板烧的,老板娘端上来的。老板娘和老板差不多的年纪,脸上带着笑,说,你尝尝看。

男人拿起筷子,每个菜都尝了一口,还在嘴巴里嚼动几下。放下筷子,男人摇了摇头,眉头不自觉地皱紧了,说,不对不对,没有家乡菜的味道。

这个时候,老板已经从后厨走出来了,说,怎么会没有呢?我烧的这几个菜,可都是我们崇明菜,也都是按照崇明当地的烧法啊。

男人说,这几个菜,是像崇明菜,可,可是,没有崇明菜的味道啊。男人想起了什么,说,对了,我能看看您这边的厨房吗?老板说,可以呀。

老板带着男人进了后厨,窗户开着,稍有几分凉意的夜风吹进来。里面是崇明乡下砖砌的灶台,里边、外边,两个大大的锅子,还有一长溜儿的灶台边沿。

男人看着这灶台,似有几分惊讶。男人说,老板,能帮我把那些菜,都端过来吗?我想坐在灶台这儿吃……老板和老板娘相视对望了下,说,好。

灶台前,几个菜一字排开,男人又说,老板,你这酒,可以给我喝吗?男人努了努嘴,指的是房间角落处的一个塑料桶,桶上几个醒目的大字：崇明老白酒。

老板突然笑了，说，你看你看，要吃崇明菜，怎么可以没有崇明老白酒呢，我把这茬给忘了！老板要去拿酒，又停住了，说，不对不对，你不是要开车吗？不能喝酒啊。男人说，今晚我不开车了，一会就在车上眯一觉，反正货都送完了，不着急了……老板说，好。把酒递给了男人。

男人喝了几口酒，又吃了几口菜。男人越来越兴奋，也越来越激动。男人说，对，对，就是这样的一种崇明菜的味道。男人说，小的时候，村里每次有红白事，家里的桌子被借走了，我坐在灶台上吃，菜一起锅，直接放灶台上了。男人还说，每次家里坐满了一桌子的人，大家一起吃饭，我就特别兴奋，真想做个永远长不大的孩子……

男人喝着说着，口沫横飞般地，手还不时地动着，脸上一片潮红，是喝了酒，还是说得兴起。

突然，男人喝着喝着就哭了，眼泪噼里啪啦地直掉，猛地，又号啕大哭起来，像下一场急骤的雨，雨越下越大了……男人说，你们知道吗？前天我妈妈过世了，我还在这千里之外的路上送货，我都来不及，来不及去看妈妈最后一面，我难过啊，我不孝啊……男人是醉了，还是累了。一会儿，男人靠在灶台上，睡着了。

这么睡会着凉的，老板说，我带他去客房睡吧。

老板托着男人沉沉的身子，老板娘帮着一起扶着，把桌子上那一千块钱，留下一张，其余塞回了男人的口袋里。

大上海的肖雪

春天到来的时候,我接到了远在上海的老同学肖雪的电话。那个时间,我还在小县城的午后百无聊赖地晒着太阳,肖雪悦耳的声音在耳边,姐,干什么呢?我说,啊啊啊,我在晒太阳呢!

一周后,咖啡馆里,我坐在了肖雪的面前,只为她那一句,来吧,丢掉你现在毫无出息的小县城生活,投入大上海的怀抱吧,吃、住,还有你的工作,我都包了!

咖啡馆里的沙发,软得让人身体陷进去双腿站不起来。

我们是小学、中学同学。家与家也近。我比肖雪大,成了她的姐。我们一起吃饭,一起逛街,无话不说,好得像一个人。后来肖雪考上了上海的大学,毕业后去了一家外资跨国银行,直奔"金领"而去。我留在了小县城,天晴晒太阳,下雨看窗外。这么些年,我从起点起步,现在还是在起点。像一只陀螺,原地无聊地转圈。

肖雪说，明天，我带你去上班。

肖雪语气轻松，脸上洋溢着自信，自信得让我无法相信，难道那公司是肖雪开的？

第二天一早，我随肖雪去了一栋楼。那栋楼，像这个城市所有的高楼一样，高得吓人。我不敢往下看，甚至都害怕坐电梯，这电梯是不是会掉下来？虽然站在电梯里看不到我们站得有多高，但从电梯里感受着风一样的呼呼地急速上升，我的心就莫名地揪了起来。

肖雪觉察到了我的紧张，看着站在电梯角落里的我，不由一笑，说，你还没改掉那个习惯啊？我说，没，没有，这楼好高，为什么一定要在这么高的楼里上班呢？

电梯到了58层，从里面走出来，我大喘了一口气。肖雪踩着高跟鞋，发出"踢踏""踢踏"稳健的脚步声。在公司门口，肖雪一改和气，变得冷若冰霜，前台的两个小姑娘恭恭敬敬道，肖总好！

肖总？我又愣了一下，什么时候肖雪成肖总了？

肖雪冷冷地问道，苏总来了吗？

左侧的小姑娘回答道，苏总已经到了。

肖雪没吭声，高跟鞋又"踢踏""踢踏"地响，我跟着肖雪，来到一个办公室门口，门关着。

肖雪推门进去了。里面，坐着一个中年男人，男人看到了肖雪，脸上堆满笑容，说，小雪来了？快，快坐。

肖雪示意我进来，我略有几分尴尬，还是进去了。

肖雪说，老苏，这是陈晨，我同学，我安排她去人事部了，一会儿我让财务部给她算个工资，再预支三个月的薪水给她吧……

男人说，啊，行啊，小雪你安排好了……小雪，我这几天家里不方便……

肖雪打断了男人的话，说，你很忙对不对？

男人看了看我，似乎有些话不方便在我面前说。我要出去，肖雪拉住我，说，我们一起走吧。

肖雪打开了门。我跟着肖雪，直接走出了公司，走到了电梯口。

走进电梯，电梯又像风一样地急速下降，我的心在揪起的同时，又想起了什么。我说，肖雪，不是说让我去人事部上班吗？

肖雪说，陪我去个地方吧。

我说，好。

肖雪把车开得飞快，我们不像在马路上开车，倒像是在天上开飞机。有好几次，我拉着车上的拉环，喊着，肖雪，你慢点，你疯啦……

肖雪笑笑，说，放心吧，没事的，我一直这样开。

车子在一个别墅区停下时，我下了车，对着一侧的花坛吐个不停。岗亭里的一个保安走过来，肖雪朝他挥了挥手，保安就回去了。

肖雪用力拍着我的背，说，瞧你这点出息。我捂着肚子，还是难受，说不出话来。

我们走进了其中的一栋别墅。门打开的时候,一个三四岁的小男孩,蹦蹦跳跳地就出来了,一下子往肖雪的身上扑,糯糯的声音叫着,妈妈,妈妈抱!

我惊呆了。我看着眼前的这一切,真不知道该说什么了,肖雪什么时候结婚的?还有这么大的一个儿子?这些我都不知道,我是她最好的朋友啊!

我们坐在房间里,一个保姆出来,带着小男孩去玩了。

肖雪给我讲了一个有关她和老板,那个苏总的故事,苏总没有儿子,想有个儿子,肖雪给苏总生了儿子,苏总给予了她一切,却无法给予她名分……

肖雪说,回去后,什么也别说。

我想起了电梯,还有飞车。

我说,肖雪,这个地方太可怕了,那么高的电梯,还有你,开那么快的车,太吓人了,我想我还是回去吧……

肖雪瞪大眼,不可思议地看着我。

犟老耿分垃圾

小区里,老耿是出了名的犟。

一大早,老耿去扔垃圾,原先摆放垃圾桶的位置,居然没了。这是什么情况?老耿还在纳闷,一个老太太一溜烟似的跑过来,说:"你要扔垃圾吗?跟我来吧!"

老耿有几分疑惑地跟着老太太去了一排垃圾回收箱处,四个垃圾桶像张开着四个大嘴巴:厨房垃圾、可回收物、有害垃圾、其他垃圾。老耿傻眼了,这,这是要来真格的了吗?这段时间,老耿也一直听到垃圾分类的声音,像狼来了,这真的是狼来了吗?还没等老耿反应过来,带他来的老太太已经解开了垃圾袋,里面都是没分类的垃圾。老太太带着几分指责地说:"你垃圾怎么没分类啊,你看你这水果皮菜叶子和别的垃圾都黏合到一起了……"老太太喋喋不休地说着,老耿的脸涨得通红,并且旁边还有其他扔垃圾的人,老耿一把从老太太手里抢过被打开的垃圾袋，抓得紧紧地，逃也似的往家的方向跑去，也不管身后老太太呼喊的声音了。

这一天，两天，三天。

老耿走到楼下时，刚好老太太看见他，要跑过来。老耿脸一板，快步往别处走。老太太说："老师傅，对不起，我是来给你赔不是的，我那天的语气不好，也不该说那样的话……"老耿在前面走，老太太在后面追着说。老耿走得愈加的快，老太太跟不上步子，只能看着老耿慢慢地走远了。

老耿从外面走回小区，没看见老太太，赶紧就回了屋。可没一会儿，门铃就被摁响了。老耿趴在猫眼处一看，吓了一跳，竟是那老太太，这可是四楼，老太太怎么知道他住这里，又怎么能开楼下的大铁门？老耿屏住呼吸，一直没发出声音，好让老太太以为家里没人。谁知道，老太太说："老耿师傅，我知道你在家，我是看着你上楼的，你快开开门吧，我是真诚地来道歉的……"老太太不厌其烦地说啊说，老耿是真憋不住了，哪怕是像老耿出了名的犟，也敌不过老太太这样子磨。老耿开了门，老太太手上有个红色的志愿者袖章，她像猜出老耿想什么，说："刚好有人上来，我就跟着一起上来了。你的房号和名字，我去居委会一查就知道了。"老耿苦笑，说："你到底想干什么？"老太太说："我当然是来道歉的啊，对不起……"说着话，老太太还推开了老耿拦在门上的手，径直进了屋。厨房间里，包扎了好几个马甲袋，哪怕是扎得紧紧的,也难免有那浓重的腐烂的味儿,老太太说:"老耿师傅,我说了你,是我不对,但你也不能不扔垃圾了吧?"老耿苦笑了笑,说:"我,我是不知道怎么分……"老太太突然笑了。

老太太拎着几个马甲袋,老耿也拎了几个跟在后面。

老太太说:"老耿师傅,你有儿子,也有孙子或是孙女吧?你可知道,这垃圾分类是造福子孙后代的……"

老太太不厌其烦地在讲,老耿在默默地听,老耿有一个儿子,儿子生了个孙子,孙子刚上幼儿园,白白嫩嫩的,可爱极了,见了老耿就甜甜地叫爷爷,叫得老耿一阵心花怒放。

在收垃圾的四个大嘴巴前,老太太一边弯下腰去给垃圾分类,一边又在给老耿讲解,一点都没有顾及那已经腐臭的垃圾。

老太太说:"水果皮菜叶是湿垃圾……"

老太太说:"易拉罐是可回收物……"

老太太说:"骨头、贝壳类是干垃圾……"

老耿在默默地听,不时地点着头。

那一天早上,在扔垃圾的几个大嘴巴前,戴着红袖章的老太太站在那里,老耿也站在那里,红袖章牢牢戴着,像两名守护的卫士。红红的袖章,像这城市白云朵朵的天空和充满希望的美好明天。

让我多看一眼新娘

我做了一个梦。

我梦见自己被拉去洗了个澡,还换上了一身干净的衣服。不仅干净,还气派,一身西服。从上至下,完全焕然一新。这还是脏兮兮的我吗?

我参加了一场婚礼。那是我的婚礼。我的西服上,插上了象征新郎的绢花。我走进了一间超级豪华的酒店大厅,打开门的刹那,我的眼睛像是被刺了一下,灯光如织,里面满满当当地摆了几十桌,来宾都穿着极显高贵的衣衫。我走进去时,还听到了一阵欢呼声。鼻间闻到阵阵香风,转过头去看,一个穿着婚纱的美貌女子款款步入,肤白如雪,长裙飘飘,真是太美了!我的心头,暗暗地欢呼了一下。这就是我的新娘?

婚礼的流程,是早就安排好的。

我站在台前,像个木偶。但我的目光,一直跟随那个美貌女子——

我的新娘——身上。美，真的是太美了。百看不厌，千看万看都不厌。

司仪在不停说着话，下面，有请我们的新郎新娘讲几句话。司仪手上的话筒，到了我手上，全场一片沉寂，所有人的目光都投向了我，我支支吾吾地说，我，我谢谢……我的话还没讲完，话筒已经到了新娘的手上，新娘脸上是微笑着的，看向我的眼神分明有点冷。新娘说，感谢各位亲朋，今天来参加孙鹏举和我的婚礼……

接下去，还有新郎新娘拥吻的环节，美丽而优雅的新娘站在我面前，我看着她，心头却满是胆怯、犹豫，想，我，我真能吻她吗？

台下的亲友们，已经在起哄了，大家喊着，吻新娘！吻新娘！吻她！快呀！……

我还这么傻乎乎地站着，不知所措。一个人已经拥抱了上来，我刚反应过来，嘴边瞬时暖暖的，又软软的。新娘已经吻了上来，香喷喷的，那么的甜美醉人，我被电到了一样，全身都麻酥酥的。猛地，我的腿上吃到了痛，好痛！耳边传来新娘冷冷的声音，别忘了，你是替身！我清醒过来，新娘的眼神像要把我生吞活剥了。是我入戏太深了？我的心微微有点凉。

晚上，我们的婚房在办婚宴的酒店。房间很大，里面的摆设都是我从没见过的，我看着这一切，眼睛馋得都快要掉下来了。我还时不时地看新娘。新娘也在看我，眼睛中不乏鄙视，还有不屑。

闹洞房的几个亲友都已经回去了。我看着新娘，其实我是想说，我是不是也可以离开了？新娘看着我，她是完全看懂了。新娘说，你不用走，今晚，你睡在这里。你要走了，被他们看见就露馅了！赶紧，你赶紧再去给我洗澡！新娘不无鄙夷地又看了我一眼，嫩白的手指还掩住鼻子，说，为什么你一站在我面前我就觉得一股臭味呢！他们到底帮没帮你洗干净啊！要不是因为你和孙鹏举长得像，我们怎么也不会找你！

我洗完澡走进房间时，新娘在和人打电话，声音软软的，像一只听话的小绵羊。

新娘说，老公，你知道我今天有多想你吗？我多么想，站在身边的那个人就是你。

新娘说，老公，你放心，我理解你，我知道你的难处，我爱你。

新娘说，老公，我永远爱你。

房间里只有一张大床。我睡一边，新娘睡另一边。两条被子，我和新娘一人一条。中间隔了很大的距离。

天亮了，阳光洒在我的脸上，我的身上软软的，香香的，嘴角痒痒的，有毛毛的东西，我睁开眼，竟看到新娘拥在我身上，发丝凌乱地散在我的脸上。新娘睡得很熟，睡得也很迷人。新娘的嘴角是带着笑的。我很想去吻新娘一下，嘴张着，又犹豫了……

然后我就醒了，醒来的我，擦了把嘴角的口水，看到自己跪坐在城市的马路上，汽车的喇叭声，嘈杂的人声，各种各样的声音在我耳边充斥着。

我的眼前是一家豪华酒店。一辆豪车停下来，一个五十多岁的肥头大耳的男人，一个二十多岁的美丽女子，两个人走进酒店，女子亲密地依偎着男人，柔声说，老公，你想我吗？男人说，当然了，非常非常想……

门口的侍应生，微微欠着腰，为他们打开玻璃大门。

前几天，这个肥头大耳的男人，是带着另一个美丽女子来的这家酒店，女子也是亲密地依偎着男人，几乎向男人问着同样的问题……

有人朝我眼前走过，脆脆地，一枚硬币掉落的声音。

我还在想着我的美美的新娘，为什么要让我醒过来呢？哪怕我不吻她，让我多看一会儿也好呀！

徐婷的亲戚们

徐婷和沈丽是好朋友。徐婷出去，时常开一辆车。

那天，沈丽陪着徐婷去社区服务中心办社保。徐婷的车子眼瞅着快到了，但两侧的路边上都刷着黄色的标识，这显然是不能停车的。要是被电子警察拍到，或是警察抄牌，200块钱罚款是最起码的，弄不好，还要扣分。

不料，徐婷径直将车往服务中心的栏杆前开。一个老头探出了个头，说，你干什么的？这里面不能停。徐婷拉下了车窗，笑了，说，大爷，你不认得我了吗？小时候你还抱过我呢！老头看了徐婷有一会儿，显然是认出来了，说，啊，是你呀，是你呀。栏杆顺势地打开了，徐婷轻踩了下油门，车子就开进去了，里面的一排车位，空了一半。徐婷径直就停进了其中的一个车位。

事儿是在十多分钟后办完的，徐婷把车开到了门口，又亲热地叫了声,大爷,再见了。老头笑眯眯地探出了个头,栏杆也上升了。徐婷朝老头挥了挥手,车就开了出去。

路上,沈丽好奇地问,那老头,真是你大爷?徐婷笑笑,没说话。

周末,徐婷又把车开进了一个银行门口。银行里马上跑出了一个男保安,看年龄,估摸也有50岁了。保安一口本地话道,这里不好停车的,你们没看到标识吗?徐婷把车窗摇了下来,说,叔,你不记得我了吗?小时候,我还经常到你家里玩的呢。保安愣了下,很认真地看了一眼徐婷,似乎是要在脑子里寻找认识的人。徐婷还不时地给保安比画着,说,那个时候,我扎着两根长长的小辫子,个儿也不高……保安恍然大悟似的说,哦,哦,是你呀。

徐婷的车子,就这么稳稳地停在了那里。下车时,沈丽心头还有那么点怀疑地看着徐婷,徐婷倒是挺稳当地和保安挥了挥手。

后来几次,徐婷把车停进了政府办公大楼里,停进了私家别墅里,甚至停进了养老院里。

而那些门卫或是保安,不是徐婷的大爷,就是徐婷的叔。连沈丽都蒙了,说,徐婷,你哪来这么多的大爷和叔呀。徐婷笑了,说,你猜。沈丽摇摇头,说,我猜不出来。徐婷说,如果我说都是假的,你信不?你想呀,那些上了年纪的人,一来记性差,二来看我一个小姑娘这么热情,不是真的也觉得是真的了。沈丽听着,有那么点道理呀,不由朝徐婷竖起了大拇指。

如果说这几次仅仅是有点佩服,那后面的一次就是佩服得五体投地的。

马路上,徐婷开车开了点小差,在过一个路口时,明明是红灯,不期然地就踩着油门过去了。还好是旁侧没有车,不至于有危险。但无巧不巧地,一个年轻交警站在了不远处,示意车停下来。

交警敬了个礼,面无表情地说,驾照,行驶证。徐婷拿出来了,脸上带着笑,求着情。

交警的嘴一点儿也不松。看来,200块钱罚款是逃不了的。弄不好,还要罚6分。

交警临处理前,突然接了个电话,话语中讲到了小月的字眼。交警的神情一下子变得温柔了许多。原本慌张的徐婷,面色也突然和缓了许多。

交警电话打完了,突然,徐婷像想起什么似的,说,啊,不对不对,你是谭哥,谭哥对不对?交警还是面无表情。徐婷说,谭哥,谭哥你不记得我了吗?我是徐婷。上回我们还一起吃过饭呢,和小月一起,好几个人呢。你真不记得了吗?我和小月还是好朋友呢……

交警的表情缓和了。交警说,你是小月的朋友啊。徐婷说,对呀对呀,你想起来了?交警想了想,又认真地看了眼徐婷,说,你既然是小月的朋友,这样,罚200块钱,再记6分吧。徐婷简直蒙了,说,为什么？我是小月的朋友啊！交警说，你忘记了，上周小月的另一个朋友孙茜出车祸了，就是因为闯了红灯，现在还在医院里躺着，按规定处置也是为你好……

徐婷不由得抹了一把汗，木然地看了眼身边的沈丽。

言几又的猫

下午三四点钟,我是站在言几又书店门口,看着那个年轻女人走进去的。年轻女人身材修长,肤白胜雪,一头乌黑长发,确实是个难得一见的美人。

我跟随着年轻女人走了进去。我已经等了好一会儿,算了时间,今天应是年轻女人要过来的日子。

年轻女人走到门口的重点推荐书区域,拿起了已拆开塑封的样书,认真地捧读起来,年轻女人捧书的样子,很优雅,也很动人。我悄悄地看着,都有些入迷了。

年轻女人在翻了一会儿书后,便放下了,又走进了里面。书店里分好多个区域,有工具书区域,现当代文学区域,外国文学区域,还有儿童区域。年轻女人似乎对外国文学区域情有独钟,与往常一样,她又走到了那里。拿起了一本书,女人饶有兴致地坐着看了起来。

我躲在旁边的一个角落，静静地看着年轻女人。在那里，年轻女人会待好长好长时间，我也就有机会好长好长时间地去看她。我也喜欢看她。看她曼妙的身材，看她读到精彩文字时抿起的小嘴，还有，看她有时读到沉重的情节时，皱起的细细的眉头。我不喜欢看她皱起眉头，我希望她快乐。

果然，年轻女人在那里，一看就是一个多小时。我差不多看了她一个多小时。我看得她都有些眼皮打架了，但我松了松眼皮，让自己撑下来。我知道，她很快就要离开了。

又如我预期中的那样，几分钟后，年轻女人合上了书。她不看了。她手上拿了一本书，走向结账的柜台。每次，她离开书店，总会买上一本书。那本书，她不会放在包里，而是拿在手上。手上拿着书的她，更有一份书卷气。我也喜欢书卷气的她。

走出书店的年轻女人，走向了电梯。书店是在二楼，需坐电梯到一楼。我也跟随着她，离她有几步的距离，远远地跟在后面。

年轻女人穿过楼下的餐馆、超市、游乐中心、咖啡馆，还有手机专卖店，在走过一家酒吧时，有几个醉醺醺的男人，刚好从里面走出来。她在与他们擦肩而过的同时，其中的一个男人，他的一只手，不期然地触碰到了她的臀部。那个男人显然是醉了，打着哈哈，说，好，好软啊！手感不错！那个男人笑了，其他几个男人也笑了。她的脸瞬时憋得通红，一只柔软的纤纤玉手，在那一刻变得坚硬，啪的一声，那个男人的脸上响起一记清脆的耳光声。几秒钟后，那个男人迅速反应过来，嘴里骂骂咧咧地冒着粗话，两只蒲扇般的手掌，瞬时扬起，扑向了她。那一刻，我没有多想，就迅速扑了上去。我撕扯了那个男人，在男人脸上留下了两条长长浅浅的划痕，在另几个男人还没完全反应过来的时候，我迅速地也勇敢扑向了他们，打了他们一个措手不及。

那个时候，年轻女人已经迅速逃离了。逃离的时候，年轻女人还看了一下我，我明白这个眼神的意思。这个眼神我很早以前就读懂了。

在前面几百米的那个路口，我看到了在那里等我的年轻女人。她的眼睛中带着感激。年轻女人说，今天谢谢你，要不是你，我今天麻烦大了。年轻女人说，我知道你这段时间一直在书店等我，我也明白你的心思。年轻女人说，都是我的错，原谅我好不好，跟我回家吧。

我看着年轻女人，嘴里"喵喵"地发出长长的声音。是的，我是一只猫。一只被主人遗弃的猫。我有了我的孩子。我生下的小猫叫小米。年轻女人留下了小米，却把我赶走了。

现在，我终于回家了。

跟随年轻女人走着的路，我是无比畅快的。我终于可以回家了，我也可以去看看我的孩子，我的小米了。

回家的第三天，我和小米在沙发前快乐玩耍的时候，年轻女人又把她的母亲给接了过来。年轻女人扶着母亲走进屋，满是歉意地说，妈，对不起，我不会再赶您走了。我的家，就是您的家！

有梦想

姐姐是个出色又有梦想的人。

姐姐的成绩好,曾是名校校花,在大企业上班。一直以来,姐姐都是小雅一直无法企及的榜样和全家人的骄傲。

眼下,姐姐打来的电话,小雅不想接。手机调了震动,滴滴滴地一直响个不停。窗外灰蒙蒙的天,灰蒙蒙的城市。小雅的心情也灰蒙蒙的。小雅手指轻轻动了动,还是接起了电话。

你在忙吗?怎么这么久才接啊!姐的声音沙哑,像哭过。小雅说,姐,你还好吧?姐说,不好,你姐夫一晚上没回家了,打他电话也不接,从昨天晚上一直打到现在……小雅说,姐,要不你来我这里住几天,散散心吧?姐还没说什么,小雅听到了电话那端有孩子的声音,是明明,明明是姐姐的儿子,是姐姐的心头肉。明明在喊着"妈妈""妈妈",姐说,明明叫我了,先这样吧……

电话挂了，小雅摸着电话，愣了好久。

姐姐是在一周后，到了小雅那里。小雅看到了姐姐憔悴的脸。小雅说，姐，你老了许多。姐姐苦笑了笑，说，能不老吗？天天被这小家伙折腾。说话的时候，姐姐看了眼身旁的明明。明明3岁了，眼睛闭着，或许是玩累了，困了，靠在姐姐的怀里睡着了。明明粉嫩的鼻子微微抽动着，姐姐疼爱地又看了一眼。

小雅说，姐，和姐夫又不开心了？姐姐叹了口气，说，你姐夫啊天天在外面跑，一跑好几天，给他打电话都不接，即便是回家，也是倒头就睡，和他说什么，他就说累，说要养家，说你懂什么，说你把这个家给我照料好就行了……

小雅没说话。小雅的手指捏着沙发上的一只绒毛小熊，小熊的嘴张着。小熊的脸上始终带着笑。无论小雅怎么用力捏小熊，小熊都没有喊疼，一直笑着。

小雅说，姐，你还记得，小时候你的梦想吗？姐姐看着小雅，脸上露出一个稍纵即逝的表情，说，都是过去的事了。小雅说，我还记得，你说要做医生，救死扶伤，帮助别人。你说要做工人，高兴上班，高兴回家。你还说要成为一名作家，写好多本书……小雅还说，姐姐，你知道吗？你上名校读书，去大企业上班，我有多羡慕你吗？每次我回家，妈妈就在我面前说，说要我学姐姐你，看你多大的出息……

姐姐的目光黯淡，苦笑了笑，说，其实我现在也挺好，专心做家庭主妇，以前是照顾生病的婆婆。送走了婆婆，现在陪着明明……小雅说，姐，这真是你想要的生活吗？你的那些梦想呢？小雅盯视着姐姐。

姐姐眼神躲闪。怀中，明明的身子动了动，像要醒了。姐姐说，今天，就聊到这吧。

那一天，小雅约了姐夫。小雅是约到了第五次才约上的姐夫。

在姐夫单位附近的一家咖啡馆，小雅和姐夫面对面坐着。姐夫很忙，刚坐下来就不停地看手机，手指上下拉动，在抓紧看一份材料。

小雅叫了声，姐夫。姐夫才放下了手机。姐夫说，小雅，不好意思，你赶紧说吧，我只能和你聊十分钟。小雅说，姐夫，你很忙啊。姐夫说，是啊，是不是你姐和你说什么了？小雅说，你现在出差多吗？姐夫说，多啊，一个月至少半个月在外面，我们这个行业竞争太激烈了。小雅说，姐夫，那你外面有别的女人吗？姐夫愣了一下，说，小雅，你开什么玩笑呢，我外面有女人，怎么可能呢！你看我忙得都像个空中飞人了，你知道的，我要养家糊口，我要努力赚钱……

这时，姐夫的电话响了。姐夫说了声抱歉。赶紧接通电话，是个很响亮的声音，说，你在哪儿呢？赶紧给我回来！挂了电话，姐夫苦着脸，说，老板找我，我得马上回去了。

那一天，小雅和杨明坐在一起。杨明是小雅的男朋友。

杨明说，小雅，你考虑好了吗？我们结婚吧，我会一辈子对你好的，到时你不用上班，我养你……

小雅说，杨明，你知道我姐姐的梦想吗？

杨明愣愣地看着她。

秋天的风

下午,电话像催命符,高伟接了。放下电话,高伟一阵风般地走出去。现在这个年纪的高伟,早已不是当年虎虎生风的毛头小伙了。但高伟的速度还是飞快,在出办公室的门时,差点和年轻女同事陈月撞在一起,陈月正怡然自若地欣赏着她新涂的亮丽的指甲,头微低着。陈月那一声尖叫,把其他人的目光都吸引来了。年轻的小赵还开玩笑说,老高,你是故意的还是故意的啊?高伟来不及听小赵胡说八道,人已到了十几米开外了。

在主任的办公室,高伟笔直地站在个子比他矮、年纪和他差不多的刘主任面前。刘主任和高伟同一年进的机关,高伟还早来三个月,三个月后,青涩的刘主任来了。刘主任说,老高,你看看,你这文件是怎么做的?你不能给我上点心嘛!高伟嘴上没说,心里在说,你怎么不叫人陈月做呢?这本来就是陈月的活儿,你给我那么多的活儿,我能做得过来吗?刘主任嘚吧嘚吧说了一堆,见高伟没什么反应,也就没了说话的兴致了。刘主任拂了拂手,说,赶紧去改吧!

　　临下班的时候,高伟来到5楼,抽了一根烟。秋天的夕阳,说长不长,说短又不短,有那么几分尴尬。5楼的小花园,种了一些规格并不大的乔灌木,高伟站在灌木丛之间,看着远方的大楼出神。隐约间,也有人走到了小花园,有一个男人的声音,还有一个女人清脆的声音,他们小声地说着话,说了什么,高伟没有听清。高伟就这么站着,胸口突然有一阵的闷,闷的感觉越来越强烈了,排山倒海似的向他压来。高伟原本忍着,一直到忍不住了,不由自主地大喊了一声,就什么也不记得了。

　　高伟醒来,看到了眼前白茫茫的一片。白墙,白窗帘,还有一位穿着白大褂的年轻护士走来走去。高伟的潜意识里,自己是被推到了车上,还有救护车呜呜的声音,此起彼伏,脑子里还隐约记得。这是在医院吗?高伟的眼睛在完全睁开时,看到了老婆,还有女儿。老婆、女儿看到高伟醒来,刚要凑近看,被护士拦住了。护士说,你们等等,医生马上就来了……

　　显然,高伟的意识在慢慢地恢复。一个年长的医生问,你有心脏病史吗?高伟说,没有。医生说,你的工作压力大吗?高伟想了想,说,大。医生说,还有其他什么让你困扰的事吗?高伟指了指自己的头,又摇了摇手。高伟是不想再继续和医生交谈了。

病床前，高伟的老婆和女儿，难得坐在他的身边。高伟的老婆是个处级领导，在高伟的面前，也像个领导。老婆说，高伟，你要有个男人的样儿。我现在教你，是为了你好。此刻，老婆的脸是平和的，声音也是温顺的。老婆说，高伟，你想吃什么喝什么吗？我给你去买，你要好好保重……还有女儿，女儿参加工作几年了，性格有些执拗，经常一个电话打过来，说，爸，我晚饭不回来吃了。或者，干脆电话也不打过来。再讲起女儿的恋爱问题，高伟说，谈了吗？女儿说，没有。高伟说，可以谈起来了。女儿说，爸，你烦不烦呀！此刻，女儿是恬静的，白皙的脸蛋上，带着几分愁容。女儿的眼圈微微有些红。高伟叫了声，女儿。女儿的眼泪就噼里啪啦地掉下来了。

刘主任的到来，有那么几分意外。一般去看望同事，特别像高伟这样级别的，都是工会的同志来。高伟还看到了陈月，陈月的脸上难得堆满了笑。两个人手上都拎着满满当当的礼物。

高伟刚想着要坐起来，刘主任快走了几步赶上去说，别动，好好休息吧。单位的事儿你都放心，我安排人顶上去了，你想休多久就休多久，你的工资奖金一分都不会少。刘主任还小声说了句，那天小花园里听到的，你就当没听到，知道吗？

刘主任他们走了。窗外，荡漾着的是秋天的风，风吹进屋里，高伟还有几分发蒙，愣愣地坐在床上。老婆和女儿推着门进来，女儿大喊一声，扑到了高伟身边，说，爸，你没事儿吧？！

铜镜是宝物

常山做生意亏了，亏了几十万。追债的人天天堵在门口，要砍要杀的。常山急疯了，凑来凑去，还有十万的缺口。那时候的十万，不是小数目。

常山打电话给李云。常山说，李云，借我十万，让我渡过这个难关吧！李云是常山的朋友，也是个小老板。李云说，常山，我是真想借给你，不过，你也知道，我最近手上压着一些货，实在也没什么钱啊。

常山电话给周奇、黄炳、赵峰，他们都是常山的好朋友。但，他们给的答案，都不是常山想要听到的。

常山最后一个电话给了何方。

常山甚至想过了，再借不到钱，他就去死。死不可怕，没钱也不可怕，可怕的是，一个个好朋友，在关键时候的推托，让他寒心。常山的心,要死了。

打给何方,常山几乎带着绝望。

何方也是常山的好朋友,但亲近程度,不如那几个不愿意借钱的好朋友。

常山电话给何方,说,何方,借我十万,让我渡过这个难关吧!何方没有直接回答,只说,常山,你在家吗?常山说,在啊。何方说,那你等我下,我马上来。十分钟后,何方到了。坐在软绵绵的沙发上,何方看着常山,说,你要多少钱?常山说,十万,可以吗?何方的眼神,从常山的身上,到了窗台上,又到了茶几上,直至到了橱柜上挂着的一面古色古香的铜镜上。何方说,铜镜给我,我给你十万,怎么样?常山说,铜镜?常山愣了一下。铜镜是常山的父亲临终前给他的,说,这面镜子是传家宝,不能丢。看来,这面镜子是宝物了。常山咬咬牙,说,非要这面镜子吗?何方微笑,说,如果你愿意,现在我们就可以成交。当然,如果你现在不愿意,以后要给我,我就只能给你五万了。何方像看破了常山心里想什么。常山凝神了好一会儿,说,行!何方把准备好的十万块现金给了常山,带着铜镜,走了。

常山用这十万,还了债。

常山心头,解不了铜镜这个结。常山想,这辈子,一定要想办法把铜镜给赎回来。这铜镜,肯定不止这个价!常山因此而告诉自己要努力。

常山没本钱，不能再做以前的大事业了。

常山就做小生意。

常山摆摊卖煎饼，每天天还没亮就出了门，一忙就是三五个小时，回来后去做送货员，骑着辆车满大街跑，一干就是七八个小时。慢慢地聚拢起了一些钱。小生意做啊做，就越做越大了。常山吸取以前失败的教训，每一步都稳扎稳打，迈得很扎实。

不知不觉，常山开起了公司，效益也相当不错。

常山带了五十万，去找何方。

常山坐在何方家软绵绵的沙发上。常山说，何方，我要把铜镜赎回来，我给你五十万，怎么样？何方摇头，说，我不干。常山咬牙，说，五十万还不够吗？做人不能太贪心了。何方笑了，说，你给我十万，我就给你。常山不明白。何方笑着打开一个小盒子，盒子里是那面铜镜。何方说，其实，这铜镜不值钱，我只是通过这个方式把钱借给你。而且我知道，它可以激励你让你振作。有一天你会东山再起，赎回这面铜镜。

常山紧紧握住何方的手，说，真哥们啊！

多年后，何方做生意亏了，欠了五百万。债主还没找上门，常山抢先来了，带着五百万。

站在何方家的客厅里，常山的眼神从何方脸上，到了窗沿上，又到了墙上挂着的一幅字画上。

常山说，字画给我，我给你五百万，怎么样？何方没说话，眼中分明满是感动。

那幅字画上，写了四个大字：厚德载物。

这是有一天，何方兴之所至，挥毫写下的。

好人老齐

老太太刚走进药店时,面色苍白,店员小胡还关心地问了句,奶奶,你是有什么不舒服吗?老太太说,是,我要买——话还没说完,老太太身子突然晃了晃,整个人一下子就倒在了地上,眼睛也闭上了。

小胡和店里其他几个顾客发出惊呼声,还没完全反应过来时,在里面盘点药品的店主老齐跑了出来,迅速将老太太身子摊平做心肺复苏处理,同时也喊小胡马上报警,叫救护车来。

救护车赶来时,多亏了老齐帮忙,老太太得到及时处理,保证了后面的成功治疗。但有点不巧的是,老齐在处理过程中,也是因为老太太的体弱,导致了她12根肋骨被压断,也因为这一点,老太太家以老齐救助不当,将他告上了法院,要求赔偿医疗费用1万多元。

现在,老齐的儿子小齐坐在老齐的对面,看着茶几上的这份法院传票,又看了眼老齐。

小齐说，爸，我不是不赞同你救助人，但你看——

老齐脸上淡淡地，没说话。

小齐说，上回，你在咱家小区门口救助一个出车祸倒在血泊中的人，我都给你捏了把汗，好在人后来救过来了，万一救不过来，会不会怪你呢？

上上回，你在商场里救助一个突发昏厥的人，我心里也是七上八下的。

上上上回，你……

小齐连着说了四五件事，都是这几年老齐帮助过的人，小齐说，助人是好事，我们应该提倡，可是，爸……

老齐笑着打断了小齐，说，吃饭吧。

老齐泰然自若地从厨房里端出了几个菜，又盛了两碗饭出来，脸上依然很平静，倒是小齐还有那么点愤愤不平。

老齐说，我们应该这么想，至少我把人给救了，对吧？救人一命胜造七级浮屠。

法院开庭那天，老齐一直很平静，像这个事和他没一点关系，哪怕老太太请的年轻律师就老齐处置不当，救人是好事情那也应该多少注意点分寸注意点力度吧，等等，一直在陈述。

坐在台下的小齐心里窝着火，救人的关键时刻一心只想着救人谁还顾得上想那些啊，还有救人本身就是义务，就是雷锋行为，这是好人没好报吗？怎么会有这样的律师、这样的当事人呢！

小齐听了半天，恼了半天。

回家路上，小齐还想和老齐说。

老齐似乎知道小齐想说什么。

老齐说，什么都不要说，就像我说的，我救助了需要救助的人，这是最主要的，其他的都不重要。

小齐一阵苦笑。

结果是公平的。法院驳回了老太太的起诉，认为老齐为老人进行心肺复苏造成肋骨骨折及肺挫伤，在当时救助生命的紧急情况下是无法完全避免的，救助行为没有过错并且不违反诊疗规范，所以老齐不必承担任何民事责任。

小齐的一块石头似乎是落了地。但看起来，老齐倒并不怎么高兴。

这一天，有人敲响了门，小齐打开门，门外是一张陌生又熟悉的脸，那个人很客气地问，是齐先生的家吗？小齐说，是的。那个人拎着大包小包地就进来了。小齐后来才知道，那个人是以前老齐救助过的人，是专程来感谢的。怪不得看着有几分眼熟。

这个刚送走，又有几个也来了，都带着大包小包的礼物，都是来感谢老齐的。

老齐不收。

他们扔下东西就走。

他们是看到报纸上报道了老齐做好事反而被起诉的事情，所以特意来感谢、来支持的。

小齐心里挺高兴。

老齐看上去还是不那么高兴。

一天，门又被敲响了。

小齐打开门，吓了一跳。门外竟然是老太太和扶着她的儿子。小齐赶紧要关门，却已经来不及了。

老齐也听到声音出来了。

小齐在想，要不要打电话报警，这怎么找上家来了？是觉得判决结果不能接受？

老太太一脸歉意地说，对不起，今天我们是来道歉的……

老齐马上高兴起来了，脸上也完全松弛开了，说，快进来，快进来，小齐，赶紧倒水！

老齐客气地把他们让进屋。

小齐放好茶叶，举起热水瓶，往杯子里倒水，茶叶瞬时像孩子一般在杯子里跳来跳去，杯盖盖上时，发出铃铛般的快乐脆响。

矫情

一个下午，李永接到了程澄的电话。

电话那端，一个声音响起，李永，我是程澄。李永的眼前，瞬时就跳出了一个美如画般的女孩的面容。李永早就不再年轻的心，猛地扑腾扑腾地连跳了好多下。

李永说，程澄，你好啊。

程澄说，我们有多少年没见了？

李永说，这个，该有二十多年了吧。

程澄说，是的是的。

程澄又说，这回，我们可以见面了。

李永说，好啊好啊。

挂了电话，李永还拿着手机。李永的心头闪过无数个疑问，程澄这是从哪里要到的他的电话？程澄这么突然地找他，要与他见面是有什么事吗？程澄是来江城出差，还是定居呢？程澄和周奇，过得好吗？

说到了周奇，李永的牙咬得狠狠的，当年若不是这个周奇，程澄很可能就和李永好了，那也不会有那么多年的遗憾了。

说好的见面时间，李永去了约定的咖啡馆。时间一分一秒地过去，程澄迟迟没有出现。这是怎么了？李永拨了上次程澄给他打的电话，电话打了好几个，始终没有人接。李永又等了一会儿，还不见程澄的身影，就离开了。

晚上，程澄的电话终于打过来了，李永接了。程澄连着说了三四次"对不起"，倒把李永说得有点不好意思了。李永说，没关系，真的没关系的。李永说，你到江城了吗？李永又说，你是碰上什么难事了吗？我可以帮上忙吗？

程澄说，女儿去接了我，后来偏要拉着我去了商场，要给我买衣服。

李永说，你女儿也在江城吗？多大了？是读大学吗？

程澄说，女儿已经在这里上班了，对，就在你们话剧团呢！我找你，就是想请你帮我看着她，她在这里举目无亲的……

李永说，没问题。

程澄说，具体的，具体的我们见面说吧。

李永说，好。

李永躺在沙发上，想着程澄的女儿。剧团说大不大，也就那么几十号人。程澄的女儿？程澄嫁给的是周奇，那她的女儿一定是姓周了。李永猛地想起了什么，瞬间从沙发上坐了起来，最近那个叫周佳佳的年轻姑娘，一个劲儿地往李永那里跑，一会儿说，李团长，您看我是您亲自招进来的……一会儿说，李团长，最近团里可有不少闲言碎语……一会儿说，李团长，您一定要帮我啊，我很努力了，我希望能有更好的机会呢……

这个周佳佳，是团里唯一姓周的女孩。真是看走眼了，怪不得李永觉得看着眼熟，原来是和程澄像啊。

近期，团里要排练舞台剧《梁山伯与祝英台》，原来的女主角不是周佳佳。李永其实也一直在犹豫，是不是让这个周佳佳上？综合考量，周佳佳在团里女演员中排不进前三。现在，有了程澄的这层关系，就是她了！

李永还在想着程澄说的那些话，程澄想来看看女儿排练的舞台剧，看看女儿在舞台上的英姿。年轻的时候，程澄也跳舞。跳舞的程澄在李永面前，就像一个仙女，让他痴痴呆呆地看得几乎忘了喘气。

舞台剧《梁山伯与祝英台》上演那天，程澄果真来到了剧场。李永去门口接程澄，接到了程澄，也见到了程澄身旁的老婆朱梅。李永对朱梅的到来有些惊讶。朱梅笑着说，老李，不欢迎我吗？是不是打扰你们老情人相会了？风韵犹存的程澄，笑着推了朱梅一把，说，你乱开什么玩笑呢！我们都这把年纪了。五十多岁的李永站在那里，有些恍然，程澄与朱梅，当年也是同学嘛。

表演结束后，程澄带着一个女孩，还有朱梅，一起进了李永的办公室。

女孩是程澄的女儿，程澄让女孩叫李永叔叔。女孩张了张口，叫了声李团长。李永稍有几分尴尬。李永说，你女儿怎么姓程不姓周呢？程澄说，谁规定一定要姓周呢？

李永突然不知道说什么了，这个女孩，原本是女主角的第一人选。再看看这个女孩，突然发觉，她和程澄有好几分的相似。

李永心头闪过两个字：矫情。

李永伸出手，想打几下自己的脸。

污泥

签下了一笔大生意。苏总说,兄弟们这段时间辛苦了,晚上咱一起乐呵乐呵去,谁也不许说不啊!兄弟们拍着手说,好啊好啊,谁不去就不是咱哥们!纪超不想去,话到嘴边被大家的话堵了回去。

灯光昏暗的包间。纪超的头原本是低着的,耳朵里,有兄弟嗡声嗡气唱起的歌儿,还有,似乎不和谐的争执声。

纪超抬起头,苏总的手要放在身旁的陪唱小姐肩上,小姐推掉了。苏总再放,小姐再推。反复几次,苏总恼了,嘴里骂骂咧咧起来。纪超有些不敢相信自己的眼睛。那位陪唱小姐,他太眼熟了,尽管那张脸是被精心修饰过的。

纪超的心微有些颤。

纪超握着酒杯,到了苏总的跟前。

纪超说,哥,我敬你!感谢老哥,这次能让兄弟们一起赚个大钱!

苏总表情稍稍缓和,说,兄弟呀兄弟,不用客气,咱兄弟们一起发财嘛!

纪超连敬苏总三杯酒。

纪超又说,哥,能让这位小姐坐我那边吗?我想和她聊几句。

苏总一愣,旁边的几个兄弟也都一愣,有个兄弟还夸张一笑,说,纪超纪超,你今天不对劲啊,你不是自称柳下惠坐怀不乱吗?今天是怎么了?

纪超笑笑。女人坐在了纪超身旁。

纪超好久没说话,暗自喝了几杯酒。女人也没说话,静静地坐在那里。

过了一会儿,纪超说,姜琴……

女人说,先生,对不起,我叫苏梅。

纪超说,哦,苏梅,你很像我的一个朋友。对了,你来这里有多久了?

女人说,先生,我陪你喝酒吧。

纪超说,不要喝酒了,我们就这样坐坐吧。

安安静静地,他们一直就这么坐着,一直坐到最后。

第二天晚上,纪超又去了那里,要了个包间,点名叫了苏梅。苏梅进来了,看到了纪超。

纪超站起身,说,苏梅苏梅,没事没事,咱坐坐,昨天是不是让你无聊了？今天啊，咱不会无聊的，我给你讲个故事。

苏梅坐了下来。

纪超徐徐地说，大学的时候啊，我们班上，有个很漂亮的女孩，她叫姜琴，她到底有多么的漂亮呢？当她出现在我的眼前时，我瞬间就有了种空气凝固、呼吸困难的感觉。直到她从我的身边走过，当然，那个时候，她不认识我，我也不认识她。我就那么木木地像个傻瓜一样，转过脸，我还看她的背影，看她袅袅婷婷的背影从我身边慢慢走过。我呆呆地就这么看了好久。

认识姜琴，还是在一堂课上。我坐在前一排，低着头在翻看着什么。我的背被捅了一下，是被铅笔之类的东西吧。我回过头，惊诧地看到了那张令我窒息的脸。那一刻，我的心就像是要跳出来一般。姜琴是在和我说话吧，她说，同学，你有橡皮吗？我说，我，我有，你等等，等等啊。我手忙脚乱地在笔袋中翻找着橡皮，一不小心，整个笔袋都掉到了地上，我又手忙脚乱地在地上翻找着橡皮，满头大汗地把橡皮递给姜琴……

这一晚，纪超的故事没讲完。

后一晚，纪超去了那里，又点名叫了苏梅。

纪超说，……我确实是个胆怯的人，至少，在深爱的姜琴面前，我是无比胆小的。姜琴站在我的面前时，我的心都是慌慌的，连讲话都有些结结巴巴的。其实，我讲话不是那样的，谈不上口若悬河，至少也是头头是道的。但我真不知道这是怎么了……

纪超连去了四晚。

第五晚,纪超说,……知道姜琴有男朋友,甚至都快要结婚了,我的内心是崩溃的。我甚至是悔恨,我想,我明明喜欢她,为什么我就不能说出口?姜琴的那个男朋友,是学校有名的花花公子,我不知道姜琴知道不知道,我想和她说的。但我又怕,又怕姜琴会说我挑拨。我更怕,到时我们连朋友都没得做了。我爱姜琴,我希望她幸福。我常常想,我虽然穷点苦点,如果姜琴能嫁给我,我一定会对她好,倍加珍惜她,哪怕我只剩一个馒头,也要全部给她吃……

那个苏梅。表情一直平静如水的苏梅,眼圈慢慢地红了。

猛地,那个苏梅突然扑向了纪超的怀里,哭喊着说,哥,哥,你就当我是姜琴,你带我走吧,带我走吧,我只要你对姜琴的十分之一好就满足了……

纪超愣住了,想推,又不知道该不该推。

朝圣路上

我上远方的山拜佛。

行程有点远,远到像从天涯的一角,去到天涯的另一角。而另一角,就在眼前,我随着来来去去匆匆的人流,往山上走。

我看到了一位老者。那是一个穿着奇装异服的人。

老者走得很慢,慢得我完全都没有了耐心。一个个的人,从他的身边走过。老者走得很淡然,不怒不嗔,不像是活在这个凡尘中的人。

我走过了老者好几步,又停了下来。我忽然想和老者讲讲话。我是一个人来到这里的,像一个无故闯入的人,闯了进来,又觉得还游离在这里之外。

我说,你好,你走得这么慢,是有什么原因吗?

老者看了我一眼,说,哦哦,是这样,我来自西藏,我们有朝圣的习俗,在这里,我不能大幅度地做朝圣动作,但心中是在默念着,所以我走得很慢。

藏民朝圣我知道，他们完全不计时间与物质成本，如我，我是做不到的。城市的喧嚣与浮躁，已经深入我的骨髓。

但此刻，我突然也想慢下来。我说，我陪你一起慢慢走吧。老者笑笑，说，好啊。

老者伸展着，双手合十，微闭上眼，嘴巴轻轻地闭合，像念叨，又像祷告。我依样画葫芦般，也双手合十，虔诚地念叨或祷告。老者的步子很缓慢，我跟随老者的步子，也缓缓地在动。

身边如潮般的人流，在往山上走。又有如潮般的人流，在往山下走。

走了一些台阶。我的身边，有一个老太太，好端端地迈着步，整个人晃了晃，像是要往后摔倒。我看到了。只要伸出我的手，就可以扶住老太太，不让她往后倒。我犹豫，扶，还是不扶？老者在我的另一侧，极快地扶住了老太太。我们的身后，是万丈深渊般的台阶，如果老太太掉下去，后果是不堪设想的。

老太太连连向老者感谢，说，谢谢你，救了我！老者摆摆手，云淡风轻般的表情。老太太又上去了。

老者的眼神，在看我，像在问，为什么不救老太太？你伸一伸手，就把她拉住了。我不知道该说什么。为什么我没有救老太太呢？我的脑子里放电影般地跳过无数个画面。

我们继续缓慢地向前走。双手合十,虔诚地念叨,或祷告,走过一个个的台阶。

当我缓慢地准备跨出一只脚时,老者突然拉住了我,很用力,说,等等!我一愣,伸出去的脚,停顿在半空中。我讶然地看老者,不明白这是怎么了。老者说,你的脚下。我看向了我的脚下。台阶上,有一片掉落的枯叶,一只小小的蚂蚁,从树叶底下钻出来,在行走。

老者说,蚂蚁也是个生命。

老者说,任何生命来到世上,都有它存在的意义。我们要尊重它的存在。

在我们说话的时候,蚂蚁已经走过我要踩下的台阶,走到台阶的旁侧,走进底下的绿树与杂草之中。

我们继续往上走。我们的身边,还有如潮的人流走上去,又有如潮的人流走下来。

我们终于到了。山的最高点。

老者坐了下来。席地而坐。我也坐了下来。有几分犹豫。

时间刚过2点。老者这一坐,闭着眼,就没再吭声了。我有点坐立不安。好几次,我摸索出手机。手机没电了。我是不是应该赶紧下山,赶紧找个地方去充电。我坐得屁股生疼。小的时候,我在地上坐过。这么多年,我就没再在地上坐过。这地上该有多脏呢?家人会不会找我,朋友会不会找我,公司里会不会有人找我,他们是不是找得很着急……

老者还闭着眼睛,像一块平静的矗立在那里的石头。

我环视着眼前,还有身后,四面环绕的尽在眼里的一切。我从那里的某一处来,看不到人,只看到高楼,在这里看起来低矮的一切。在来的飞机上,向下张望,高楼像模型,车像玩具,也看不到人。人算什么呢?在这茫茫苍穹之间,我又算什么呢?

我的心突如其来的平静。我闭上眼,新鲜空气扑鼻。心头,瞬时如碧波荡漾,恍如掉入了大自然的海洋。这里实在太美了,是我从未见过、感受过的美。

冥思一想

张军是在一个下午发现自己有冥思的。

那天,百无聊赖中的张军路过一个十字路口,看到红绿灯跳出了绿色,张军刚要迈开步子跨过路口时,脑中突然灵光一闪,冥思到很快就会有一辆卡车疾驰而过,并且会闯过红灯。

本来张军只是当玩笑一样,正好也没什么事,就想看看是不是真会有那事。

说时迟,那时快,居然还真有一辆卡车疾驰而来,亏得横道线上没什么人,但还是惊出了张军一身的冷汗。卡车的车速非常之快。亏得有那冥思啊,张军忍不住擦了把汗。

还有一次,张军坐在家里的沙发上看着电视,沙发旁是橱柜。张军忽然脑中灵光一闪,橱柜上靠近他的那个花瓶会落下来,恰恰会砸到张军坐的位置。张军忙坐开些,也是挺纳闷的,今天也没风,怎么可能落下来呢？地震吗？

正想着，忽然横地里蹿出了一只猫，以非常快的速度越过橱柜，猫越过时正好碰到了花瓶，不偏不倚地，花瓶真的落在张军刚刚坐着的位置上。

张军被骇得目瞪口呆。

在之后的很长一段时间内，张军都发觉自己能通过冥思知道未来6小时内的事，而且特别灵，有时是突如其来的冥思，有时就需要去冥思一想。

有一天，张军很郁闷。张军谈了个女朋友，女朋友说，你要有套房，我就嫁给你。张军没有房，也没有钱。张军很迫切地需要一笔钱买房。

一天早上醒来，张军冥思一想，忽然就想到了当天徐家汇公园的某处垃圾箱中会藏匿一个公文包，而公文包里会塞满钱。

张军来到了冥思中的那个垃圾箱。

张军从垃圾箱里拿出那个公文包，还没走几步，就被几个不知从哪里蹿出来的男人扑倒在地。张军还没来得及说什么，就被铐起来送去了公安局。

去了那里才知道，当天公园里有一起绑架勒索案，而那个公文包里的钱就是绑匪要的赎金，那几个扑倒张军的男人，自然就是负责这个案件的刑警了。

张军苦着脸向警察解释着,是自己有了冥思,才去拿那个公文包的。

可警察哪信这个啊,要求张军赶紧供出自己的同伙来。

不过还好,最终警察调查下来,张军没有任何作案的记录,在公安局里待了一天,就被放了出来。

人是放出来了,可钱的问题,还是没解决啊。

张军再冥思一想,居然冥思到楼下不远处的垃圾堆场里也有一个公文包,而公文包里也是塞满了钱。

会不会还是上次的预谋呢?张军一想,反正自己又不犯什么案,怕什么呢?而且要交易钱,也没必要扔在垃圾堆场里啊,肯定是有人不小心扔了。

张军在垃圾堆里翻找了半天,还真找到了一个公文包,张军拉开公文包的拉链,就看到里面塞满了钱。

然后张军就看到垃圾堆场外居然站满了荷枪实弹的警察。张军傻眼了,忙扔了手中的公文包,把手举了起来。

事后才知道,这钱是一帮抢劫银行的劫匪留下的,而垃圾堆场,正是他们藏匿赃款的地方。

在公安局里,张军又碰到了上次审讯他的警察。警察冷笑地看着他,说,这次你脱不了干系了吧?张军忙不迭地摇头,再三说自己是无辜的。

虽然警察很想定张军的罪，可查来查去，确实与他无任何干系。

张军又被放了出来。

张军在家度过了一个苦闷的晚上。早上睁开眼，他发现自己在一个陌生的仓库，全身被捆得严严实实，旁边还坐着几个穿着警服的男人。

张军一想，自己似乎并没再犯什么事啊？

领头的警察微笑着说，听说你有冥思？

张军点了点头，说，是啊。

那你能冥思一下我们是谁吗？警察继续微笑。

张军冥思一想，面色顿时变了，说，你们不是警察？

那几个男人呵呵笑了，脱下了身上的警服，领头的男人一边掏出了一把闪着寒光的匕首，一边拿出一串股票的号码，说，知道我想请你干什么吗？

张军冥思再一想，冷汗马上下来了。

谢谢——

金宁今天见的这个女孩,不是本地人。从这点上来说,金宁是不满意的。见都没见就不满意,可见这个女孩,是不走运的。

咖啡馆里。女孩来的时候,金宁刚刚坐下。女孩瓜子脸,马尾辫,短裙,小挎包,看起来蛮清爽,也算漂亮。女孩在金宁面前坐下,脸上很平和,似乎朝金宁微微点了下头,是示意,或是打招呼。

金宁把点咖啡的单子递给女孩,说:"看看,喝点什么?"

女孩翻开,轻轻启口:"卡布奇诺吧。"

年轻的女服务生来了,收走了菜单,也给女孩倒了一杯柠檬水,柠檬水晶莹,跟着水倒下时的小气泡,很快就消失不见了。

女孩说:"谢谢。"

女服务生走了。

金宁喝了一口水,说:"我看资料上,你是安徽合肥人,现在一家媒体单位工作,是什么让你有想法来到上海呢?"

女孩说:"哦,我爸妈都在上海,已经好多年了。"

金宁说:"那你有没想过,将来要回去呢?"

女孩没说话,低下头喝了口水——那杯柠檬水。

金宁想到了什么,说:"对不起,对不起,我扯得有点远了。"金宁也发现了,这相个亲,怎么就聊到这个了呢。

女服务生又来倒柠檬水。

女服务生先给金宁倒了,金宁喝了一半的水。接着又给女孩倒了,女孩抿了一小口,说:"谢谢。"女孩脸上带着笑。

女服务生走了。

金宁说:"咱们还是说点别的吧,你现在的工作稳定吗?我看现在媒体的日子都不好过了。你现在是住哪里的,租的房子,还是买的房子?"

女孩一一回复。

女孩说得很慢,像是在边说,边在想怎么说。

女服务生再来倒水时,他们已经聊了有一会儿了。没聊到什么,金宁其实也是在寻找各种话题,不能太失礼,哪怕心里想着的没可能,但还是要讲下去。起码,也应该把正常的对话交流完吧。

女服务生给金宁倒了水,又给女孩倒了水。金宁的水其实已经喝了一大半,女孩的水还有好多。

女孩说:"谢谢。"

女服务生转头一笑。

时间，其实已经差不多了。

金宁看了看表，下午2点见的面，已经快4点了，很难得，两个毫无希望走到一起的人还能聊这么久。金宁有点佩服自己。

要结束了。

金宁突然想有点，类似那种总结性的发言。金宁想听听女孩对自己的印象。金宁一向对自己挺有自信的。女孩，应该是会狠狠地夸自己，并且很乐意与自己继续交往下去吧？当然，金宁会毫不犹疑地婉言拒绝她。

金宁喝了口水，刚刚倒满的水。

金宁说："你看，不知道你对我今天的印象，怎么样？"

女孩摇摇头，说："挺好的，不过，我们似乎并不适合，谢谢你的咖啡。"

女孩还说："如果，如果你愿意说谢谢，我想，你可以更好。"

女孩走了。

金宁还坐在那里，想着女孩刚刚说的话，听起来他应该要愤怒的，她凭什么说他，不就是他没说谢谢吗？他为什么要说谢谢，他来这里消费，服务生提供服务，这不是理所当然的事嘛？

金宁忽然笑了，这个女孩有点意思。

女服务生又来倒水时，金宁说了声："谢谢！"声音大了些，把女服务生着实吓了一跳。

轩尼诗道

一个早上,程雪和马龙说到了香港,说到了轩尼诗道,这究竟是一个什么样的地方?程雪说,我喜欢那里,那种喜欢,如同我一踏上那条马路,就感觉到了那里的风,那里的建筑,那里的一切,都让我心醉……

这样的话,程雪和马龙说了好多遍,再说到了男人,什么样的男人,走到程雪面前,她都不喜欢,直到马龙的出现。马龙像是程雪的一件救生衣,在一眼看不到边的大海里,救生衣给了程雪新的生命。程雪说,我喜欢你,马龙,像鸟儿看到自己的窝,像船儿看到自己的港湾……程雪是个大胆又富有诗意的女孩,并且有她一直以来的坚持。

马龙也喜欢程雪。马龙说,程雪,我会为你的梦想努力的。程雪说,什么梦想?马龙说,我会在轩尼诗道,给你买下一套房。这房,属于你,也属于我。程雪满脸幸福的样子,这样的梦想,可是有一些远哦!

为了这个梦想,马龙在努力着。

在上海这座城市,马龙和程雪都是外来人。他们各自和朋友合租。有空的时候,一个电话,一条微信,他们就走到了一起。现在的通信太方便了,像马龙说一句,程雪,我想你了。程雪几乎是闪电般地回复,我也想你了。见面多半是晚上,他们都住在浦东。浦东原来是农村,后来变成了城市,但仍丢不掉农村的那种平静与意境。像马龙和程雪,来到了这个陌生的地方,他们还是各自故乡的人。

很多时候,马龙和程雪是见不上面的,哪怕是晚上。

马龙是销售。白天,马龙在外面拜访客户,晚上陪客户吃饭,吃完饭,又回到公司,整理一天的成果,再总结下得失。马龙倒是不怕加班,只是对程雪,总有几分歉意。程雪打电话来,马龙说,对不起,程雪,我还在忙。马龙又说,程雪,我感觉,我的努力,与你的梦想越来越近了。

秋天,马龙换了份工作。

一天下午,程雪去马龙的新单位找他。在单位楼下,程雪被一个年轻的保安拦住了。保安说,非公司员工,不能进。程雪说,为什么不能?我找马龙。保安说,真的抱歉……保安拦在那里,毫不让步。

程雪给马龙打了电话。

十多分钟后,马龙来到的程雪面前。马龙的脸很严肃,说,你怎么来了？程雪说，我来看看你。马龙说，你回去吧。

三两句话，马龙就打发了程雪。

程雪懵了半天，只匆匆地看到马龙越走越远的背影，有些陌生。自从马龙去了这家新单位，就像是换了一个人。程雪不明白这是怎么了。

事后，程雪给马龙打了电话。

电话打了三次，才传来马龙懒洋洋的声音。马龙说，程雪，我们分手吧。程雪说，为什么？马龙说，我还是觉得，我们俩不适合，勉强在一起是没多大意思的。

程雪的世界，在马龙离开后，瞬时就崩塌了。

程雪有好几周都没有从伤感中走出来。

几个月后，程雪是在新闻里看到的这一幕。画面上，无数辆警车包围了马龙他们公司的大楼，荷枪实弹全副武装的警察冲进了大门……还有报道，贩毒集团利用公司为名，以大楼为潜伏地……再有报道，贩毒头目黎光，在警方全面布控后逃逸，同时，新闻里播出了黎光的照片，眼睛大大的，鼻子尖尖的中年男人……

程雪去了趟轩尼诗道。

从上海虹桥机场出发，有直飞香港的飞机。程雪坐上了飞机，买了两张座。那张座，就在程雪身旁，座位贴着座位。

飞机落地后，程雪坐出租车直奔轩尼诗道。在一个十字路口，程雪看到了一个熟悉的面容，正缓缓步行走过：眼睛大大的，鼻子尖尖的……程雪叫住了司机,说,师傅,就停这里吧。

出租车在路口不远处停了下来,程雪下了车,打了个电话。电话打出后不久,就听到警车的声音,由远至近,程雪微微地笑了。

晚上,程雪收到了一条短信,……黎光已被捕……

程雪淡淡地笑了笑。

程雪站在轩尼诗道的马路上,看着身边的一片璀璨灯光,拿出一张照片。照片上是一个穿着警服,笔直敬礼的男人微笑的脸。

程雪还在想,新闻那天收到的短信,对不起,我爱你……

电话打过去,已经不通了。

一个电话

老吴对吗?

对。你哪位?

我的声音你都听不出来吗?

你是?

你再听听。

哦,你是老赵?

对了。难得你还能听出我这老家伙的声音。

老赵你有什么事吗?

哦,也没啥,就是我遇到了一点难事。

难事?什么难事?是要借钱吗?借多少,你说吧。

我借三千吧,最多三个月,一定还给你。

不就三千块钱嘛,不用还,不用还,咱们俩的这个关系还用还钱吗?这样吧,明天早上你上我家里来拿,我给你准备好钱……

然后电话就挂了。老吴笑眯眯地坐在棋盘前,说着以上来自他与骗子的对话。棋盘对面,坐的是老姜,站着的有老刘、老张、老李,当然,也有老赵。大家都在笑,只有老赵没有笑。老赵受过骗。就是这样并不高明的诈骗电话,老赵硬生生地被骗了三万块钱。三万块是老赵平常省吃俭用的血汗钱。

老赵在那站了一会儿,太阳有点热,还是根本就不那么热,却是站不住了。老赵没有和谁打招呼,就悄悄地走了。

此刻,老赵坐在了我的对面。老赵算是我的忘年交了。我喜欢散步,在一条窄小的路上,我和老赵面对面相遇。老赵要让我,我要让老赵,反复几次,都是不期然撞在一起。我们俩都笑了。笑过后,我给老赵递了支烟,老赵也不客气,接过后,两个人就着路边,就这么席地而坐,慢慢畅聊。

老赵和我说了老吴接诈骗电话的事儿,也说到了自己受骗的事儿。

老赵说,那是一个午间。电话那边的声音,夹杂着几分不标准的中文,和英语的词句。老赵不懂英语。对方说得不流利,但又很着急地说,你好,你,知道我是谁吗?老赵说,你是谁?我不知道啊。对方说,你,真的一点都听不出来吗?叔叔,我是戴维斯啊……不标准的中英口音,老赵听得很纠结。但老赵的脑子里一下子又反应了过来,说,你是志豪的同学吗?对方说,对,对,我就是志豪的同学。现在有一个急事，对，非常着急的急事，就是志豪，志豪他生病了。老赵说，志豪生病了？生了什么病？严重吗？老赵也着急起来，虽然他也想过，这可能是一个骗局。对方又连轴似的说了许多话，说得太急，本身英语也不标准，始终没说明白志豪是得了什么病。但对方临挂电话前，还是给了一个卡号，说了三万块钱，说了十万火急，还说了什么。老赵也没听清。挂掉电话，老赵的第一反应，是给志豪打电话，电话响了好久都没人接。后来，老赵把钱给打了过去。再后来，老赵也知道自己上当了。

我说，志豪是谁？是你儿子吗？

老赵说，是的。老赵看了看天，已经完全黑下来了。

老赵说，志豪在美国。这个时间，那边天亮了，他应该起床了。老赵说着话，从口袋里摸出了手机。

老赵打了一个电话，没有人接。又打了一个，还是没接。老赵看了我一眼，有几分尴尬。老赵打第三个电话时，电话接了。我听到了一个声音：爸，你有什么事吗？没什么事就挂了吧，我忙着呢。

老赵一个字都没来得及讲，电话就挂了。

摸着电话的老赵看着我，我抬起头看星星，假装没看见也没听见什么。

遭遇一场车祸

父亲出车祸了！程东接到电话，人快急疯了！一早出去时明明和父亲说，让他一定待在家里，怎么就跑出来了呢！程东走出单位，急急忙忙地就往医院赶。

医院的过道里，一个年轻小伙正在和两名警察解释着："……我就是在路边看到了这位老伯躺在地上，就把他送来了医院……和我真的没关系，不是我撞的……你们要我说多少遍才相信呢，我不是要走，我要回公司上班……"

程东走过了他们身边，走进了病房，父亲躺在床上，眼睛茫然地看着天花板，头上包扎着，脚上也包扎着，手上还打着石膏。但似乎，看起来问题不是很严重。

刚巧，医生进来了。

医生说："你是病人家属？"

程东说:"是的。"

医生说:"病人身上的问题不大,但可能脑袋碰伤了,现在还很难说出好坏。"

医生出去了。程东倒一下子紧张起来了。脑子?父亲的脑子怎么可以出问题呢?果然,父亲的眼睛扫向了程东,惶惶惑惑的,像不认识他。看了程东一眼,很快,眼睛就溜达到别处去了,也不说话。

程东说:"爸,你没事吧?你怎么出去了呢?你……"

父亲的眼睛又扫向了程东,依然没说话。

一周多前,程东把父亲从乡下接到了城里。自从母亲过世后,父亲一直一个人待在乡下,年纪越来越大了,程东也越发不放心。父亲本不愿来,程东是好说歹说了好长时间,才说服他的。谁知道,父亲刚来没几天,就出事了。

走出病房,程东又见到了小伙。小伙哭丧着脸跑上来,像要去拉拽他的衣服。程东看了他一眼,他终于没拽。小伙说:"哥,我没有撞老伯,我只是送老伯……"警察走上前,拉住了小伙,小伙一脸紧张地被带走了。

警察把程东约到了他们的办公室。

一名警察给程东讲了事情的原委:"你的父亲被撞了,小伙把他送到了医院。但小伙没办法证明不是他撞的,他是第一嫌疑人。"

警察还说:"你作为家属,是要索赔吗?或者还有别的什么要求,你可以早做打算,我们也会尊重你的意见。"

程东点点头。

父亲像在一点点地恢复,脚可以缓慢地走了,手还托着石膏,似乎可以认得程东了,还朝他笑了笑。但当程东问到那天究竟发生了什么时,父亲依然没说出来。

小伙的情况,程东大致做了了解。

程东见小伙,是在拘留所里。

坐在程东对面的小伙,不知是不是因为一名警察在场,神色间仍有几分慌张。

"张鸣?"

"对。"

"来镇江多久了?"

"快……快三个月了。"

"喜欢镇江吗?"

"喜……喜欢。"

"喜欢,就要好好地生活下去。"

"好……好。"

见完小伙,程东又见了警察。

程东说:"你们把他放了吧。我看小伙没问题。"

警察说:"你确认吗?"

程东说:"我问过我父亲了,不是小伙撞他的,是他自己绊倒的。"

警察的眼睛像盏探照灯,说:"好。"

办完手续,在程东走出拘留所大门时,刚好小伙也出来了。看到程东,小伙似乎有些想躲,又或是外面的阳光太刺眼,让他的眼睛眯缝了起来。

程东说:"小伙子,好好地爱这个城市,爱城市里的每一个人。这个,就当你的误工费吧。"

程东从口袋里掏出了一千块钱,塞在了小伙的手里。

小伙说:"谢谢,谢谢你。"

小伙的眼圈瞬间就红了。停顿了几秒,对着程东,小伙深深地鞠了一个躬。程东赶紧去拉起小伙。

家里,父亲还在恢复。

父亲脚上包扎伤口的纱布已经拆了,手上的石膏也拆了,脑子也恢复七八成了。感觉,这有点像奇迹。

父亲说:"我过马路时,明明看到的是绿灯,不知怎么的,旁边就有一辆电瓶车突然冲了过来,后来,我就没有知觉了。"

父亲比画着手,给程东描绘撞他的人的大致特征:"年轻,个儿不高,你让他现在站在我面前,我一定认得出他……"

窗边,阳光还很炽热,像一团火,烧在程东的身上,暖暖的,很舒坦。

程东的抽屉里，还放了份小伙的资料。

陈中元，云南曲靖人，来镇江不久，一个多月前当上了快递员，因为父亲早逝，母亲常年身体不好，妹妹也还小，他初中刚毕业就出来打工了……

窄

开车要过的间距,目测有点窄!

他停在那里,犹豫。

和邱月谈了三年的恋爱。前不久,他说,我们结婚吧。邱月突然冷笑了,说,你有房吗?他一下子无言以对。他能说什么呢?这个城市的房价,不是他能想象的。就像他坐着的这台车,也是邱月再三要求才买的。首付八万,每月还五千车贷,持续两年。每个月到手的一万元工资,一半交了车贷,四千又交了房租,剩余就没几个钱了。他节衣缩食,车子平常也不大敢动,一动就要烧汽油,汽油就是钱。像今天,邱月打来电话,说,我和几个姐妹在外面吃饭,你来接我吧!邱月的话就是圣旨,他毫无拒绝的可能。也是为了省钱,他才想起有这么一条居民区的小巷作为穿越而过的捷径。他以前做过销售,就在这一片的居民区,敲开一扇又一扇的门。"叔叔,您好啊,我这个产品挺不错的,您可以看看……""阿姨,打扰您了,我这边有个产品,绝对正宗……"他像一个讨厌鬼,被一次次地紧闭在冰冷的门外。换一扇门,他还是一张笑脸,热情向居民展示自己的产品。

那时,他刚认识邱月,美丽的邱月像一只白天鹅,惹得他这个癞蛤蟆不断地看啊看,唯恐眼睛一转过去,这只白天鹅就飞走了。没承想,这一晃,邱月就成了他的女朋友。有那么一丝得意与骄傲,在他嘴角微微荡漾。

邱月的电话不失时机地打来,声音很冷峻,像主人对仆人般地,说:"你到哪儿了?"他说:"我,我快到了,快到了!"邱月说:"快一点!"电话就干脆利落地挂了。

他下了车。挡在那里的也是一台车,这条小区中的水泥路,原本可以过两台车的,这台车没靠墙停。这就造成了空出来的位置,不足以过一辆车。他侧眼看了一下距离,也许是可以过去的,但万一擦碰到了呢?有点不敢想。他比画着,心头还是没底。

和邱月能走到一起,要感谢的,还是那个抛弃邱月的男人。邱月梨花带雨般地走到他面前,说,陪我去喝酒。他从位子上站起来,没有问为什么,但也猜到了,心里有几分窃喜,跟着邱月就出去了。

酒喝了记不得有多少杯,邱月先醉,挥舞着的手,像一只美丽的蝴蝶在他眼前飞来飞去,他去拉她。邱月挣扎着,又哭,又笑,又闹,嘴巴里呜呜呜地。不知是从哪里来的勇气,这勇气,他似乎也就用了这一次。他扛着邱月，走出了酒吧，走过朦胧灯光的马路，走进他的出租屋。

他不由轻笑了一下，要没有那一次的勇敢，或许，他是完全没机会和邱月走到一起的。邱月这只靓丽的白天鹅，怎么可能看上他这只癞蛤蟆呢！

他坐回了车上，车灯照亮了前面好几十米远的距离。时间已经是晚上10点了，这台车，应该就是附近几个楼住的居民的吧。他想去敲个门，请车主把车开走。可这怎么说呢？说我要开车过去，请你把车往边上靠？人家会愿意吗？

他没有下车，还在想着邱月，脑子里全都是邱月。

邱月说是女朋友，真的是他的女朋友吗？邱月说："我没钱了，你给我点钱吧。"邱月说："我晚点回来，到该回来的时候自然就回来了。"邱月说："我碰到难题了，你帮我解决吧。"……

邱月的电话再打过来时，他的车已经横在那台车与墙之间了，车头进去了，他听见了车上感应器发出的近距离的刺耳警报声。

邱月说："你怎么回事啊，我已经到了，在门口了！"

他把车继续往前开，似乎听到了车与车碰撞在一起的交织的声音。这也像他和邱月这几年交织在一起的影像，有几分沉沦，几分悲戚。

他突然加大了油门，他的车猛地撞开了那台挡道的车，那台车子也在被剧烈撞击的警报声中不停地叫唤起来。这已经被他撞开了一条宽敞的道。

车玻璃窗打开，他的手机像一块石头般被扔了出去。

最好的出路

年二十九，尚平想回乡下的家。尚平答应过母亲，过年一定给她带点钱。可尚平没钱。

在县城漆黑的巷子里，尚平看到一个孤身女人。没有旁人。尚平想都没想，就冲了过去！尚平以为会很顺利，抢过了包，他逼视着女人，狠狠地说："不许喊。"女人惊恐地点头。谁知道，尚平刚跑出不到五米，女人声嘶力竭地喊起来："抢劫啊！救命啊！……"几秒的停顿，尚平扔掉了刚抢的挎包，像只落荒而逃的老鼠般跑出巷子，跑得远远的。

偷鸡不成反蚀了一把米，尚平从不想回家到不敢回家。也许警察，早去村子找他了，更让尚平后怕的是，隔壁的吴叔，就是乡派出所的老民警。一想到吴叔那极富穿透力的眼神，尚平就心悸不已。

可过年了，尚平又不得不回家。父亲走得早，尚平是母亲一手拉扯大的,那些年,母亲太不容易了。

年三十的晚上,鞭炮声中,尚平穿着一件高过脖颈的外套,悄悄进了村子。小路上,已经没有人了,大家都在家里吃着团圆饭说着祝福语吧。

母亲正坐在饭桌前,若有所思的神情,看到推门进来的尚平,一脸惊喜,说:"儿子,你终于回来啦?菜凉了,我去热热。"尚平制止了母亲,小心地说:"妈,吴叔在家吗?"母亲说:"在啊,他下午还过来,问你回来没有了呢。"尚平说:"妈,无论是谁问起我回来没,你都说没有,好不好?"母亲满是担心地说:"儿子,你是出什么事了吗?"尚平说:"没什么事,您别问了好不好?"母亲终于松了口,说:"好吧。"尚平想到了什么,又说:"妈,我这次回来,没给您带钱。"母亲愣了一下,说:"傻儿子,你回来就好,回来就好啊。"

那一晚,尚平睡得很不踏实,闭上眼睛,就觉得吴叔到了身边。尚平睡得满头大汗。

年初一一早,尚平早早地起床了,偷偷摸摸地在房间与客厅间走来走去。吃早饭的时候,尚平听到院子里有人进来,赶紧把头低下来,往房间的方向躲。"阿姨,您在忙呢?"听声音,是尚平小时候的玩伴李雷。"是啊,李雷,你什么时候回来的啊?"母亲的声音。"昨天下午,尚平回来了吗?"李雷的声音。"哦,他今年没回来呢,给我打电话说是工作太忙走不开。"母亲的声音。"本来还想和他聊几句,阿姨,那我走了。"李雷说着话，踢踢踏踏的脚步声，走了。

下午，尚平在客厅里看电视，院子外有车子停下的声音。有个女人的声音，叫："姑妈。"还有小孩的叫唤声。尚平赶紧往房间里跑，迅速地关上门。叫母亲"姑妈"的，也只有表姐了。隔着一道门，表姐的声音在客厅里响起："姑妈，表弟没回来吗？"母亲的声音："没有，没有，他打电话来说有事回不来。"表姐的声音："有什么事儿比过年回家还重要啊……"表姐他们是晚饭后才走的，尚平躲在房间里，灯也不敢开，也饿了。表姐他们走了，母亲打开门看了尚平一眼，微微地叹了口气。

……

眼瞅着一个星期的年，快过完了。吃着晚饭，尚平说："妈，明天一早，我就走了。"母亲放下筷子，说："儿子，能告诉妈到底出了什么事吗？"尚平摇头，说："妈，真没什么事。"母亲不说话了。母亲去拣菜，筷子上的菜掉落在桌子上也没发觉，还在往嘴里塞。尚平有种不好的感觉。

第二天，天还未亮透，尚平摸着黑穿好衣服，又小心翼翼地打开房门，蹑手蹑脚地打开院门，顺着门口的这条村路走出去500米，就顺利出村了。

尚平刚想走，前面竟站着一个人，半明半暗之间他看清了，是吴叔。吴叔一身警服。在村里，吴叔很少穿警服的。

吴叔走近了，轻声说："小平，不管你犯了什么事，自首是最好的出路。"尚平看了吴叔一眼，他是在想，如果现在跑，凭吴叔的脚力，是完全追不上他的。

尚平转过头，猛地看到了母亲。母亲的脸上都是泪，喊："尚平……"

瞬时，尚平如被电击般，跪倒在地，喊："妈，对不起……"

第二辑

天空好大

2005年春天。我刚来上海,像一个匆匆来到人世的孩子,茫然地站在未知的马路上。旁侧,是匆匆走过的行人,还有风一样开过的车子。我的眼神看着车子慢慢地远去,直到什么都看不见。

那是我当时的心情。

我在一家绿化公司做苗木销售。入职一周,老板给我们开会,振振有词,谁给公司带来效益,奖金丰厚,谁要是三个月开不了单,给我滚蛋!

我的心是无比惶恐的。

公司做的是中间商的活儿。每天,我通过苗木网站上的信息,拨出去许多长途电话,寻找最价廉最优质的苗木货源,采购后再卖给上海需要苗木供应的绿化公司。

我说,你好,我是上海绿源园林……电话挂了。再打一家。电话又给挂了。

我漫无目的地打了半个月。

除了有个小姑娘稚声稚气的声音，说，对不起啊，我刚来一周，真不清楚你说的苗木是谁管的呢。其他的，都是直接挂。

我站在大楼下的人行道上，左侧是马路，对面是一家医院，一辆接一辆的车开进去，间或听见救护车的鸣响声，还有匆匆的人流，水一般地向医院里涌进。

我抽了一支烟。

在我抽第三支烟的时候，有人拍拍我的肩，说，心情不好？我转头去看，是小魏。

小魏是安徽人，比我大5岁，公司的苗木销售冠军。我半个月颗粒无收，他已经做成了30万元的生意，利润也有三四万元。

小魏说，晚上有空吗？带你去见几个人。我说，好啊。

一家餐馆里，我见到了几个绿化公司的项目经理，一个姓胡，一个姓周，还有一个姓王。几个经理都是小魏的好朋友。小魏一去，被尊为上宾，我看他们先坐下，最后坐在门口的一张座位上。

小魏的酒量好，酒品也好。几个经理轮番敬酒，小魏来者不拒，转眼七八杯下肚。小魏朝我眨了眨眼，说，你和几位经理喝一杯。

我不胜酒力，却无法推托，端起满满一杯酒，敬三位经理。胡经理说，要分开敬。小魏说，对，分开敬。我被顶在杠头上。我先敬了胡经理,又敬了周经理和王经理。三杯酒酣畅淋漓地下肚,我的头瞬时发了晕。

那一晚,我对着马桶狂呕了半天。

我终于开单了!

我从胡经理那里,承接到一批350棵水杉的送苗业务。这批苗木用了两天送完。总额在1万元上下,利润2 100元钱。公司给了我40%的提成。

我请小魏吃饭,也给小魏包了个红包。饭,小魏吃了。红包,小魏没拿。

小魏说,知道我为什么帮你吗?你让我想起了几年前的我,来到上海,两眼一抹黑。你需要有人帮你,何况,我现在那么多的生意也做不过来。

小魏说,你要做苗木,必须多和那些项目经理接触,他们是你的上家,上家稳定了,下家自然像风儿一样向你扑过来。

小魏还说,你这酒量,该练练了!

接下来,我跟着小魏,又去见了一些人。也是喝酒,吃饭。各种应酬。我醉过,又吐过好多次。

半年的光景,我的苗木销售额突破了50万元。

但我忽然有点不甘。特别是一次醉酒后,特别难受。我已经呕不出任何东西了,还趴在马桶上干呕,鼻涕眼泪都下来了。我头晕晕的。那个时刻，我的脑子却特别清醒。

前几天，我回了一趟家。

我给了妈钱。妈不要。妈说，儿子，你瘦了。爸也说，儿子，你气色不好。妈还说，是不是上班很累，累就少干一点，让别人多干干，要注意自己的身体。

那个晚上，半醉半醒之间，我想了很多。

第二天，我辞职了。

小魏问我，为什么要辞职？不是做得好好的吗？

我说，小魏，谢谢你。也许，做苗木销售并不适合我。我想试试别的。

离开公司后，我辗转做了好几份工作，虽然收入远没有苗木销售那么高，但人活得轻松自在多了。

我和小魏时不时有些联系。

在我走后，小魏在公司又待了一年，也离开了。小魏自己开了家公司，开玩笑说也玩个创业……

前几天，小魏开着车，我们一起在当年公司前的那条马路上转了一大圈，又在楼下站着，朝楼上望了好半天，又望向了天空。

小魏说，这天空啊，好大。

我说，是啊，好大好大！

春天的列车

一早6点半,春天就起床了。7点,春天已经出门,步行10分钟,去坐地铁。这个城市的地铁,像老家的蜘蛛网,不,比蜘蛛网还密集,近乎渗透到了每一个角落。

地铁,春天要坐一个多小时。两条地铁线。第一条6号线,春天是被推搡着上车的。等着坐地铁的人太多了,又是短短四节车厢,小小的车厢装不下那么多上车的人。春天站在队伍的前端,就被后面的人硬推上了车。车里也是站满了人。好几次,春天都被挤在了美丽的年轻女孩的面前,女孩身上的香水味,还有暖暖的气息,像喷涌的泉洒在春天的脸上,搅得春天的心无法平静。春天的脸有几分烫,心头有一股热在缓缓地上升。春天想起了中学时他喜欢的女孩秋梅,秋梅像一朵美丽的花儿,盛开在春天的面前。春天只能看着,却不敢去触碰。春天没给秋梅表白过,甚至连秋梅的手也没拉过。但春天却无法控制地想秋梅了。

第二条是2号线，2号线的人多，但车厢也大。从6号线换乘2号线极为便利，在站内，拐个弯，走几十个台阶就到了。2号线要穿越这个城市，从城市的一端到城市的另一端，穿过城市最繁华的地段。其间，春天看到许多穿得光鲜亮丽的男男女女们上车，也看到他们下车。但无论怎样，他们都显得是那么的匆忙。这让春天想起了老家，老家的节奏很慢，慢到娘一早去喊春天起床，春天回了一声，转而又睡着了。慢到爹说去抽一袋烟，抽了好半天都没回来，娘去看，爹还在怡然自得地吐着烟圈。娘笑眯眯地摇了摇头，到河边洗衣服去了。河边，早已有许多像娘一样洗衣服的女人，慢慢地洗，慢慢地聊着天，洗着聊着，让时间像她们眼前清澈见底的水一样从手指缝间缓缓流过。她们还在自由自在地扯东扯西。

上班无疑是紧张的，像屁股后面装上了枚火箭发射器。春天刚在公司露个脸，经理就迫不及待地给他安排工作，一二三四五，今天你先把这五项工作给处理掉。刚做到第三项，经理的电话又打来了，说，你赶紧过来，有一个特别紧急的事儿，重中之重，马上要处理！春天就快速跑向经理的办公室。几次三番，经理的电话如同一张张催命符，催得春天像只转个不停的陀螺，又像个永不倒下的不倒翁。每到这个时候，春天也会想到这个城市的春天。这个城市的春天，也是美丽的。春天的公园里、马路上，绿树成荫，花团锦簇，老人、孩子，在阳光下快乐地行走、奔跑……

春天也喜欢这个城市的女孩。同一办公室的美丽女孩许龄月，春天就很喜欢。春天给许龄月买过热气腾腾的早点。春天给许龄月买过美味的午餐。春天还给许龄月买过可口的下午茶。春天喂饱了许龄月的胃。春天还没来得及开口表白，下班的时候，就眼睁睁地看着许龄月袅袅婷婷的苗条身子走出办公室，坐上一辆锃亮的车子。车子席卷着春天的风，喷出一股浓浓的烟雾，呼啸而去。

这个年末，春天走在这个城市的街头，一个举着话筒的美丽女孩拦住了他，说，先生，我是城市电视台的记者，能请你回答下，在你的眼睛里，春天是什么吗？对着这个美丽女孩，还有那摄像机镜头，春天笑呵呵地说，哦，春天呀，春天就是希望，就是梦想。

春天告别了美丽的记者。

春天还在想着娘刚刚打来的电话，娘说，春天，春天你爹上次说腰疼现在都不疼了，春天，春天我们家今年的收成不错……

娘还说，春天，春天我们给你说了一门亲，是你二姑帮忙找的，说是你以前的同学，叫秋梅。秋梅说她还记得你，你，你还记得她吗？

娘又说，春天，春天你过年早点回来吧，春天，春天你在听吗？你怎么不说话呢？

春天的手里紧攥着刚拿到的还热乎乎的回家乡的火车票，眼前像有一列火车疾驰而过。没有什么可以阻止春天到来的脚步。

我爱上海这座城市

李小毛来到了上海,这是个美丽的大都市。

站在虹桥火车站出站口熙熙攘攘的人潮之中,李小毛止不住地兴奋,我终于来到上海了,这座梦里来到过好多次的大城市。我爱上海!

上海,却似乎并不爱李小毛。

李小毛是经老乡介绍来到一个建筑工地的。

工地上的活儿不轻松。李小毛戴着安全帽,背着沉沉的工具,每天穿梭在工地漫天的灰尘中,头上还顶着个辣辣的太阳。这里的太阳,似乎比农村的太阳还要大,不然晒在人身上,怎么就这么热呢?

空下来,李小毛就想看看上海。李小毛有个5岁的儿子。李小毛出来时,儿子问,爸爸,你去的是上海吗?李小毛说,是啊。儿子说,上海是有什么呢?和我们农村,又有什么差别呢?李小毛说,儿子,我帮你去看看上海啊。李小毛想买辆自行车,好好逛一下上海,下班后上海的夕阳，闪着淡淡的红晕，晴空万里的天空，很美。

路上，李小毛碰到一个卖自行车的男人。

李小毛说，自行车怎么卖？男人说，50块钱，你给骑走。李小毛摇摇头，说，贵了。男人说，你想给多少钱？李小毛说，20块吧。李小毛还有点舍不得，20块钱可以给儿子买好多糖。儿子喜欢吃糖，儿子说，爸呀，这糖可真是甜啊，都甜到骨子里去了。男人说，行，这车是你的了。

李小毛骑着车，骑了三天。第三天的晚上，李小毛刚把车从工地里推出来，就被一个老头给拦住了。老头说，这车是你的吗？李小毛说，当然。老头说，原来是你偷了我的车，这车是我的，我找这车三天了。老头还报了警。警察来了，确认后，让李小毛把车还给老头。警察原本还要拘留李小毛，还好当时买车的时候，有几个工友也在，工友为李小毛做了证明。这样，李小毛才没有被拘留。这样，李小毛的自行车就没了。李小毛不能骑车去逛上海了。李小毛心里很沮丧。

还有不快乐的事。

晚上，工头发现自己放在办公室皮包里的钱不见了。下午，好多工人到过工头的房间，其中，也包括李小毛。工头怀疑上了李小毛。

那天，李小毛在门口被警察询问自行车的事，工头正好路过，还往那里看了几眼。

工头把李小毛叫进了房间。工头说，小毛，你说你来了后，我对你怎么样？工头还说，小毛，这日子还长，还是要好好做人。工头又说，小毛，你要不把钱交出来，这个月的工资你也不要拿了。李小毛想说，老板，我来了后你一直对我很好。李小毛想说，老板，我没拿你的钱，你怎么能让我这么承认呢？李小毛还想说，老板，你这么扣我的钱，完全是没有任何道理的。

但李小毛的这些话，都没有说出来。工头一脸不耐烦的表情，表明了他并不想听李小毛解释，要的只是拿还是没拿的回答，拿了就把钱交出来，一个简单又不简单的结果。

李小毛从工地上走出来时，天已经有点黑了。李小毛想过辞职，但辞职之后又去哪里呢？这里的活儿不好找。

人行道上，李小毛看到身边走过的匆匆忙忙的人，还有马路上，那些匆匆忙忙的车，这里的人，为什么要这么着急呢？

思忖之间，李小毛突然看到一个老人，站在马路中间正要过马路，一辆疾驰而过的车子，像匹脱缰的野马般向老人冲去。说时迟那时快，李小毛飞快地从人行道冲到了老人面前，一把推开了老人，而他整个人就像个皮球一样，被车子撞飞了出去……

李小毛在医院里躺了一个多月才醒来。

醒来后的李小毛，已经是城市的英雄了。有个年轻又漂亮的女记者来采访英雄李小毛。

女记者问，李先生，能谈谈您为什么不顾一切地救人吗？

李小毛说，这都是我应该做的，我爱上海。我还要给儿子讲讲上海，上海的大，上海的美……

女记者问，您的儿子，他一定很可爱吧。

李小毛说，是的，他特别可爱。

女记者问，您来上海打工，一定是有个远大的目标吧？

李小毛说，我的目标，就是赚好多的钱，把儿子接到上海最好的医院，给他看好眼睛……

堂弟的跬步

堂弟说，哥，我不想工作，我想再去读别的专业的研究生。

我一愣，堂弟在海事大学读大三，在如今大学生找工作难的背景下，堂弟因为专业特殊，都不需要找工作，毕业就直接可安排到大型船厂上班。

堂弟可真有些身在福中不知福啊。

我说，能和我说说原因吗？

堂弟说，上回学校组织我们去船厂参观，我就看到好多个年纪很大的工人，在那里努力工作着。我看着他们，仿佛就看到了我的未来，从年轻到年老，一直在那里干活……

我说，那你想好，要学什么专业了吗？

堂弟说，我想学金融。

我说，好。心头微微叹一口气，想，金融这碗饭，看着金灿灿，可不容易吃啊。

事后，我碰到了叔叔。

叔叔说，我和他商量过的，可你弟说，他从小到大，考什么高中，直至大学考什么专业，都是听我的。他说他都这么大了。这一次，他希望自己能做一回主。

我说，那就让他试试吧。

一切都像是按堂弟的计划中的运行着。堂弟从大三读到了大四。

堂弟来找我吃饭。

在一家饭馆里，堂弟说，哥，这个学期，我要受苦了。

我说，受什么苦？

堂弟说，学校安排我们去船厂实习三个月，都是在大太阳下干活的，我估计会被晒掉三层皮。

我看了眼堂弟细皮嫩肉的样子，说，晒晒也好，锻炼锻炼你的体格。

堂弟自嘲地笑笑，说，是啊是啊，我都发觉自己胖了。

我想起了什么，说，你考研准备得怎么样了？

堂弟说，差不多了，近期去报名。我都想好了，要考外地的学校，越远越好，这样我爸妈就管不到我了。哥，你也知道的，从小到大，我几乎就没离开过他们的视线，现在只想好好走出去闯闯。

看着一脸兴冲冲的堂弟，我只好说，也好。

有过一段日子，我没见到堂弟。堂弟应该是去船厂实习了，三个月时间，可是不短啊。

再见到堂弟，是在过年的时候。我去看叔叔。

我敲了门，是堂弟开的。看到堂弟的第一眼，我真吓了一大跳，堂弟整个人，黑了，也瘦了，说实话，确实精神了许多。

堂弟先叫了我。

我说，弟，在船厂实习得还好吗？

堂弟说，挺好的，按我们厂里的人说的，吃饭香了，也睡得着了，以前浑身乏力，现在天天有劲。

张口就来厂里的话，堂弟在那里受的熏陶还真不小。

我说，那你的考研呢？考得怎么样了？

堂弟忽然不好意思地笑笑，说，哥，我暂时不考了。

我说，为什么？

依堂弟的性格，可不是那么能轻易改变主意的人。

堂弟说，哥，你不知道，我们船厂多有意思。忙的时候，我们大家一起干活，但活儿完全也没想象中的那么多。空的时候，我们就一起聊天，聊各种各样有趣的事。

堂弟又说，哥，你真不知道，其实我们船厂里也是藏龙卧虎的。你别看我们的带教师傅，长得是黑咕隆咚的，可他有才啊。不仅能给我讲各种道理，教会我许多以前从没听过的经验。他甚至还能说出"不积跬步,无以至千里;不积小流,无以成江海"这样的话。

堂弟接着说,哥,你不知道,我们接下去如果在厂里上班,一个月能拿8 000块呢,如果做满一年,还会继续加薪。我都想好了,今年考研我许多知识点还没学会,我准备缓缓,边工作边复习。这样我还能给爸妈分担许多,他们为了我操心出力了这么久……

堂弟说话的时候,叔叔正好从房间走出来,眼中满是赞许的神色。

我朝叔叔微微点下下头,想,堂弟长大了。

表弟李凯

李凯坐在我面前，叫我："哥！"

李凯是我表弟，多年前，我孤身来到了上海。多年后，李凯也来了，他不是孤身一人，在上海，他有一个表哥我。

刚挂掉舅舅舅妈的电话，嘱咐还在耳边萦绕："……你是他哥，一定帮帮他……"他们知道，我在一个开发区上班，还是能说上一些话的。

李凯趁热打铁，说："哥，你看你看，我可就只有你一个哥呀！"

我看着李凯，深深地看了好久。

我说："行，我可以帮你找。但不是什么好工作，一份是物业公司的前台，一个月2700块；另一份工作是开发企业的销售，只有1000块的底薪，但如果做成哪怕一单，提成都是极可观的！"

我说："你想去哪家？我现在就帮你联系。"

李凯说："没有第三家吗？"

我说:"没有了。"

想了想,李凯长叹一声,说:"那就物业前台吧,至少没有压力,我想轻松一点。"

我说:"好。"

第二天,李凯上班,在一个办公楼宇。前几天刚好有个小姑娘离职,李凯顶她的位置。一个人坐在会议室的门口,随时等候为与会人开灯关灯,端茶送水,或是提供别的服务。

一次,我经过那个楼宇,走过去时,李凯正茫然地看着前方,像是在看着什么,又像是什么都没看。他并没看到我。

两周后,李凯说:"哥,我不想做前台了。"

我说:"为什么?前台不是挺好吗?没有压力,那么轻松……"

李凯说:"没压力,很轻松,这清闲的日子也挺不好过,而且,这活儿更适合女孩子做,你看我一个大男人,一个大学生,竟然做这个活儿。太没出息了!"

李凯咬咬牙,说:"哥,我想试试做销售!"

我说:"行!"

做销售的活儿,可不是那么轻松的。

第一天上班,李凯到家,都晚上11点了,大夏天的,西装革履的李凯回到家,一阵浓重的汗臭味袭来,哪怕是他喷了香水也是无法掩盖。李凯的脸上,也写满了疲惫。

我已经洗完澡,放松地坐在客厅的沙发上,刚看完一集《欢乐颂》,电视里那个饱受工作劳累之苦的关雎尔,像我眼前的表弟李凯。

我说:"今天怎么样?"

李凯说:"好累!"

李凯说完两个字,就洗澡睡觉去了。

第一个月,李凯一单未签。

那一晚,拿着1 000块的底薪,李凯非要拉我去吃饭。我拗不过,陪他一起去了。就在路边的夜排档,我们点了三个菜,又要了四瓶啤酒。

夏夜,大排档的生意特别好。

李凯连喝了三大杯啤酒,喝到都打饱嗝了。

我没拦他,我知道他心里苦,他想倾诉。

果然,几杯酒下肚,李凯开口了,说:"哥,你说这工作,怎么就这么难呢,钱太少、轻松的做得没劲,钱多的、挑战大的却无法成功。我确实,真的努力了!"

我说:"想听听哥的故事吗?"

李凯说:"哥,你说。"

我说:"我刚来这个城市的时候,也是夏天,像现在这样的夏天。找了半个月,好不容易找到个广告公司的活儿,但我投递的是文案策划,他们要的是市场推广,也就是销售。我咬咬牙,想,先做了再说吧!

大夏天的,我每天跑动在各条马路上,有时一天走走停停能走上二三十公里。那时业绩差赚钱少,公交车也不敢坐。每天臭烘烘的身上特别难受,但只能忍着。尽管努力,效果还是不明显。我也有过气馁,但再想想,已经没有后路,只能往前冲了。你看我现在的这条路,如果没有以前的一天跑几十公里,你觉得能走出来吗?"

我说:"我永远记得,当时组长说的一句话,把脚底磨平了,业绩就出来了!"

我还说:"按我现在的能力,我可以帮你找一份既安稳收入也可观的工作,但这不足以提高你锻造你,你要吗?"

李凯说:"不要不要,哥,我也想自己努力拼一下!"

李凯向我敬酒,他的眼睛亮亮的,带着坚定。

我从李凯的眼睛里看到了多年前的自己。

酒杯相触,发出"砰"的轻轻一声响。

塔里木之歌

我专程去沙雅，是看一个叫乌依古尔的年轻人。我千里迢迢，从遥远的上海赶去。我要找寻乌依古尔坚持回去的答案。

乌依古尔是我的学生，是教书到现在最让我引以为傲的学生。

大学毕业后，在我力荐下，乌依古尔完全可以留下来，帮我一起搞科研。先做讲师，以后做副教授、教授。凭乌依古尔的聪明才智，他甚至可以有更大的舞台，取得更高的成就。乌依古尔却说，老师，我要回去。我要回到我的沙雅，回到我的塔里木河……

我说，乌依古尔，你怎么那么拧呢！

我恼乌依古尔的不知好歹，回到沙雅，他能做什么呢？他不能放任自己的大好前途就这样付之东流了啊！

那一天，是我们的第一次争吵。事后，乌依古尔再三向我道歉，说，老师，对不起……但乌依古尔的想法，却是始终无法改变。

毕业后，乌依古尔果真毅然决然地离开上海，回到了沙雅。

有很长一段时间，我没有和乌依古尔联系。

哪怕是乌依古尔打电话到科研所，我也拒绝接听电话。我真的是不明白，乌依古尔，我亲手培养起来的这么一个优秀的学生，为什么就不知道好好钻研下去，不努力在科研路上好好走下去呢。这实在是太让我失望了。

乌依古尔给我寄了信，信到了我的桌上。

信在桌上摆了好久。我想把这信扔进垃圾箱里。我心里是这么想的，但我没有真扔，我看了看，就出去了。

第二天，我回到办公室，又看到了这封信。我还是没忍住。既然没扔掉，那就看看吧。我拆开了信，信上，乌依古尔说，他的研究现在遭遇到了难以解决的问题，实在没别的办法，他需要我给予帮助。

我给乌依古尔打了电话。

乌依古尔听到我的声音，非常激动，再三说，老师，谢谢您，谢谢您愿意帮助我，谢谢您……

我说，客套话不用说了，说说你的问题吧。

乌依古尔一股脑儿地说了。

能回答的，我一一为乌依古尔做了解答。不能回答的，我用张纸，一一记录下来，帮他查询。

从那一刻起，我和乌依古尔开始时不时地联系。

乌依古尔说，老师，我要改变沙雅的面貌。

我并没听懂乌依古尔的意思，我问他，你要干什么？

乌依古尔说，老师，您将来会知道的。

通过电脑，我还和乌依古尔视频。

视频中的乌依古尔，黑黑的，瘦瘦的，我还以为是我认错了人，直到眼前的这个人讲话，我才确定是乌依古尔，没错。

我说，乌依古尔，你黑了，也瘦了。

乌依古尔说，老师，但您看，我整个人是不是特别精神？

这倒是的。我点点头。

我问乌依古尔，为什么，你一定要回沙雅，而不愿意留在上海呢？

好一会儿，乌依古尔说，老师，有一天您会明白的。

有一天，乌依古尔给我看一张照片，照片上黄黄的，全部都是黄黄的，整个色调都是黄黄的。

我问，这是沙漠吗？

乌依古尔没有直接回答我。

乌依古尔只是说，老师，请您来沙雅看看。

我来到了沙雅。

我看到了乌依古尔，比起视频中的乌依古尔更黑更瘦了，但似乎也更精神，神采奕奕。

乌依古尔开了辆车，说要带我去一个地方。车上，乌依古尔给我讲了一个故事,一个他儿时的梦想。那个时候他还小,小小的他,和伙伴们漫步在沙雅,漫步在塔里木,一望无垠的就是那黄黄的,全部都是黄黄的色调。那个时候,他就有个小小的梦想,梦想就是这里不该只是一种颜色,他要改变这一切,他希望能有更多的颜色在这里,"到那天,我会在这里,唱上一支歌"……

在乌依古尔的叙述中,我们到达了一个地方。那里,是一大片的绿,绿树成荫,遮盖了地上黄黄的沙土。

乌依古尔看着我,说,老师,您知道吗?这些黄黄的沙土,其实并不适合种植绿树,而塔里木的沙漠化,却是越来越严重,每年都有大量的土地无法种植,能适于生存的土地越来越少,所以,我必须要回来。我感谢您帮助了我,帮助我攻克难关,让这片绿留在了沙雅,留在了塔里木!

我看着乌依古尔,还能说什么呢,眼前的这个年轻人,无疑是我这一辈子最值得骄傲的学生了。

我仿佛听到,天空中,树荫下,那一支乌依古尔唱起的悠扬绵长的《塔里木之歌》。

我要一位努力的同事

部门里,主任要给我安排一个人。

是个女孩,姓徐,刚大学毕业,脸涩涩的,人也瘦瘦的,显得单薄。也许是刚从学校迈进社会,身上散发出的一种紧张的情绪,连讲话也断断续续的,想要说话,开了口却是带着颤音。

主任摇摇头,一脸的不满意。

女孩看到主任这样的表情,似乎更慌了,一张脸,像是要哭出来。女孩说,请你……你留下我吧,我,我会努力的……

我站在主任身旁,对他耳语,说,要不,先试试看?反正有三个月的实习期。主任微微点了点头。

第二天上午,我给小徐安排的第一个工作,是去同政府条线的媒体记者们沟通,最近我们这里要搞一个论坛,邀请他们参加。我给了小徐几张纸的长长的一份名单,上面有五六十个记者的名字与联系方式。

我说,你给他们打电话,请他们参加我们的活动,要确认,有多少记者能来,有多少记者不能来。

表情仍旧紧张的小徐看了一眼名单,说,好。

小徐开始打电话了。

我听见小徐的声音,你好,我……我是这边政府,我……我们最近要搞一个论坛,想请你看看……

坐在不远处,我听了几个小徐打出去的电话。

其间,楼下有一个会,我出去了下。会开完,我又陪着一些外来开会的人去食堂吃饭。下午,我又出去了一趟。

临下班的时候,我回到了办公室。

小徐站到了我面前。

小徐给我的那几张纸,上面涂得满满的,每个名字的后面,都写了"来",或是"不来"。也有标注"没打通",大概也有十几个。

我说,还有没打通的?

小徐说,我打了几次,都没接。

我说,那你准备怎么办?

小徐说,我不知道。小徐低着头,搓着手,一脸无辜样。

我说,你给他们短信留言啊。

小徐说,好,好。

小徐坐下来，在拨弄着手机，是在组织语句给没打通的记者们发短信吧？

我又出去了下，是主任叫我。

回来时，已快6点。离下班时间过了一个小时。小徐还坐着，在给记者们发短信……

又一天，我们编的一期报纸到了。我安排小徐给几位主要领导，还有各个处室的处长们一一送去。

小徐去了一会儿，又回来了。脸红红的。

小徐说，我好像发错了。声音有点低。

小徐说，我发了7月的报纸，发给几位主要领导的时候，领导们没说什么。发给一位处长，处长说报纸上个月收到过，我才发现……

我看着小徐。小徐一脸紧张，一脸惶恐。

报纸放在储藏室里，门口一摞，是最新的8月的报纸。旁侧，是上个月的报纸。

我说，小徐，没关系，你去拿8月的报纸，再给领导们发吧。

小徐说，好。

小徐又说了句，对不起。

我说，去吧，别放心上。

小徐兴冲冲地，怀里抱着一叠报纸，又去了。

时不时地,因为不熟悉情况,小徐会犯上一些错。犯错之后,小徐迅速地会做出改变。

不知不觉,快要三个月了。小徐坐在我不远处。

我说,小徐,我们聊聊?

小徐搓着手,一如刚来时那般紧张,她似乎也是觉察到,这三个月的试用期到了吧?

小徐低着头,声音依然低低地,说,好。像等待着我的宣判。

我说,我们聊聊家吧。

我说,我看过你的简历,你是从农村来的?

小徐瞬时涨红了脸,说,我,没错,我是从农村来的,我爸妈都是农民。从小,我看着他们干农活,我要帮他们一起干,爸妈不愿意,说让我好好学习,将来考上大学,有个好营生。爸妈说,做农民太苦了,他们不愿意我再去做。所以,我一直很努力,也来到了这个城市,我希望自己能留在城市,也希望留在这里工作。李老师,我知道我有很多不足,很多需要去学的地方,但您放心,我会努力的,我一定会努力的!求您留下我吧! ……

我很认真地看了小徐一眼。

我微微一笑,说,小徐,你先出去吧。

小徐出去后。我理了理资料,去了主任的办公室。

我说,主任,小徐,留下吧。

主任看我一眼问，为什么？我看这姑娘好像一般啊。

我说，她很努力，我相信她能做好。

主任说，好，那就留下吧。

我走出主任办公室，还有一个理由我没讲：我也是从农村来的，从小徐的身上，我仿佛看到了若干年前自己的影子。

小章姑娘

美丽的姑娘小章第一次来,是面试。

合作的媒体公司安排了两个女孩过来,单位7楼的皮沙发前,我先和小章做了短暂交流,接着是小刘。

合作方的安妮倾向于小刘。

安妮说:"小章内向,虽然有一年从业经验,但不是本专业。小刘虽然刚毕业,但人开朗,我相信很快就能投入进来的。"

我说:"还是小章吧。"

我一直自诩,看人很准。

说话的时候,我看向窗外,一棵刚刚种下的树,修过了叶,也修过了枝,像一个刚刚理过发的脑袋。

小章来了一个月,两个月……突然说要辞职。小章的辞职不是对我说的,是安妮打电话告诉我的,我坐在拥挤的地铁上,前前后后都是人,耳边是地铁轰隆轰隆运行的声音。

安妮的话,听不真切,隐隐约约:"……小章说要辞职……"

辞职?为什么要辞职?不是好好的吗?我不是很明白,小章来了后,负责我们微信公众号的后台运营,兢兢业业,勤勤恳恳,任劳任怨,也从不抱怨什么。我都看在眼里。

"……她说,她不会采访……"

我瞬时明白了。白天,我找过小魏,也找过小章。小魏是资深记者。小章算是小魏的助手。采访春运期间运营单位的一位主任,小魏之前采访过七八位相关负责人,这次,我说让小章练练手,小魏协助她,人嘛,总是在锻炼中成长的。小章当时没说什么,以为她默认了。原来是这样。

第二天一早,我去了小魏、小章的办公室。昨天安妮说的话我一个字没提。我已经联系好了那位主任,这个时间刚好在。我说:"我们去采访吧。"我分明看见小章的脸似乎一紧。我接着又说:"小魏,采访还是你来,小章一起旁听吧。我和你们一起去。"

3楼的办公室,主任看见我们,客气地递上了茶。我说:"这段时间,您这边辛苦了啊。"主任脸上笑眯眯地说:"还好还好,春运能够圆满保障好,这才是最主要……"气氛很轻松,小魏的采访问题一个一个地抛出去,主任很流畅地回答,一切都显得很自然。我轻轻看了小章一眼,小章的眉眼松弛开,嘴巴也不似刚来时紧闭了,长长的发丝轻轻飘扬着。

我没有再给小章采访任务。

窗外的树,经过一个冬天的沉寂,度过了它的休眠期,枝叶在慢慢地萌发,修剪过的枝干处微微冒出嫩芽。

不知什么时候起,小章的脸上多了笑容。

一间会议室里,开着会。小章坐在我的对面。我说:"这次的报道主题,还是要严格按照领导的指导方向走,三大部分一个都不能少……再通过微信号发布,小章这边后期操作下。"小章微笑着说:"好。"我说:"我们区域有许多的'第一',许多的'之最',大家收集好后,都给小章,小章整理发布。"小章说:"好。"小章的脸上,还是笑眯眯地。

小章的笑,感染着我,让我因为工作繁杂而烦躁的心头多了份舒爽。

算起来,小章在这里,已经半年多了。

一家区域内负责公寓的女孩子来对接,我把她带到了小魏、小章的办公室,就着几张椅子,我们围坐在一起,由小章负责采访。

早已做好准备的小章,一条一条地提问,有条不紊,不急不缓,沉稳有度。也许这种非正式、聊天式的交流采访很让人放松,小章一点都不紧张,处理得非常好。

一天后,小章交过来的采访稿子,审稿的同事一脸诧异,说:"这是小章写的稿子吗?写得太好了,我一个字都不需要改啊。"

后来，我带小章去采访过影院负责人，餐馆的年轻女老板，小章都表现得相当不错。

回来的路上，我问小章："下次，如果出去采访，让你一个人去，你可以吗？"小章不好意思地笑笑，说："最好是有人陪我一起去。不过，我也可以试试。"我看到了小章眼睛里的犹豫，还有坚定。我还发觉，常常笑起来的小章，特别得美。

那棵树，枝头上已经挂满了树叶，绿影葱葱。我在窗口看着，想到了若干年前树下站立的一个羞涩男孩，男孩抱着树不愿松开，说："不，不，我不敢。我不行不行。"男孩的头摇得像个筛子。旁边一个温暖眼神的男人，轻轻摸了摸男孩的头，很有耐心地说："没关系，我们慢慢来，不着急。"

是的，那个男孩就是我。

苦到底，就不苦了

说话的人是老王。

那个时候，老王年纪也不大。大概也就三十出头吧，其貌不扬。

那个时候，我刚失业，随意地投了几份简历，就有一家餐饮类的广告公司，让我去上班。是广告推广的活儿，就是把公司的广告牌，植入一家家的餐馆里，作为回报，随后会出版一本彩版的餐馆宣传册子，将对方餐馆的信息排进去。

我报过到后，就想回家睡觉了。

熬三个月，领每个月一千多块钱的底薪，然后一拍两散。这是我的目的。

老王叫住了我。

老王说："我们一起去跑餐馆吧。"

老王是我的领导。

我看着眼前这个男人，心里是嗤之以鼻的。领导？我不理解，他凭什么领导我呢，我看不出他哪点像是我的领导。

老王拉着我去了一家餐馆，快到午饭的时间了。

餐馆的服务员以为我们是吃饭的，拿着菜单微笑地朝我们走来。老王比画着手，告诉她，我们是来谈合作的。

服务员的脸，瞬时就变得不和善了。

服务员说："你们稍等。"

服务员找他们经理去了。

他们的经理很忙，我们坐在门口的座椅上，一等就是一个多小时，看着吃饭的人一个个地走进去，又有吃完饭的人一个个地走出来。

他们的经理——一位中年男人也走出来了，一脸歉意地说："抱歉，我们不做。"

老王说："好，谢谢你。"

老王还适时地奉上名片，说："如果你有需要，可联系我们。"

男人说："好。"男人头是抬着的，根本瞅也没瞅老王的名片。很可能，一会儿名片就要被扔进垃圾箱了。

下午，我们又跑了十几家，他们都没什么合作的意愿。

我一脸疲惫地看着老王，老王居然还很开心，说："我们今天算是勘察，我觉得挺好的，你觉得呢？"

我说："好吗？！"

我笑笑。老王也笑笑。

我其实是个大懒人。我这么个懒人,硬是被老王拽着往前在冲。

有一个晚上,我们为了等一个意向客户,等到了晚上10点多。这家餐馆,我们来过三次。通过一次又一次的沟通和努力,老板终于有合作的想法了。我们坐在餐馆的办公室里,一等又是一个多小时。我打着哈欠,跑了一天,太累了。老王也在揉眼睛,他显然也是困了。

终于,餐馆的老板,一个和善的广东男人来了。

男人朝我们笑笑,说:"久等了吧?"

老王说:"还好还好,今天生意不错吧。"

男人说:"挺好的。"

老王说:"希望我们合作后,你的生意会更好。"

男人说:"承你贵言了。"

这个晚上,我们签成了一个大单。

这个晚上,男人还介绍了其他几个餐馆的朋友给我们。这算是意外收获。

这笔签单,给我们带来了很大一笔的公司奖励。

拿着钱,老王非要请我吃饭。

老王还给我讲了一个故事。老王是江西人,家里兄弟姐妹多,从小生活苦,吃不到东西,好几次,差点就饿死了。老王说:"我这算是苦到底了。"老王还说:"所以现在凡是碰到的苦,我都不觉得苦了。"

老王说:"我始终相信,努力了,你能成功。"老王在前一个单位,就是金牌销售。

老王笑着说:"不然,你看我怎么可能做你领导呢。"

后来,我们都离开了广告公司。

后来,我们在各自的领域生活,工作。

时不时地,我关注着老王的近况,老王代理汽车零配件了,老王开公司了,老王专注汽车产业了,老王与许多车企老板的合影……

前一天,一个陌生电话打给我。是老王。

老王说:"你在哪呢?"我说:"我在虹桥火车站呢。"老王说:"正好我路过,来看看你。"

十几分钟后,老王到了我面前。一如多年前,老王变化不大,坐在我对面,递给我两张名片。

一张是车企副总经理,一张是某北京公司的杭州总代理。都是响当当的头衔。

我说:"苦到底,就不苦了。"老王笑了。我也笑了。

虹是我的名字

多年前,我来到大上海,来到虹桥商务区,真的是走投无路。

一个老乡碰巧在这边的中骏公司上班,老乡说,哥们,你来吧,公司正好在招销售,旁边就是虹桥火车站、虹桥机场,回老家也方便,走几步路,坐上火车飞机,呼啸着就到家了……

老家,正是"战火连天纷争四起"。

大学毕业一年多,我还没找到合适的工作,整天对着爸妈嫌弃的脸。有一天,在一番大吵之后,我摔了碗,夺门而走。就这样,我来到了这里。

我以为是一套套新住宅的销售。

经理给我们这批新人开会,说到了销售的情况,不是一套套的新住宅,是整栋整栋的商务楼,还不能拆分卖,这可该怎么卖啊?

我的脑子里晕晕的,我的嘴巴张得大大的,有点上了贼船的感觉,而且这船，我必须要坐，没有别的退路……

经理是看到了什么吧。

经理说，那个，那个叫虹的人，嘴巴张得那么大干什么呢？

有一会儿，大家都在左顾右盼着，看说的到底是谁。

有一会儿，我才反应过来，经理这是在说我。我胸口的铭牌上，印着我的姓名。其中有一个字，是虹。

我站起了身，说，经理，整栋卖，是不是难度很大？

经理说，害怕了？

经理的嘴角流露着戏谑的表情。

我说，不怕不怕，我觉得这个挺有挑战性的！

我挺直了腰板，假装信心十足。

事实上，销售的难度确实很大。

特别是在当时，我们中骏广场，包括虹桥商务区还处于建设的阶段，中骏广场除了我们那栋样板楼，其他大部分地块，还在热火朝天的施工之中。

也许是这个区域当时的知名度所限，来我们样板楼看房的人，也不是很多。

有时，一天有十个八个客户来，我热情地将他们指引进来，给他们看我们的沙盘，再给他们讲解区域的情况，紧靠虹桥枢纽，周边交通极为便捷……

我耐心地解释。

始终地，我保持着起码的微笑，很有礼貌。

有时，客人更少。

没人的时候，我们几个销售站在一起，聊这个区域，也聊我们的这份工作，一个同事有点打退堂鼓，说，这楼太难卖了，几个月了，除了总经理手上卖掉的，我们根本卖不掉。另一个同事说，是啊，没有一定的上层关系，怎么可能认识那些有实力买楼的人呢？我一直默不出声，他们看向了我，说，虹，你怎么看？我笑笑，说，我觉得挺好，不管卖没卖掉楼，有吃有喝，又有钱拿，做好眼前的事儿，也挺好。

我说的是实话。

其时，我们虽然没有卖掉楼，却拿着每个月还算可观的底薪。虽然有点压力，但这总比在家里，看爸妈脸色要好很多。这让我完全逃离了他们的唠叨，他们责骂的世界。

同事们却不是这么想。

一段日子后，一个同事辞职了。

又过了一段日子，又有同事辞职了。

陆陆续续地，和我一起进公司，比我早来公司的同事们，都各奔前程去了。当然，陆陆续续地，也有新的同事加入进来。

我一下子成了老员工。

我依然做我应该做的事儿。

虹桥商务区内的虹桥天地、龙湖天街、新华联购物中心等商业体陆续开业，还有虹桥绿谷、虹桥万科中心等商务楼陆续入驻，来看我们整栋商务楼的客户也越来越多了。人多人少，我都是微笑，保持着微笑，微笑地接待每一位客户。

一晃，我在这里已经两年多了。

甚至，我那个老乡都离开中骏公司了。

意外的来临有时是猝不及防的，像是你买了几十年的彩票，从来没中过奖，甚至连十块钱的小奖都没中过的你，突然就中了个五百万的大奖。

而我的奖，远远超过了五百万。

一个客户从我的手上，买下了一栋2亿多的楼。

那个50岁左右的男人，指名道姓，要从我手里买楼。男人来过好几次，每次，都是我微笑地接待的。

男人说，他喜欢看我的微笑，是我的微笑让他下定了决心，买下这栋楼。

那一天，经理微笑着宣布，那个姓虹的男人，签下了……

晚上，我步行走过了附近的龙湖天街，走过了冠捷大厦、虹桥天地，我站在虹桥火车站熙熙攘攘的人群之中。

我突然想爸妈，想要回家了。

我还想到了，小时候我学着步，爸爸妈妈小心地站在两边，唤我的小名：虹虹，走起来，大胆走起来，别害怕……

晓雨，晓雨

晓雨从地铁出来，从虹桥火车站或稀薄或稠密的人群中走出来，走过一条长长的人行地下通道，继续行走，就到了一幢办公大楼前。电梯送达5楼，窗台前往外望，都是灰蒙蒙的工地，此起彼伏轰隆轰隆的声响。

晓雨放下包，离上班还有些时间。她走出办公室，到一家便利店去买早餐，那也许是周边唯一一家便利店吧。她买了两个肉包子，一瓶牛奶。不远处杂乱的草丛边上，有一只探出头的低垂脑袋、瘦瘦的、灰色的小猫，是刚刚出生就被遗弃的猫吧？还眯缝着可爱又可怜的眼睛。她轻咬一口包子。另一个还冒着热气的包子，她纤细的手小心地掰开，呈碎块状地送至小猫的嘴边。小猫喵呜着，试探着伸出舌头舔了舔包子碎块。很快，小猫连着包子的肉馅，都吃了下去。她的包子也已经吃完了。那瓶牛奶，她喝了一半。另一半，她放在了小猫的脚下。小猫又试探性地舔了舔牛奶，慢慢地，又低下头大口大口地喝起来。

这只是日常的一幕。

几乎每个工作日的这个时间，晓雨都会给小猫送上些吃的、喝的。碰到下雨，绵绵细雨淅淅沥沥地落下来，她撑着一把短柄的伞，看到湿漉漉的草丛边上，同样湿漉漉的小猫，小猫眨着一双愈加可怜的眼睛。她又回到了便利店，和那个柜台前的小伙子商量，能不能给一个纸箱子？她用手比画着纸箱子的大小。这是个清秀的小伙子，小伙子给了她一个纸箱子，她给钱，小伙子没要，开玩笑说："进不了账的。"她把纸箱子盖在了小猫的头上，像一个遮风挡雨的屋顶。

大虹桥似乎时时刻刻都在发生着变化，每天、每周、每月……

那些灰蒙蒙的工地，成了一幢幢壮观美丽的商务办公楼宇，外立面风格不一，不同的美感。在这里办公的人流、车流，也越来越多，像吹响了一个集结号。

原先低矮的树，都被挖走了，土也重新被翻整过，许多戴着帽子的工人在忙乎，挖出了一个个硕大的树穴，送来的一棵棵大树，稳稳地放了进去，再填上泥土，浇灌。

还有，马上这里就要举办盛况空前的第二届中国国际进口博览会了。

晓雨欣喜于眼前翻天覆地的变化，却又担忧小猫的生存空间，绿化的改建，怕是快要进行到小猫所在的这片杂草丛中了。

晓雨陪伴了小猫一年多,小猫看到她来,都会乖巧地朝她眨眨眼睛,虽然小猫不会说话,但她已经听懂了,像在说:"你又来了?谢谢你。"

那天一早,隔了个双休日,晓雨再去看小猫。那一片的草丛已经没了,工人们在翻整土地,她疯了样地跑上去,像一个丢失孩子的母亲,说:"你们看到一只小猫吗?灰灰的猫,很可爱的猫……"她用手朝他们比画着,以期让他们明白,好让他们马上告诉自己,小猫去哪里了……但是,那一双双茫然的眼睛,在说:"对不起,小姑娘,我们真的不知道呢。"

小猫真的像是失踪了。她找不到小猫了。

晓雨还拿着包子,还有牛奶,去到小猫待过的地方,虽然现在已经没有了草丛,也没有了小猫,只有一排高高的树,和栽满了的美丽的草花。她后悔,她想过好多次,要去领养那只小猫,但她都是犹豫的,自己尚且都活得很辛苦,何必又让小猫跟着自己辛苦呢?

几周后,晓雨无意中看到这边的街道办事处在举办流浪猫狗无偿领养活动。她看到了好多只可爱的猫儿狗儿,它们一点都不像是被遗弃的,都像一个个快乐的孩子。她竟然还看到了小猫。小猫朝她眨眨眼睛,像在说:"我在这儿呢,好久不见,我过得很好呢,你好吗?"

这个秋天,晓雨把小猫带回了家。

这个秋天,晓雨还收获了爱情,那个便利店的小伙子——勤工俭学的本地男孩,他住在爱博小区,她说:"我又不漂亮。"小伙子说:"因为你善良,我每天看到一个女孩都去主动喂养流浪的小猫,这样的好女孩我不能错过。"

那年11月,第二届中国国际进口博览会在大虹桥成功举办,晓雨感受到这里巨大的变化,感受着祖国无比的强大,她越来越喜欢这里了。当然,也因为这里有小猫,也有他。马上,她要带着她的小猫,一起住在他所在的爱博小区了。

一块好钢

晓莹来报到的当天下午,单位有个中央电视台的采访接待,本来是我全程接待,但一会儿我还要回来开会。

晓莹像个救星。我说,你和我一起去吧。晓莹说,好。

晓莹青涩又腼腆的表情,跟着我一起走出办公室,到了大门口。我给到来的李记者介绍了晓莹。

我们去了一栋商务楼,又去了一个购物中心,还去了地下二层的步行通道。

我看了看时间。我该走了,后续还有个企业老总的采访,我都已经安排好了。就在二层通道里。我向晓莹交代,采访完,带记者回单位。晓莹说,好。

会议进行了一个小时。一个小时后,我出现在了办公室。我的后面一个座位,坐着新来的晓莹。晓莹看见我进来,屁股下面像装了弹簧一样,立即站了起来。我说,李记者走了?晓莹说,是的。我说,还顺利吗?晓莹说,顺利。我说,干得不错。晓莹说,那是我应该做的。

最后一句,我是微笑地在说,晓莹紧张的脸色稍稍自然了些,她似乎也想表现出那么一丝笑来,脸部动了动,像是笑,又有点牵强。

这一天,距离晓莹毕业,拿到毕业证书也就半个多月。我看过晓莹的简历,名校毕业,本市户口,德智体美劳,样样都达标。这是块好钢!

工作一个月。

上午,有一个接待。约了10点半。对方开着车,开岔了路口。一兜一转过来,就变成11点20分了。11点半是午饭的时间。

工作永远是第一位的。

会议室里,对方坐我对面。我给晓莹发信息,说,上来开会。晓莹说,我已经在食堂吃饭了。

下午,我把晓莹叫到了会议室。我和她,一男一女开会。我也不方便关上会议室的门。门开着。

我坐一边。晓莹坐另一边。我说,中午,你有必要那么早去吃饭吗?有个接待你知道吗?晓莹低声说,知道。我说,那像你这样,对方来了,就不用接待了?我又说,吃饭,吃饭,你能不能不要老想着吃饭呢!我的口气,其实也还好。

一下子,晓莹的眼圈红了。马上,晓莹的眼泪掉下来了。然后,是晓莹哽咽的声音,说,……我也不是故意的,呜呜,我哪知道……

不时有人从会议室的门口走过,止不住地往这里看。看得我心里有些不自在。

天哪,这小姑娘也太脆弱了吧!

我站起来,关上了门。这不关上,看到小姑娘哭的人就越来越多了。这我就是跳进黄河也洗不清了。

晓莹哭了一会儿。我也不知道该说什么了。晓莹去了卫生间。我回了办公室。

这一天,我们没有再说话。

第二天起,我也改变了对晓莹的方式。看来这是一块脆脆的钢,不能锤炼成一把好刀。一个不小心,可能就磨豁边儿了。

我说,晓莹,这份材料,帮我递上去。

我说,晓莹,这个会议,你去开一下,具体的事情,到时和我说下。

我说,晓莹,这是下周要开的会议,名单上的人,你电话通知一下。

……

我给晓莹安排了许多轻松而不用动脑筋的杂活儿。晓莹很高兴地答应下来。

准时上班,到点吃饭,准点下班。每天,晓莹平静地出入办公室之间。

我没有再给晓莹安排过媒体接待,还有其他重大的活动策划,或是主导。我把这些活儿安排给了另一个新来的同事,一个从外地来的小姑娘,叫徐芳,名字土土的,学历平平,简历也平平。我本来并不看好她。小姑娘却很努力,努力得出乎我的意料。小姑娘午饭吃得很晚。有时我加班到晚上八九点,小姑娘还在。我说,你早点回去吧。小姑娘笑笑,说,没关系,反正我回去也没什么事,您看看还有什么需要我做的吗?

一年后,晓莹离开了。徐芳留下了。

晓莹找到了新的工作,在微信上给我发消息。晓莹说,您在吗?我说,在。晓莹说,突然发现,自己那个时候,有好多东西没学,自己现在干得好累。我说,没事,慢慢来吧。

我的眼前,掠过晓莹那时哭泣的画面。

一起吃肉才香

我们是一家以销售为主的公司,有销售必然有竞争。而我们最大的竞争对手,无疑就是同事了。

同事小郭,有点与众不同。她从不和大家争。

一次,新同事小刘跑的一家客户,是小郭早就接洽过的。甚至小刘与对方交流时,对方明确告诉她:哦,你们那的小郭,早就和我们有过接触了。这等于是给小刘提了个醒。

小郭知道了这事,竟是有些反其道而行之。

小郭主动去找了那个客户,对他说:小刘是新人,业绩刚在起步阶段,应该给予她一定鼓励。所以她想请小刘跟他们谈。客户当然对此很不理解了,按理,谁做到的单,就该是谁拿提成,没人会放着钱不赚,让给别人啊。小郭解释了半天,对方才勉强同意,说:行吧,想不到你们真是同事情深。小郭微笑地说着谢谢。

客户是理解了，我们做同事的还是不理解。

我开玩笑地说：小郭，你这样做可是违反了咱们销售的操作准则啊。

小郭笑笑，说，下不为例。

之后的一次，倒也不是小郭让，是另一个叫大李的同事抢了。

那个客户，小郭联系了好几次，从一开始的说不通，到慢慢地有些松口了。还没等小郭再进一步去把那单子拿下来。大李横插一杠，去找了那个客户，还对对方说，是小郭让她去的。

那单子，就这样被大李签了下来。

事后，我们和小郭都知道了这事。

我们有些气不过，说，大李怎么可以这样呢，太不像话了！我们还说，这可一定要向领导反映的，这样的行为可不能任其助长，而且，这可是个大客户，提成一定不少呢！倒是小郭，还是很淡定，似是与她毫无关系一般。小郭一脸平静地说，大李要做就让他做吧，反正客户很多，这家给他了我可以再找别家，说不定我再谈也不一定能谈下来。我们真有些气急，说，小郭，你就是太过于宽容了。小郭笑笑，说，是嘛。

不过，说来也怪。

就算是小郭的单子，或是给了别人，或是被别人抢去，每次小郭的销售量，还是能高居公司前列。这足够让人感到意外，不过，我们也都知道小郭的勤奋。在我们还没出去的时候，小郭已经去与客户见面了；在我们已经早早回家休息的时候，小郭还在卖力地与客户交流。

不知道是不是小郭的勤奋得到了回报。

公司在新一轮的中层领导调整时，小郭众望所归地被提为销售一部的主管。

在宣布任命的那天，我们拉着小郭，说，小郭，今天你这顿请客看来是逃不掉了。小郭说，没问题，你们想吃什么，尽管点。

那天，其实我们吃什么是假，重要的是想从小郭那儿套些话，她怎么就能那么宽容呢。

果然，几杯酒下肚，小郭脸色发红，就开始说了：其实呢，你们不知道，小的时候，我特别爱吃肉。一盘红烧肉上来，我就爱自己占着吃。那么一大盘红烧肉，我当然是吃不下的，但我还是不愿意跟别人分享。我是怕别人分享了，我就吃不到了。

后来，我发现，是我错了。因为红烧肉往往被我占着，家里人就不愿意烧红烧肉了，那我一口也吃不到。于是，我渐渐学会和家人分享，家里又经常有红烧肉了。而且，我还发现，大家一起吃的红烧肉，还特别得香。

跑销售也是这样。客户是跑不完的，这家不做那家做，同事要做，就让他们去做，都没关系的。就像一盘红烧肉大家一起吃那样，大家一起跑销售，那才更香嘛。还有，就是我们要团结，团结了才能更多地谈下客户，公司才有更大的发展，大家的收入相应地也能提高啊。

我们又给小郭敬了酒，这次，是因为心服口服！

一股暖流

午后的阳光洒进来时,银行大厅里工作人员正忙碌地办理业务。张伟民帅气的脸上带着微笑,一如往常在大堂里走来走去,已经走过多少回,每天要走多少回?每周,每年,已经记不清了。他觉得这样挺好,像走在一条漫长而又充满希望的路上。路上的微笑,像沿途的风景一样美。

张伟民喜欢笑。张伟民的笑,是一股暖流。

老人进来时,挟带着门被打开,一股寒流跟着进来,屋内的温度似乎也由此降了两三度。老人寒霜一样冷峻的脸,让张伟民的心头微微一凉,但很快,微笑继续上扬,暖意再次涌起,驱走了那一缕的寒。

张伟民主动走了上去,这是他的职责,也是他的义务。老人不是第一次来,当然,也不可能是最后一次。

叔,你好呀!暖暖的语调,是张伟民的声音,你今天是来办什么业务？需要我帮忙吗？

谁是你的叔，你瞎套什么近乎呢！老人的声音，寒意满溢，刺骨般的冷。

时间切换到一个多月前，老人从外面进来，急急忙忙地往柜台前冲。张伟民热情地问老人，叔，你要办什么业务？老人说，汇款，汇款，我要给儿子汇款……老人火烧眉毛般急迫。张伟民说，我，我可以帮你看一下吗？老人不愿意，执拗地甚至还朝张伟民发了火，说，你这同志怎么回事啊，我说不要就是不要！

老人不顾一切地填单子、汇款。张伟民，还有在柜台前办理的女同事做了一切的努力。每当张伟民一凑近，老人怒瞪的眼神就像盏刺眼的探照灯，将张伟民的微笑摧毁得七零八落。直到老人终于把钱给汇出去，竟然还带着几分得意走出了大厅。

一个多小时后，当老人回到大厅，号哭的声音像要把屋子都要掀翻一样，张伟民的心头其实比老人更难受。张伟民自责自己为什么没有及时阻止，哪怕是在老人冲他发火时为什么不能再去劝住他呢？老人疯了似的在大厅里喊着闹着，警察到来后，调看了摄像头，证明银行已经做了该做的努力和劝阻，说他们已经立案，一定会想办法去追回钱款。但老人却不愿意，口口声声还在喊着我的十几万哪，都是血汗钱，你们不知道我积攒起这些钱有多难吗？

老人还在喋喋不休地说话，冷冰冰瞪视着大厅里的每一个人，仿佛每个人都是帮凶，都是骗了他钱的罪犯。

张伟民适时地递上了一杯水，先是接了半杯冷水，再接上半杯热水，就是这么一杯温水，送到了老人的面前。老人接过水，想也没想，这水就像长了翅膀，争先恐后地扑到了张伟民的脸上。

张伟民的脸，还是微笑的。

张伟民的老婆，也是在这里认识他的。那时她在张伟民眼里还是一个陌生的女孩，来银行办业务，女孩对理财方面有不少的疑问。女孩看到了大堂经理张伟民，一个劲地问了好多问题，张伟民不厌其烦地娓娓道来，一字一句清晰得体。女孩就很奇怪，这个男人，怎么讲话的时候，都是微笑着的呢？

女孩还开玩笑地问，你对每个人都是这样微笑吗？张伟民愣了一下，说，啊，当然。

女孩后来又来了几次，一次是带朋友，一次是带家人，是为了存款取款，或是为了别的什么。有一次女孩还要了张伟民的电话，张伟民递上了一张名片，还微笑地说，有什么理财需要你也可以联系我……

后来，女孩拨通了张伟民的电话，说，我喜欢你的微笑，你有女朋友吗？张伟民"啊""啊"了半天，突然不知道该说什么了。

一想到这些，张伟民常常忍不住地，心里直乐。

此刻，老人坐在大厅的座椅上，是说得疲惫了，还是真的困了，老人竟头枕在椅背上，歪扭着头睡着了，睡就睡了，还呼呼地像抽风机般的打起呼儿了。打开门,张伟民进到了里间,拿出自己午间休息时盖的毛毯,轻轻地盖在老人的身上。张伟民微笑的眼神看了老人好一会儿。

张伟民始终记得,进银行前的一次入职培训,一位老师说,我们要做到微笑服务,要对每一个人微笑,这也是对我们自己的微笑。微笑,也是化解一切寒冰最好的暖阳。

王凡的平凡之路

王凡是我的同事，其貌不扬的一个人。

一天，我看到王凡坐在宿舍里认真地看一本书，是路遥的《平凡的世界》。我笑笑，说，王凡，你平凡吗？王凡笑笑，不语。

第二天，王凡的精神状态不是很好，趁没人，我问王凡，昨晚看书到几点啊？王凡小声说，看了一晚。我一惊，正要再说什么，主管走了过来，我忙回到自己的座位上。

几天后，我再去王凡宿舍时，王凡还在看书，是张贤亮的《男人的一半是女人》。王凡说，想不到借书这么容易，出几十块钱办一张年卡，就可以反复借书了。我笑笑，说，挺好。我对看书没什么兴趣。我找王凡，几个同事打牌缺人，想叫上王凡一起。既然他在看书，那就算了。

空下来，王凡找我聊天。王凡小时候很苦，上个学要翻山越岭走十几里山路。上的学校也很破落，像随时会坍塌的那种。王凡家里穷，读到初二时,他爸说,就读到这吧。王凡说,好。

我在想,王凡为什么这么爱看书呢?白天上班这么累,晚上打打牌,放松一下,不是很好吗?

有一天,我看到王凡下了班,没有像我们那样跑去食堂,居然衣服都不换,就匆匆出了公司大门。

一会儿,王凡回来了,脸上写满了兴奋。王凡没进食堂,又匆匆跑进了宿舍。手里拿着的,是一份报纸。我更不明白了。

我说,王凡,你不去吃饭了吗?王凡摇摇头,说,不急。我想起了王凡手中的报纸,我说,你平时又不看报,怎么想起去买报纸了?王凡微微一笑,把报纸递给我,我一翻报纸,有一篇文章,署名竟然是王凡。我钦佩不已,说,王凡,你真厉害。

走出宿舍,我逢人就说,王凡要成作家了,大作家!同事们都不信,说怎么可能?这么一个忙死人的破公司,怎么可能出作家呢?我说,不信你们去看王凡买的报纸。大家去了,一看,竟然还真是!

再见到王凡,我多了份钦佩。我不再去找王凡打牌了,我觉得我不该打扰了大作家的清修。可我进宿舍,并没看到他在写什么东西,王凡还在看书。我凑过去看,署名一长串,是外国人出的书。我说,王凡,你赶紧写啊。王凡说,不急,我要先看书。只有多看书,才能写出好东西。

单位的企宣部门,知道了王凡发文章的事。部长亲自点的名,想把

王凡的平凡之路 / 135

王凡给调过去。这可是个天大的好事啊,公司多少人都梦寐以求。偏偏到了王凡这里,王凡却说,我不去,我要留在原部门。

同事们都认为王凡脑子出了问题,是看书看多了看傻了吧?

我去问王凡,那么好的地儿,为什么不去呢?王凡说,不为什么,我只想安安静静地看看书,平平凡凡走自己的路。

事后不久,王凡又做了件匪夷所思的事,他辞职了。那天,我送他。他拿着结算下来的所有工资,去买了一大堆的书。我十分惊讶,这王凡,不会真是读书读傻了吧!

王凡回了老家。

我去看过他几次,王凡变得比以前落魄了,不好好上班,整天在家里看书。我劝了他几次,没什么用。后来,我也就少了和王凡的联系。

多年后,我带九岁的儿子,去书店买几本教科书。在书店的正门口,有一个签名售书的活动,我看到数不尽的男男女女们围在那里,争相抢着买书并让作者签名。出于好奇,我牵着儿子的手走了过去,穿过人群我看到了坐在那里签名的人,竟然就是王凡。

长长的火红的横幅上,挂着几个大字:著名作家王凡新书《我的平凡之路》签售会。

老吴的最后一班岗

明天,老吴将光荣退休。

下午,老吴和年轻民警罗震出警了。警车在马路上开着,老吴坐在副驾驶座上,有过好久的沉默。

老吴想到了梅兰。梅兰是老吴的同学,老吴深爱的女人。

那一年,梅兰没有嫁给老吴,嫁了另一个男人。那时老吴还是小吴警官,青涩的脸庞,青涩的表情,家庭条件一般。梅兰看上了小吴这个人,却看不上小吴的家庭条件。梅兰嫁给了有钱家庭的男人。梅兰说,你有钱吗?你有钱我一定嫁给你。

梅兰嫁人那天,天是晴朗的,蓝蓝的天空,暖暖的温度。小吴站着,像是站在雨中,这一场大雨,把他全身上下给淋了个透。

还有小包。小包现在应该算是老包了吧。

那时,小包是小吴最好的朋友了。小吴去哪里,小包就跟去哪里,胜似兄弟般的感情。

长大后的小包,成了大包。那时小吴也成了大吴。大包过得不如意,找不到合适的工作。在大吴便装巡逻的公交车上,碰到了行窃的大包。大吴把大包带下了车。大吴说,大包,去自首吧。大包说,咱兄弟一场,放过我,好吗?

大包没去自首。大吴把大包送了进去。

警车缓缓行进,对讲机里不断地发出声音,说,附近电话亭有人在打110报警电话,请附近巡逻同事去看看……

声音把老吴从回忆中找了回来。

老吴拿起对讲机,看了眼罗震,说,指挥部,我们马上过去。

罗震点着头,轻踩油门,速度迅速提起来,警笛声也瞬时响起,像一支离弦的箭一般飞向那个电话亭。

电话亭里,罗震拉开了门,一个中年女人还在打着电话。

中年女人说,你们是谁?我在找我老公,你们别打扰我!

老吴一脸和气,说,你找老公没问题,可你不要一直打110报警电话呀,这条线路是给需要警察帮助的人拨打的……

中年女人说,我就是需要警察帮助的人啊,我要找我老公,我老公是奥巴马,现在我找不到我老公了,我请你们帮助好不好……

罗震笑了,差点笑出了声。

老吴轻轻拍拍罗震的肩,说,女士,那要不你出来,我们帮你一起寻找你老公好不好……

中年女人半信半疑地从电话亭出来,钻进老吴他们的警车里,警车响着警笛声,向派出所的方向驶去。

晚上,罗震开着警车,老吴继续坐在副驾驶座上。原本,队里不想让老吴出警了。老吴说要站好最后一班岗。

警车上,对讲机中又下达了另一个任务:一个醉酒的男人,抱着一个灭火器,使劲砸一家人的门。

老吴他们到了5楼的事发地。电梯门一打开,就听到"砰砰砰"撞击的声音,老吴走在前面,果真是有一个男人,歪歪扭扭地,抱着个灭火器,在砸一扇防盗门。铁门的中间,已经凹进好大一块。

老吴说,不要砸!

男人回过头,老吴还没完全看清,男人突然就拧开了灭火器,里面的干粉像撒欢的孩子般不断地往外扑,扑到了老吴身上,扑了个满身。罗震见此,赶紧扑了上去,把男人一把给扭住了。

办公室里,同事们为老吴准备了一个惊喜,一个老吴从前工作照的电子相框,还有一个大大的蛋糕。大家的脸上都带着满满的笑意。

这一刻,老吴的眼眶里,再也控制不住地落下了泪。

回程,已经是快半夜了,老吴早已习惯了这个点回家,今天,无疑是最后一晚了。

老吴摸出手机,有十几个未接来电,都是梅兰打来的。梅兰曾说,老吴，你老伴没了，我老头也没了，要不，咱俩结婚吧。老吴想到了老伴刘芳。刘芳嫁给老吴一辈子，从没红过脸。刘芳说，她这辈子最大的满足就是嫁给了他老吴。

想着，老吴在梅兰的号码上，轻轻地点了个删除。

老吴又从口袋里摸出一个地址。是小包，现在应该说是老包的地址了。

那次大吴把他送进看守所后，两人没再来往过。但老吴一直挂念着老包，知道老包后来找了正当的工作，过上了平稳的生活。两年前，老包因身体不适，提前内退。老吴要去看看老包，和他聊聊，当年抓他，是不想他犯的错越来越大。

"付干部"扶贫记

付海胜下乡了。他去的地方叫古东村,很偏远。

那里,大多是低矮的平房,且因为少有人住,门口长满了半人高的杂草;没有汽车,只有几辆轮子没气的三轮车、自行车或靠在墙角,或倒在地上;而且留守的老人居多,几乎看不见年轻人的踪影……

付海胜和村支书大赵简单聊了几句,就拿着行李回了宿舍。他刚洗了把脸,村里的一位老人就来拜访了。

付海胜赶紧请老人家坐下,又拿出包里的矿泉水给他喝。老人受宠若惊:"不用不用,干部,您太客气了。"付海胜笑了,说:"老人家,您贵姓?""我,我叫老耿,老耿。"付海胜说:"耿叔,您找我有啥事儿?"老耿说:"我要养羊,能给我安排几头羊不?"付海胜说:"没问题。"

几天后,付海胜还真给老耿带来了十头羊。

老耿领到羊后,村里又有几位老人也来申请养羊,付海胜都一一安排妥当。

羊养大了，付海胜就拜托市里的朋友，让他们帮着联系了几家餐馆。一阵忙前忙后，羊全部卖掉了。付海胜拿到了钱，就给老人们送了去。

晚上，老耿又来敲门，并递上一沓钱，说："付干部，这个您务必收下。"付海胜注意到，这次的称呼，"干部"前面多了个姓——"付"。

"耿叔，这钱我不能收。"付海胜说。老耿坚持要给，付海胜坚决不拿。

老耿拿着钱，回去了。

其他几位老人就像跟老耿约好了一样，一个接一个地推开了付海胜的宿舍门。最终，他们也都拿着钱回去了。

那些日子，付海胜在谋划着给村里修公路。

原本，这条公路是要从县里修到乡里，再从乡里修到古东村的。可后来因为资金问题，从乡里到古东村这段六七公里的路就被搁置下来了。这一停，就是好几年。

于是，付海胜去了几趟市里，再从市里跑到县里，一个部门接着一个部门，"求爷爷告奶奶"地找了很多人……

终于，这条六七公里的路又被重新提上议程，列入第二年市里和县里的项目预算，不日将开工建设。

付海胜还给村里联系了一些其他项目。

看到村里养羊的人越来越多，付海胜还请来了市里农科院的专家，给村民普及养殖知识……

一年，两年，三年，村里原本那些低矮、破旧的平房早已不见了，一幢幢崭新的二层、三层楼房拔地而起；返乡的年轻人也越来越多，村里又恢复了以往的朝气。

可付海胜也要回去了。他离开的前一晚，宿舍门又被敲响了。大赵带着老耿和其他村民，一下子拥进了他的宿舍，原本偌大的屋子被挤得满满的。

大赵他们陪付海胜聊了很久，还讲到了他刚来村里时大家对他的猜测。那时候，大家都以为，一个从市里来的干部到这儿，不过就是走个过场，咋能干成个正事儿。谁也没想到，"付干部"真就带着大家一起致富了。大家说，这些年村里的变化，离不开"付干部"的关心和帮助。

老耿洪亮的声音又响起："若不是有您'付干部'，哪儿有我老耿的今天呀！"老耿是真高兴，不仅在外打工的儿子儿媳回来了，家里的二层小楼也快建好了。老耿说，现在做梦，他都能笑醒。

大家离开时，给"付干部"留了一桌子土特产，请他务必收下带回城里。

第二天早上5点，付海胜回城了，走之前在桌子上留了一沓钱……

看一棵树

赵大河回新民村，是为了看一棵树。

十年前，赵大河作为驻村干部，在新民村待过两年。就在住的村委会大院宿舍前，他种下了一棵树。现在，这棵树一定是长成参天大树了吧？

车子在村口停下，赵大河从后座下车，早有等候多时的十几号人，前面的是副县长高子昂——赵大河以前的老同事，还有乡里村里的干部们。高子昂高亢的声音喊道："大河，来啦。"赵大河握住了高子昂的手，开玩笑说："我现在该叫你高县长了吧？"高子昂说："还是叫子昂好，你看我都叫你大河。"两个人哈哈大笑。赵大河眼睛又在人群中穿梭，没看到老书记，就问了一句："哪位是咱新民村的村干部？"一个三十多岁的年轻干部跑上前来，说："赵总您好，我是咱村的书记赵宇。"

赵大河朝他点了点头，与高子昂并肩往村里走。

高子昂边走边说:"大河,我可听说,你是来看树的。"

赵大河说:"不急不急,老书记在吗?我们先去看看他吧。"

年轻的村支书赵宇带路,一队人齐刷刷地往老书记家的方向走,一条破破烂烂的石子路,让人走得很不适。一处院子前,院子里的几间屋已破旧不堪了。早有人给老书记报了信,两鬓斑白的老书记颤巍巍地等在院子口,看见大家,蹒跚着要走过来。赵大河快走了几步迎上去,紧握住老书记一双粗糙的手,说:"老书记,好多年不见了,您还好吧?"

老书记乐呵呵地回答:"好,好着呢。"

"方不方便进您家里坐坐?"

"方便,当然方便了。"

赵宇是想说什么,话还没来得及说,赵大河已跟着老书记进屋了。高子昂瞅了赵宇一眼,抬起脚也进去了。

与屋外的破旧相比,屋内也好不到哪里去。墙上的石灰都有些松动了,像随时都会掉落,只是在挂着三排整齐的奖状前,被挡住了看不真切,也像是遮掩。

赵大河说:"老书记,您这些年,太不容易啦!您一共做了多少年的村支部书记?"

老书记说:"整整30年哦。我从一个小伙子,做到了一个老头子。"老书记乐呵呵地,细数着他的过往。

赵大河又陆续走进了旁侧的金花奶奶、刘福伯、周大爷家,好多人都不记得他了。赵大河一一微笑问候。都是同样破落的房，赵大河不由得叹气，说："这么些年了，新民村还是老民村呀！"

大伙的步子到达一处矗立着的三层楼房前，楼房由一排银色的铁围栏与外界隔开，门口平整的厚实水泥路，与刚刚走过的石子路完全不一样，像到了另一个世界。

"这是谁的房？"赵大河问。

"我，我的……"赵宇不由得有些尴尬。

这一天，赵大河没有看那棵树就走了。赵大河说过要赞助建一条从县里直通村里的柏油路，再建楼、开厂等等事儿，也都不提了。

一周后，赵大河在办公室翻着文件，桌上的电话急促响起："赵总，有一个老人，他说自己是老书记，要见您，怎么拦也拦不住……"赵大河起身，说："赶紧请他进来吧。"

老书记几乎是冲进来的！刚进办公室，老书记就迫不及待地说："大河，你错怪小宇书记了呀！你以为小宇那个房是他贪腐得来的？不是的，那都是他在外打工赚的啊。这都怪我，做了30年的书记毫无作为，没有让乡亲们脱贫致富，让大家还住着破破烂烂的屋子，我无能呀！是我请小宇回来做的村支书，他上任几个月来，已经给乡亲们谋划了好几个致富的法子，不过，路不好，什么都白搭。小宇自己在筹钱准备给村里头修路，听说你愿意来赞助，刚好可以帮我们一把，谁知道你看了他家的楼房就不干了，你是真真错怪了他……"

赵大河听着老书记的话,突然想到了那棵他20年前种下的树。

那一天,赵大河从城里带回来一批树,其中的一棵,他留了下来。就在院子里,在老书记面前,赵大河种下了那棵树。浇灌下第一桶水,赵大河还开玩笑说:"老书记,我这种下的可是咱新民村的未来和希望呀!"

现在,站在面前的老书记,颤颤巍巍的,像一棵在疾风中抖动的老树。

好一会儿,赵大河说:"老书记,您放心,我再去看看那棵树吧。这次,我一定看个清楚明白!"

请为我投一票

晚上7点，电脑前，李沁的工作开始了，点开微信，将市里的"最美丽窗口"单位评选微信一一发到熟悉的各个微信群里，附言：请为1号单位投票，大家务必帮忙，在此深深谢过！

那些朋友群里，有的冒泡鼓掌，也有回应：全力支持！李沁一一私信感谢。那些群，原本像平静的水面，突然被李沁掀起了巨浪。巨浪又达到了高潮。李沁开始发红包了，红包像一枚枚深水炸弹，把那些冒泡的没冒泡的都给炸了起来……

李沁还打电话，打给好朋友们。李沁打给了赵武，说，哥们，群里的投票看到没？赶紧帮我转发，票数高不高全靠你支持了！挂掉电话，李沁又打给了张青、刘旭达、郭晓冬……忙不迭地一大圈电话打下来，李沁口干舌燥，看桌上杯子早就没水了，赶紧跑去倒了满满一杯，咕咚咕咚地一口喝完。

李沁一直忙到11点,眼睛像打了场疲劳战,已经有点内讧,上眼皮下眼皮也要打架了。李沁看了眼票数,一共18家的投票,单位从开始的不到300票,位列倒数第三,到现在突破5 000票,遥遥领先第二名近2 000票。李沁关上了屏幕,光在眼前暗下的同时,轻轻揉了揉眼睛。三天的投票时间。明天,继续冲锋!

第二天一早,李沁被主任叫到了办公室。主任姓谢,头顶和他的名字一样,处于离谢顶"一步之遥"的距离。李沁常常想,谢主任这头顶若真都谢完了,那倒是名副其实了。拉票的工作是谢主任安排给李沁的,李沁负责宣传,算是他的工作。谢主任显然也是看到了票数,笑眯眯地说,小李,不错不错。李沁受宠若惊地说,谢谢主任,都是您领导有方。谢主任说,力争第一吧。谢主任还笑眯眯的。李沁的背上,倒是惊出了一身的汗,压力山大啊!

第二晚,李沁早早地坐在电脑前,继续拉票。11点,顺利突破10 000票,超过第二名3 000多票。

第三晚,李沁坐在电脑前,依然在拉票。李沁已经成竹在胸了。距离10点,还有3个小时,投票就结束了。7点时,李沁单位的票数是12 000多票,超过第二名近4 000票。李沁边在微信群里拉票,边和朋友聊天。聊天的间隙,一个朋友突然说,李沁,有一个单位,票数突然增加了,上升的速度很快呢!李沁没多想,拉就拉吧,我就不信他们还能超过我们单位。一会儿,又有一个朋友说,李沁,你快去看票数,已经超过你们单位了！李沁一惊，赶紧打开去看。果然，那个原本第三名的单位，票数已经达到13 000票了，领先了李沁单位100多票，而且还在增加呢！

不容李沁多想，他已经快炸了，在朋友圈里再次呼吁，大家快帮忙投票啊！快快帮忙啊！……李沁感觉如果自己站在他们面前，声音一定是声嘶力竭的。朋友们也是真的帮忙，好多人都在发声，说，群策群力，全力帮忙！……

这是一场没有硝烟的战争。和以往所有的战争一样，只会记住那个胜利者！

李沁不再是那个胜利者。李沁单位的票数突破了20 000票，那家单位，竟是轻松地突破了25 000票！5 000票的距离。高山般无力攀登的距离！10点。李沁趴在电脑前，眼睛干巴巴的，没有泪。李沁努力了，尽力了，已经欲哭无泪了。

第二天，李沁被叫到了谢主任的办公室，谢主任的脸是凉的，声音是急促的，是痛心疾首的，李沁感觉劈头盖脸的狂风席卷着自己。

休了三天假。走廊里，李沁远远地看到了谢主任。怕什么来什么！李沁想要躲开，但又往哪儿去躲呢？谢主任的脸上竟是笑眯眯的，惊得李沁的心，从天上又掉到了地上！谢主任这是怎么了？

李沁回到办公室，把这事和同事一说，同事笑了，说：李沁，你还不知道吧？那个票数第一的单位，前天市里派人去暗访了，查出了许多问题，谢主任说还好我们没被评上呢……"

李沁愣愣地，半天没缓过劲儿来。

有人会看见

一到夏天,就是小龙虾上市的日子了。

周守义的龙虾摊在菜场摆了出来,摊位很大,几个长盆子里全是小龙虾,色泽光鲜,个儿也不小,引来不少人张望。

一个中年女人凑近摊位,问:"多少钱一斤?"周守义说:"25块。"中年女人说:"哦。"像是有几分犹豫。一个小伙子远远地跑来,走得很快。这是下午3点多,外面火辣辣的太阳晒着,真是谁晒谁知道呀!

小伙子说:"老板,这小龙虾多少钱一斤?"周守义说:"25块。""给我拿两斤吧。"小伙子说。周守义递过去一个马甲袋,又递给小伙子一只手套,方便他去抓小龙虾。那个中年女人看到,也问周守义要了个马甲袋和手套。

小伙子挑得很快,没一会儿,袋子里就有了几十只挥舞钳子张牙舞爪的小龙虾，小伙子说："老板，差不多有两斤了吧？"周守义说："大概一斤多。"小伙子点点头，又抓了几个，把装好龙虾的袋子递给周守义，周守义往秤上一放，两斤还不到，48块2。周守义说："再拿2只，凑足50块钱吧。"小伙子说："好。"小伙子去抓小龙虾了，站在里面的周守义拎起了袋子，伸手从里面抓了三四只小龙虾出来，放进脚下的桶里。这个动作，小伙子没看见，他在兴冲冲地去抓那两只小龙虾。中年女人也没看见，还在低着头认真挑选小龙虾。

有两三个走过的人看到了。当然，那几个人也没说。跟自己没关系的事儿，谁又会说呢，对吧？

小伙子付完钱，拎着那袋小龙虾，兴冲冲地走了。

中年女人买小龙虾时，周守义几乎如法炮制。中年女人抓的是57块钱，中年女人说："给我5只小龙虾吧，我凑足60块钱。"周守义说："那不行，最多4只。"中年女人坚持着说："5只，不然我不买了。"周守义没奈何的表情，说："5只就5只吧。"趁着女人去抓5只小龙虾，周守义低下头，顺手从称好的袋子里拿出了四五只小龙虾。中年女人将5只小龙虾抓进了袋子里，笑眯眯地拎着袋子走了。

中年女人走出了几步，周守义的脸上堆满笑容。这个女人是精明，可你再精明在我这里不还是吃亏了吗？

突然想到了什么，周守义四下看了一眼，刚才的动作，不知道有没有人看见？走过去的镇定自若的人，似乎都没看见。

确实没人看见吗？

周守义低下身，将桶里的龙虾，又倒在了外面的长桶里。那几只张牙舞爪的小龙虾，转了一圈，又回到了这里。

一会儿，又有一个老头来买小龙虾。

一会儿，又有一个老太太来买小龙虾。

……

周守义几乎是依样画葫芦，总有三四只小龙虾，顺手就到了他身下的桶里，摊位很高，他的动作也快，站在外面的人如果不是特别注意，是根本看不见的。

周守义的小龙虾卖了一天，两天，三天……

很奇怪，生意好像是越来越不好了。

那天晚上7点了，都要快收摊了，小龙虾还有一大半没卖掉。不远处与周守义的小龙虾一样价格，但个头却小很多的另一个摊位，小龙虾早就卖完了。摊主小傅收摊走过周守义这边时，一脸不可思议，说："老周，你是不是价格卖高了？"周守义说："没有吧。"小傅摇着头，一脸诧异地走了。

周守义等在那里，等得快要疯了。

周守义喊道："小龙虾便宜卖，20块一斤……15块一斤……"

走过来的一个老头，摇头晃脑地说："你卖这么便宜，是不是臭了？"

周守义说:"不臭不臭啊。"

老头低下头,闻了闻说:"臭了臭了。"

周守义低下头去闻,眉头就皱起来了,脸也哭丧起来了,这些小龙虾还真臭了呀!像他周守义,在这里是不是也越来越臭了?

第三辑

同学京禾

哪怕是放暑假了,女儿玩手机微信,袁依琳还是给女儿作了严格规定,晚上9点后,不能再看了!

女儿点头,说,哦。

玩微信,是女儿班主任的建议,班主任三十多岁,是一位很有想法的年轻教师。老师说,我们不能因为怕什么就不让孩子干什么,我们的掩饰和躲闪反而会促使孩子更好奇去碰触,与其这样,还不如大大方方地让孩子去接触,再做良性的引导……

老师这话,还是有些道理的。

袁依琳从排斥,犹豫,到同意,很难形容个人心态的变化。最后袁依琳给了女儿一台手机——老公闫伟不久前淘汰的、但还能用的智能手机。

那个要求,或者说是规定,是在维持了相当长一段时间后,产生了纰漏，被袁依琳发现的。女儿在晚上10点，还在和同学微信交流。

袁依琳当即就怒了，说，我不是说过，9点后不能再看手机了吗？

我，我是和京禾在聊。

京禾，谁是京禾？

京禾是我的好朋友，你忘了，上周你来接我，坐在她爷爷的电瓶车上，挥手和我们说再见的女孩。

哦，她，对，为什么，为什么9点后你还要和京禾聊天呢？

京禾是我的好朋友。

他的爸爸妈妈离婚了。

京禾跟的是爸爸。

京禾的爸爸经常要出差。

京禾这几天一个人在爷爷奶奶那里。

……

女儿吭哧吭哧地说了很多，袁依琳听着像明白了，又感觉没明白，聊天，对，9点后和父母离婚的京禾聊天，但这也不足以成为女儿违规的理由啊？

妈，你要理解没有爸妈管，需要别人关怀别人抚慰的一颗受伤的幼小心灵的感受啊……

这回，袁依琳更惊讶，女儿竟然能一口气说出这么多的词汇，很难让人相信，这是一个小学四年级学生说的话。

女儿这一段时间看了许多书,看来看书还是能学到些什么的。

袁依琳也就没再说什么了。袁依琳心头更可喜的是,女儿渐渐地成长,也懂得关心人帮助人了。

女儿时不时地,还会和袁依琳说些有关京禾的事。

京禾的爸爸出差回来了。

京禾的爸爸把京禾从爷爷奶奶那里接了回去。

京禾其实不愿意跟爸爸回去。

自从离婚后,京禾的爸爸脾气就变得不大好了,时常对京禾不是吼就是骂。

京禾说原来的爸爸是多么好的一个人,对妈妈好,对京禾也好。现在的爸爸,像是换了一个人。

京禾的妈妈原来还时不时地来看京禾,自从又嫁了人,就很少来看京禾了。

京禾有时也想妈妈,但只能在脑子里想妈妈。

京禾有时就在做梦时梦见妈妈……

女儿把这些话给袁依琳说。

袁依琳眼圈红了,这是个可怜的孩子,可怜的孩子呀。

京禾有一次偷偷跑回了爷爷奶奶那里。

京禾从家里到爷爷奶奶那里,要倒三辆公交车。

京禾刚到爷爷奶奶那里,京禾的爸爸就赶来了。

京禾的爸爸把京禾带了回去，又把京禾打了一顿。

京禾的爸爸在打京禾的时候，京禾在哭。

京禾的爸爸打完京禾的时候，京禾的爸爸自己在哭……

袁依琳眼泪下来了。

袁依琳再也没阻止女儿晚上和京禾交流。

那一天，袁依琳对女儿说，让京禾来家里坐坐吧，明天，我多烧几个菜，给京禾尝尝。闫伟也说，是啊是啊，请他来吧。

袁依琳把京禾的事给丈夫闫伟说了，闫伟也是叹了好长一口气。

对于袁依琳的邀请，女儿原本流利的口述一下子变得支支吾吾起来，说，哦，哦……

女儿约了很长一段时间，一直没约上京禾。

京禾去爷爷奶奶那儿住了。

京禾的爸爸好像想通了，对京禾好了。

京禾说她喜欢现在的爸爸……

京禾一直没来家里，女儿晚上的微信交流也没有了，到9点，一准不碰手机了。

袁依琳和闫伟说起这事，挺纳闷的。再想想，女儿说的这个京禾，袁依琳真的是一点印象也没有，他们班，真的有叫京禾的女孩吗？

袁依琳想起了什么，说，是不是那天，在房间里我朝你吼了一声，这日子还要不要过了,过不下去咱俩趁早离了,谁也不耽误对方!然后你说,离就离,谁怕谁啊!

　　袁依琳和闫伟说起这事,好一会儿,两个人沉默着。

跟踪女儿

邱月难得一次早下班去接女儿。女儿读初中,五点半放学。因为路近,女儿都是自己上学放学。

没多久,邱月看到女儿和一个叫刘雪吉的同学各自背着沉沉的书包,有说有笑地走过去。邱月跟在她们后面,走了一段路。很奇怪,女儿走的是与家截然不同的一个方向,这是走岔路了吗?

女儿十几分钟后回来了,脸上洋溢着快乐的笑,放下书包赶紧喝了口桌上的水,看到了邱月,似乎吓了一跳,说,妈,你什么时候回来的?

邱月说,有一会儿了,你刚放学吗?

女儿说,哦,我和刘雪吉去跟踪了一个人。女儿瞅了邱月一眼,有几分神秘兮兮。

邱月点点头,为女儿没有撒谎而庆幸。

邱月说,那你们跟踪了谁呢?

女儿说,保密。转身,进自己的房间,做作业去了。

晚上,邱月和丈夫周平讲了这事。周平沉吟了一会儿,说,应该没问题吧?周平对女儿还是有信心的,邱月仍忧心忡忡,说,要不,明天早上你问问她?当然,不要太明显地询问。从这点上说,周平做思想工作还是比较成功的,平时,也是周平和女儿说得比较多,时不时也引发邱月的醋意。周平说,行,我试试吧。

第二天早上,桌上早早准备好了三明治和牛奶,周平还没来得及说,女儿就匆匆咬了一口三明治,又喝了一口牛奶,说,爸,我来不及了,我先走了啊。说着,换上鞋,又背起书包,往门外冲去。按理时间还来得及啊,窗口前目送女儿在楼下行走时,周平看到她居然不是往学校方向。这是怎么回事?刚好邱月走过来,看到他一脸的惊诧,说,怎么了?周平赶紧说,没事,没事。

连着好几天,女儿都是这样的状况。

这天晚上,周平耐着性子下定决心陪着女儿做作业,游戏也不打了,尽管心里挺痒痒的,但周平还是忍着憋着,脑子里不断地像预演似的,重复着一个又一个发生各类情况后的预案。

终于,女儿做完了作业,饶有兴致地看着周平,说,爸爸,你是不是有话和我说?

周平说,哦对,我给你讲个故事吧,一个小男孩,他一天天地在长大,长大的过程中呢,就遭遇到了一个困惑。什么困惑呢?就是他喜欢上了班上的一个女生。这当然是个漂亮的女生了。小男孩看这个女孩，怎么看怎么顺眼，怎么看怎么好看，哪天女孩不在座位上，他的心里头就空落落的。小男孩就想呀，这可怎么办才好呢？那一段时间，小男孩的成绩下滑得很厉害，考卷上横七竖八的红叉叉，他都不敢拿回家去了。后来，小男孩无意中吃了一枚青涩的枇杷果，那个果子，看上去诱人，可一吃就酸得不行。不知道是不是这酸味触动了大脑神经，小男孩就有些明白了，也不再沉迷于关注女孩了，学习成绩也上去了……

后来，他们长大后，小男孩和女孩又取得联系，并且他们结婚了，他们就是你和妈妈，对吗？你是不是想说，未到季节的果子是青涩的，等果子成熟了有的是机会，对吗？女儿连珠炮般地发问，脸上荡漾着得意的笑。

周平愣住了，说，你，你怎么知道的？女儿说，妈妈早就和我说过了，你们两个人呀。

得意之后，女儿说，爸爸你不用担心，其实我并没有早恋，我只是和刘雪吉故意在外面绕一大圈才回去。因为，上次学校里组织我们看电影《妈妈再爱我一次》，我们都看哭了。主要也是想知道，在爸爸妈妈的心目中，有多么的在乎我们。其实，我是早就看到了妈妈等在门口，故意这样做的。

女儿一副古灵精怪的表情，倒把周平惊诧得说不出话，心里面的一块大石头终于也落了地。

爱的禁区

女儿拿到大学通知书那天,就把一份写得满满当当的协议扔在了李维面前,李维着实愣了半晌。虽然之前女儿说过有关的协议,但当女儿把白纸黑字摊在面前,倒还真把他惊住了。

老婆是在女儿12岁的时候离开人世的,李维一人照顾着女儿,伴她学习,助她成长,既当爹又当妈,含辛茹苦地把她拉扯大。女儿读高中,就不让李维管了,嫌他有些婆婆妈妈。而且,女儿毕竟是个女孩子。于是,女儿就和李维之间有个约定,如果她能顺利考上大学,李维以后就放手不管她了。李维一开始不肯。女儿就赌气,连学都吵着不上了。李维只好妥协,不然,又该怎么办呢?

协议上写着,在女儿大学读书期间,李维不得管束她的任何行为。真要完全放手吗?李维犹豫,感觉如果签了,还真对不起老婆了。要是女儿在学校里谈恋爱,交了不好的朋友,那还管不管呢?

女儿很坚定，说，爸，你可答应过我，不能不签的啊！

李维苦笑，只好签了，暗暗想，看来以后可都要暗地里去监督女儿了。

女儿读的是外省的大学。

大一时，女儿还能一个月回家一次，陪着李维聊聊天。大二时，女儿回家的频率一下子降到了两个月一次。

有一次，李维正好有空，就抽空去了女儿的学校，他想看看女儿到底是在忙些什么。

说巧也巧，在女儿住的宿舍楼下，李维正好撞见女儿和一个男同学走在一起，很亲热的样子。当然，李维是不能上前的，协议中有规定，不能窥探女儿的隐私。李维悄悄地跟在身后，尾随着他们走出校园，又看着他们，上了辆出租车离开。李维没再跟上去。李维想，女儿若是在谈恋爱，应该也情有可原的吧？

后来有一次女儿回家，李维装作不经意地问女儿，谈男朋友了吗？女儿摇摇头，说，爸，没呢，我现在只想着好好学习。李维"哦"了一声，想，你就装吧。

大三时，女儿更忙了。有几次说好要回家的，可突然又打来电话，说，爸，我有事，回不来了。女儿到底又在忙些什么呢？想来想去，李维还是不放心，又去了女儿的大学。

到了女儿宿舍的楼下，已是晚上七八点。李维拨了女儿的电话，那边的声音很嘈杂，李维说，你在哪呢？女儿说，爸，我在外面，忙着呢，回头跟您说啊。说完，女儿挂了电话。

李维坐在女儿宿舍的门口等女儿回来。时间不知不觉过了9点，10点……快12点时，女儿回来了，旁边跟着的，是上次那个男同学。李维忙躲了起来，男同学把女儿送到了宿舍门口，挥手和女儿说再见。毫无疑问，女儿肯定是恋爱了。那一刻，李维很想冲出去，抓他们个正着。但又一想到那个协议，李维幽幽然地叹了口气。

女儿又一次回家，李维装作不知道，也没问女儿是不是有男朋友。女儿也不说，但女儿很孝顺，一回来就忙这忙那，李维看着女儿忙碌的背影，总让他想起老婆。一想到老婆，李维的鼻子莫名地就酸涩起来。

大四那年，有一天，女儿神神秘秘地回来了。回来后，就翻给李维看一样东西，李维说，是毕业证书吗？毕业了？女儿摇头说，不是，你再看。李维再一看，是一家公司的录用通知，那是一家国际知名的大公司啊！李维吓了一跳，说，女儿，你可还没毕业啊，怎么就被录用了？

女儿一笑，说，爸，其实我一直都在打工。说着，女儿从包里掏出一张存折，上面的数字密密麻麻的，吓了李维一跳，你咋有那么多钱啊？女儿说，爸，你几次来宿舍找我，我都知道。那个男同学，是和我一起出去打工的同事。进那家公司，必须要有许多行业的经历，所以这几年,我一直是在努力。我怕您因为我太劳累而阻止,才让您签了那份协议,逼迫您不再那么严格地管束我,请您原谅我。

说着,女儿又悄悄地从包里掏出了张纸,纸轻轻地在她手上被撕碎……

拯救一个孩子

阿婆跑到社工汪雪那里时,急得不行,眼泪"刷刷刷"地往下落。阿婆说,求你,求你一定要救救我的孙子……

汪雪给阿婆递上了纸巾,让她在椅子上坐下来,又倒了一杯水,说,别着急,您慢慢说,您的孙子,他怎么了?

阿婆是流着泪说完的。

阿婆的孙子,叫小强。小强的爸妈在他7岁的时候就离了婚,都不愿管小强。小强是跟着阿婆长大的。但阿婆根本管不住小强,小强15岁时就辍了学,天天往网吧、游戏厅跑,和一帮不三不四的人在一起。有时还不回家,阿婆说过他好些次,都不听。这次,小强已经三天没回家,阿婆也不知道该怎么办了……

汪雪认真地听阿婆说完。

阿婆把小强的照片给汪雪看,照片上是一个古灵精怪的男孩子,眼睛黑黑的，脸也黑黑的，但脸上挂着一丝淡淡的笑。

汪雪是在一家网吧找到的小强。网管是个虎背熊腰的高个男人，问汪雪，你找谁？汪雪说，我找小强，我是他姐。网管就喊了声，小强，你姐来找你了！小强嘀嘀咕咕地站起身，脸黑着，瞅着汪雪，说，你是谁？我什么时候有一个姐了？汪雪说，跟我回家吧！小强说，我凭什么跟你回家，我又不认识你！汪雪说，你奶奶找你三天了，都快急死了！小强嘴硬着，说，我就不回去！汪雪看了眼网管，说，他要不回去，我就报警，说你们允许未成年人上网，还连上了三天三夜！网管瞪了汪雪一眼，吼了小强一声，给我滚回去！小强随着汪雪，一起出了网吧。

小强回到家，看到了阿婆。阿婆拉着小强的手，说，你去哪儿了？再找不到你，奶奶都要疯了！小强说，奶奶，我会回来的。小强的声音低低地，还看了汪雪一眼。

汪雪几乎天天去找小强。

汪雪要带小强去书店，小强说，我从来不去书店，也从不看书。汪雪说，书就像陌生人，你不读它，它就是陌生的；你若是读了它，它就能成为你熟悉的朋友。汪雪还说，你还想不想让你奶奶放心了？小强想了想，只好跟在汪雪的身后，像个跟屁虫般的去了。

汪雪给小强买了好几本书，都是些励志，教人成长方面的。

汪雪说，你一定要好好看。

汪雪还要带小强去看电影。小强愣了一下，说，你请我看电影？

汪雪说，是啊。小强看了汪雪一眼，说，还是不去了吧。汪雪笑了，说，你男子汉大丈夫，去电影院就怕了？小强把胸挺了起来，说，谁说怕了！

汪雪带小强看的，是印度电影《神秘巨星》。小强原本对这些吵吵闹闹的外国人兴趣不大，看着看着，竟入了迷。到后面，小强的眼泪稀里哗啦地往下掉。

汪雪还带着小强去了养老院。养老院里有太多需要帮助的老人，汪雪帮他们洗床单，小强帮他们拖地，晒被子，忙得不亦乐乎……

小强一天天地变得有朝气，充满了阳光和正能量。这是汪雪最想看到的。

但还是发生了一件事儿。

那天晚上，汪雪和男朋友李刚从饭馆里走出来，夜色中的城市，昏暗的灯光，还有缓缓行走的人，是那么的宁静和谐。

猛不丁地，突然冲出来一个人影，像阵风般猝不及防，那个人挥舞着手上的硬物，毫不犹豫地砸向了李刚的头。李刚根本来不及反应，人就倒了下去。

汪雪惊呆了，不仅是因为李刚被砸倒，她发现那个砸他的人，是小强。

第二天，汪雪和包着头的李刚去派出所看小强。

一条长桌子前，小强和他们俩面对面坐着，眼神有几分躲闪。

有一会，小强看着汪雪，想说，我喜欢你！还想说，我现在喜欢看书了，我还想看电影，还有还有，我还要去养老院……

小强还没来得及说出口。

汪雪忽然扑哧一声笑了。

李刚的脸上也笑眯眯的。

汪雪说，叫姐！

小强愣了半晌，低低的声音，姐！

汪雪、李刚带着小强出了派出所。走出大门，阳光亮亮地，像汪雪，哦不，姐明媚的眼睛。小强想。

有爱的城市

女孩子晓晓16岁了。

暑假的时候,晓晓去看妈妈。晓晓从故乡常德,去往妈妈工作的大城市。路途遥远。

一大早,晓晓上了火车。

坐在晓晓对面的,是一个中年女人。女人看了晓晓很久。女人说,小朋友,你是去哪里呀?晓晓说,阿姨,我去看妈妈。晓晓说,我妈妈在大城市上班,妈妈很忙,已经有些日子没回家了……

女人静静地听晓晓讲话。中午,女人还给晓晓买了午饭,晓晓是真饿了,吃得有点狼吞虎咽的。女人说,别着急,慢慢吃。晓晓点点头,吃得还是很快。

火车是在下午3点到站的。

女人和晓晓一起出的站。火车站在市区,而晓晓的妈妈在郊区。女人说,晓晓,我送你一程吧。女人打了辆车,把晓晓送到了一处交通枢纽。在那里,晓晓坐一辆公共汽车,可以直达妈妈所在的郊区。

女人把晓晓送上了车,说,晓晓,再见。晓晓说,阿姨再见。

晓晓上了公共汽车,汽车上站满了人,早已经没有了座位。晓晓从前门走进车厢,在中门处的一个角落,站定了。有一个中年男人,在晓晓走过时,不经意地看了她一眼。然后,中年男人突然站了起来,说,小朋友,你来坐吧。晓晓摇摇手,说,叔叔,你坐吧。中年男人笑笑,说,没事没事,你是第一次来这里吧?晓晓的脸是绷着的,其实她已经紧张了好久。晓晓上火车时紧张,后来碰到了中年女人她就不紧张了。现在,晓晓又紧张了,中年男人暖暖的笑,让她的心头稍稍缓和了些。

晓晓坐了下来。

晓晓的身旁坐着一个老太太。老太太说,小朋友,你是从哪里来的这里?晓晓说,奶奶,我从常德来的。老太太说,常德?我还没去过呢,那里好玩吗?是不是和大城市不一样。晓晓说,是的,奶奶,我们那里有桃花源,还有丁玲故居,好多好多的好地方呢!老太太说,找个时间,我一定要去常德走走。老太太的头发微微翘着,是烫发的缘故。老太太看到晓晓坐在边上,坐得很吃力,说,你坐进来一些吧。老太太让了些地方,晓晓朝里面坐进去了许多。晓晓朝老太太友好地笑了笑。

有一个老爷爷，从身边的购物袋里拿出了一瓶果汁。说，小朋友，口渴吗？给你喝。晓晓不好意思地说，爷爷，您喝吧，我不渴。老爷爷说，没关系的，小朋友，我买了很多呢。老爷爷还说，我呀，有一个比你稍微小点的外孙女，我外孙女可爱极了，每次给我打电话呀，就是和我说，爷爷，我想你了，你想我吗？老爷爷说着话儿，眼睛差不多眯成一条缝了。老爷爷又很热情地把果汁递给晓晓，晓晓只好接过果汁。晓晓说，爷爷，谢谢您！老爷爷笑了，眼睛又眯成一条缝了。

一位年轻女人，就站在晓晓的边上。还有一位年轻男人，也站在晓晓的边上。两个人像一对恋人。两个人都没有说话，脸上带着笑，朝着晓晓暖暖地笑。笑得晓晓的心头也是一片暖意。

晓晓下车时，老爷爷老太太早就下了车。年轻男人年轻女人跟着也一起下了车，还有好几个乘客，在窗口很热情地和晓晓说着再见。公共汽车停在那里，好一会才开走。

年轻男人和年轻女人一直把晓晓送到了晓晓妈妈所在的公司，才离开的。

房间里，晓晓和妈妈面对面坐着。晓晓和妈妈说了她来大城市的紧张、害怕，还有她在公共汽车上的遭遇，真是太奇怪了。

妈妈从晓晓的背后拿出一张纸，一张粘得紧紧的纸，纸上写着：这是一个从常德到这里找寻妈妈的孩子，请大家帮助她。字迹清秀、流畅,应该是火车上的中年女人写的。

晓晓看着那些字,还有点懵懂。

妈妈拍了拍晓晓的肩,说,晓晓,记住这里,这是个有爱的城市!

我的话说给你听

新的环境,教室里没有人和仙乐说话。小学三年级的仙乐像一根木头,又像一块石头,甚至就像一团空气,完全不存在一样。

回到家,仙乐眼含泪花地和妈妈说:"妈妈,我们为什么要搬家?原来的地方不是挺好的吗?可以搬回去吗?……"

妈妈安抚着仙乐,说:"你看,我们刚开始在那里,什么都是陌生的,时间长了,说不定你还会喜欢上这里呢。"

仙乐半信半疑。

几天后,仙乐发现角落里坐着的男孩子,也是默不作声的。男孩子瘦瘦的,小小的,个儿还没仙乐高。男孩子和仙乐一样,也是孤独的。男孩子像仙乐的一面镜子。

仙乐主动走到了男孩子的面前,说:"你好呀。"男孩子好几秒才反应过来,低声道:"你好。"仙乐说:"我叫仙乐,你叫什么?"男孩子说:

"我，我叫俊逸。"仙乐笑了，说："俊逸？好美的名字呀。"男孩子像被感染了一样，说："仙乐，你的名字也挺美呀，像乐曲！"说到了乐曲，仙乐不自觉地露齿一笑。

仙乐拉着俊逸去操场。秋天的操场上风儿吹着，仙乐变魔术一样，从口袋里掏出了一把口琴，一段曼妙的音乐声响起，触动到了俊逸的心弦。琴声像一片浩瀚的大海，渐渐如潮水般四溢开去。又仿佛有一个白色的精灵在随风起舞，舞姿优雅高贵。又像盛开的一朵朵耀眼的玫瑰，飘溢出音乐的芳香……

俊逸久久地沉醉在音乐中，直到他不由地打了一个喷嚏。

喷嚏声中，仙乐停住了口琴的演奏，瞪着一双美丽的眼眸看俊逸。俊逸忙不迭地点头，说："对不起，对不起，仙乐……"

仙乐忍不住笑了，说："走吧，这里确实冷，我们回去吧。但我会吹口琴的事，你要给我保密哦。"

俊逸说："一定。你放心吧。"

俊逸又问："你学口琴，有些年了吗？"

仙乐说："是的，我爷爷在我们家乡是吹口琴的高手，还多次获得全国比赛大奖。我从小就喜欢看爷爷吹口琴，自己也喜欢上了吹口琴……"

仙乐的眼睛里，散发着自豪的光芒。俊逸的目光里，也带着崇拜的神采，转而，又暗淡了下来。

想了想,俊逸说:"仙乐,你能教我吹那首《世上只有妈妈好》吗?"仙乐说:"没问题呀。不过,你也要有一枚口琴。"俊逸说:"我今天晚上就去买。"

第二天午后起,仙乐教俊逸吹口琴。

仙乐教了《世上只有妈妈好》,也吹《歌唱祖国》《感恩的心》《可爱的家》《半个月亮爬上来》等,仙乐会吹太多太多的歌儿,俊逸很认真地在听,也很认真地在学。但不知怎的,俊逸一吹到《世上只有妈妈好》,眼圈都会红红的,像随时都会落泪。

仙乐看见了,说:"你怎么了?"俊逸说:"我没事,有风吹了我的眼睛。"

年终,班级的文艺演出。俊逸报了名,也给仙乐报了名。

俊逸说:"我们是好朋友,我们一起吹《世上只有妈妈好》,好不好?"又说:"求求你,和我一起,帮帮我,好吗?"仙乐暗暗责怪俊逸不和她说直接帮她报了名,但看俊逸的请求,也带着几分坚持的表情,还是点了点头。

仙乐和俊逸的口琴表演,比预想中的还要好。

不过,演出完后,俊逸突然抹着眼泪呜呜呜地痛哭起来。这倒让站在旁边的仙乐顿时手足无措,他们的表演里没有这一出啊。

好在班主任闫老师上台,及时化解了这一幕。

演出的结果,也是让仙乐出乎意料的。

一个,是班上的同学们都喜欢仙乐吹的口琴,纷纷表示也想学,他们的热情,让仙乐的心里头一下子暖和了。

另一个,是俊逸离了婚的妈妈回来了,准备和俊逸的爸爸复婚了,俊逸的妈妈说,俊逸长大了。俊逸的爸爸说,俊逸懂事了。

仙乐把俊逸爸爸妈妈的话说给了妈妈听。

仙乐说:"为什么俊逸的爸爸妈妈说的是不一样的话呢?"

仙乐还说:"妈妈,你说得对,我已经喜欢上这里了。我也喜欢你,妈妈,还要爸爸。我要我们永远在一起。"

喜欢喝茶

这天下午，李晓丽去学校，是给傅老师送茶叶的。

傅老师喜欢喝菊花茶。李晓丽每次走进傅老师的办公室，都能闻到一股清新的茶香。李晓丽喜欢这香味。

傅老师教数学，李晓丽是班里的数学课代表。傅老师能从繁华的大都市里，不辞辛劳地来到这所山区乡村小学，方圆几十里村落的所有大人和孩子们，都是心怀感激的。

傅老师有个习惯，每个月都要回一趟城市。再来时，傅老师会给孩子们带来好些吃的，也会带来一袋菊花茶。傅老师说，喝了这菊花茶，神清气爽心情好。这句话，已经成了傅老师的口头禅。

傅老师，菊花茶真有这么好喝？李晓丽是犹豫了半晌，才问出这句话的。

傅老师倒是很随和地点了点头，说，是呀。说着，傅老师起身，从旁侧的大茶壶里,倒了一小杯香气扑鼻还冒着热气的菊花茶,给李晓丽,说,你尝尝?

啊?李晓丽看到了傅老师递过来的茶,接?还是不接?李晓丽接过茶杯的手,是烫烫的。李晓丽的心里,也是暖暖的。

每次想起这事,李晓丽就觉得,那杯菊花茶,是她喝过最香的茶水,怪不得,傅老师那么喜欢喝茶呢!

每个月,傅老师穿梭在城市与山林之间。有一次,李晓丽去送傅老师,看着傅老师渐渐远去的背影,突然有个想法,这山间那么多的菊花,是不是也可以烘焙出菊花茶呢?这样,傅老师也不用每个月为了喝茶,辛辛苦苦回城市了啊。

李晓丽去找了同学王文昌、刘胜海,说了自己的想法。

王文昌说,好主意啊。

刘胜海也表示赞同。

三个孩子像快乐的天使,在山间的绿树丛中奔来奔去,寻找最好的菊花。找到菊花后,他们用剪子小心地剪下来。洗干净,又晒干。再放入锅里,用小火,慢慢地翻炒……这些步骤,他们都是请教了一位从城里来的精通茶道的叔叔。叔叔问他们要干什么,他们不愿说。

那天,李晓丽走进傅老师的办公室,发现傅老师的心情不好,沉着脸,桌上堆着要批改的作业。

李晓丽叫了一声,傅老师好。

傅老师在思索，好像没听见一般。

李晓丽又叫了一声。

傅老师这才回过神，说，哦，晓丽呀，有什么事吗？

李晓丽小心翼翼地走进去，试探地说，我们做了一些菊花茶，不知道好不好喝，想给您尝尝。

傅老师没说话，只是微笑着点头。

傅老师是听见，还是没听见？总之，人没有动。坐在那里的傅老师，脸上失去了往日的阳光。

李晓丽走出去时，脚步多了几分沉重。

李晓丽是在几天后听说的，傅老师要走，他的女朋友要他回城市教书，不然就和他分手。

李晓丽顿时明白了，傅老师每个月回城市，不是为了带菊花茶，而是为了去见女朋友。傅老师的女朋友是不是像菊花一样漂亮呢，菊花一样漂亮的女朋友为什么不喜欢傅老师来山里教书呢？

那天，李晓丽没有去学校。爸妈打工回来了，说看看她和弟弟，还有爷爷奶奶。爸妈有几年没有回来了，这次回来几天，还要赶紧赶回去。

李晓丽回到学校时，傅老师已经离开了。办公桌上，李晓丽他们送的菊花茶不见了。是傅老师带走了吧？

几天后，又来了位年轻的女老师，姓赵。

赵老师把李晓丽叫到办公室,像认识她,细细地端详着她。赵老师说,你就是李晓丽吧?你们做的菊花茶真好喝呀。赵老师又说,我是傅老师的女朋友,过几天傅老师也会来,我会在这里,陪着傅老师一起⋯⋯

赵老师的眼睛亮亮的,脸庞也美美的。李晓丽还闻到了赵老师身上菊花茶的味道,好香好香呀。

羽毛球像什么

教室门口,语文老师拿着一个羽毛球走进来,站在新生们面前,将红色橡胶头拢成一只塔尖,问大家,这个像什么?新生们七嘴八舌,说什么的都有。老师看到角落里的那个女孩,低着头若有所思的样儿,就说,这位同学,你觉得像什么?女孩抬起了头,脸上有几分犹豫,却又那么坚定,说,像监狱!整个教室哗然,空气一度像是凝固了。

所幸,老师很快笑了,说,这位同学的理解,还是挺别致的,也很有特色,值得我们鼓励和学习。不过呢,我们可不可以这么理解,这像我们五星红旗旗杆上的圆球,火红的国旗升展在半空中随风摇曳,圆球在顶部保驾护航,大家看像不像呢?

全班同学拍手,说,像,很像呢!那个角落里的小女孩,脸上紧张的情绪已经舒缓了许多,老师的目光朝她扫了一眼,很快又不经意地瞟了过去。

几天后，老师还特地家访了一次，也了解到小女孩的父亲不久前因为盗窃入狱。小女孩的母亲带她去了一次，小女孩就记住了监狱的样子。

现在，当冯丽老师在班上对着全班同学——这些在大城市长大的孩子们——讲到这个发生在农村的故事时，大家有过短暂的惊讶，很快又恢复到了正常。冯丽老师又说，说到这位父亲盗窃的原因，是他去城市打工，但找不到工作，家里的孩子又要吃饭，因此脑子一热，就做了不该做的事情。

这堂课不久，就有学生家长走进了办公室，这位衣冠楚楚的家长站在冯丽老师跟前，说，你就是冯丽老师？冯丽老师点点头，说，对。这位家长转身，就直奔校长办公室。

校长在一个小时后约谈了冯丽老师。

校长说，听一位家长讲，你和学生们讲了一个有关羽毛球橡胶头，被一个小女孩说成像监狱的事情。然后说，小女孩的父亲还因为盗窃罪而入狱了，是吗？

冯丽老师说，是的，校长。

校长凝神了一会，说，据我了解，冯老师你应该是城市人吧，我看过你的简历。

冯丽老师看了一眼校长，嘴角不由浮出淡淡的笑，说，校长，您不会怀疑，那个小女孩是我吧？

校长咳了一下，说，冯老师，你不要有心理负担，也不要有排斥心理，请你理解，刚刚有家长来找过我，还有好几个家长打电话过来，作为家长，他们多少也有些担忧。你明白的。

冯丽老师走出屋子时，天色有些阴沉，刚刚还是阳光明媚的天空。

冯丽老师打了个电话。

电话响了好几下，接通后是一个浑厚的长者声音。

冯丽老师说，老师。

长者似乎猜到了冯丽老师想说什么，忽然笑了，说，冯丽，心里千万不要有负担，有些事情我们需要去尝试，也需要接受这种尝试的后果。同时，我们也要理解，家长们对孩子的顾虑。

冯丽老师笑了，是为朋友而笑。

朋友叫白鸽，美丽多姿的一个名字。白鸽一度闷闷不乐，在信中和她倾诉。她们是笔友，她们还有一个共同的老师。那位长者，那位在故事里的老师，曾经支教山区多年。老师让冯丽和白鸽成为笔友，可以互相帮助，互诉感慨。

冯丽，怎么想起找我了？

白鸽爽朗的声音响起，伴随着的，是她开怀和快乐的笑声。

我，我想你了。

冯丽老师说。

那就来看看我呗,我承包的这一大片的果树林,今年一定又是个大丰收。

好,等我假期到了,一定过来。

好,那我等你啊。

电话挂了,冯丽老师眼前快乐的白鸽,美丽的脸庞上时时地浮着笑,那笑,和那漫山遍野的果树上的沉甸甸红彤彤的果实,一样美丽!

李老师

李老师做了一辈子的老师,也烦了一辈子被叫老师。这么说吧,李老师在家附近不能出门,只要一出门,马路上碰到的都会是学生或是学生的家长,就像整个人被放大在聚光灯下。他们看到李老师,客气地叫一声:李老师。李老师不好意思地回说:你好你好。其实,李老师对他们大部分人都已经不认识了,做了几十年的老师,每年几十上百个的学生和学生家长,这怎么可能认得全呀!

上菜市场买个菜,李老师都不敢挑挑拣拣,更不敢还价,人家一口一个李老师长、李老师短,似乎也都认识她。李老师这就无话可说了:就这个吧,多少钱?好,好,我给你。

转机来自李老师退休后去到另一个城市,给儿子带3岁的小孙子。小孙子是真的调皮,可比儿子小时候难管多了。在家里还好些,毕竟空间小。不过一到楼下的小区花园里,小孙子那小嫩腿一迈,李老师这老胳膊老腿的就不得不跟上去，可这跟起来是真的难，没走几步路李老师就气喘得不行了，不由得直呼孙子的小名：慢一点，慢一点，奶奶跟不上了。

又有一天，李老师带着小孙子去了不远处的商业广场，这个偌大的广场刚好在搞一些减价酬宾活动，许多商品打折卖，于是乎人多得一眼望不到头，看得她都要晕了。李老师很努力地拉住小孙子的手，不敢让他有丝毫的差池，但随着人流的冲击，她心里就越来越没有底了。特别是当李老师突然觉得肚子里不舒服，想要上洗手间的时候，小孙子成了一个大问题。李老师忍着，左顾右盼地看是否有熟悉的人，虽然她也知道，这肯定是个奢望。在这个陌生的城市，除了儿子一家，她哪里认识其他人呀。猛地一个声音传来：您是李老师吗？像一下子把李老师从茫然中唤醒过来，她举目一看，是一家奶茶铺里的年轻姑娘，正微笑地看着她。姑娘说：李老师，您真的是李老师吗？您不记得我了吗？我是邱爽呀，您教过我语文，两个黄鹂鸣翠柳，一行白鹭上青天……李老师说：那，那个，邱爽，你能帮我看下小孙子吗？我要去下洗手间。姑娘说：没问题呀，李老师。说着话，姑娘打开了中间的一个门，小孙子顺势地就进去了。李老师转身去洗手间的方向，转过头时，看到姑娘脸上真诚的微笑，也就放心地去了。

李老师回来后，小孙子当然是安然无恙的，姑娘问：李老师，您是真不记得我了吗？看这姑娘兴冲冲的表情，李老师不好意思地笑笑。

姑娘又说：我对您印象可深了，您当时在班上对我们说：好好学习，好好做人，做个对社会有用的人，我可一直都记得您这句话呢！李老师要走了，说：邱，邱爽，谢谢你，谢谢你呢。姑娘说：不客气，李老师，再见！

　　回家的路上，李老师脸上似乎也多了几分快乐，这快乐也被小孙子发现了，小孙子说：奶奶，奶奶，你为什么这么开心呢？李老师说：你记得，刚才那个姐姐叫我什么？小孙子说：李老师。李老师说：你再大声叫一下。小孙子稚嫩的声音大喊：李老师——

　　哎！李老师大声地回应，从未有过的畅快的声音。

一场突如其来的雨

初秋的某一天。一场雨,来得有点突然,开始是小雨,接着越下越大了。许多行人,根本来不及反应,就被笼罩在了一片雨幕之中。

好多人选择了躲雨。大家挤在一旁的奶茶铺的廊檐之下,那里并不大的空间,挤了个满满当当的。

"妈妈,我们去帮一下叔叔吧?"是一个五六岁的孩子的声音。

孩子拽着年轻妈妈的手,指着不远处一个倒伏在地上的人。是一个乞讨的男人,身上黑乎乎的,像是好久没洗过澡。还有手臂上、脚上,包括裸露在外的身上,直至脸上,有很多瘢痕。那些瘢痕,触目惊心。每一天,男人都会在附近的某一处人流穿梭的水泥地上,向路人乞讨。

男人似乎腿脚有些不便。很艰难地,男人想让自己爬起来。但无论多么努力,都显得徒劳。地上下过雨后,是那么湿滑,男人眼中带着无限的企望,一直瞧着廊檐底下,看得出来,他是那么希望能和大家一样，躲一会儿雨呢。

许多人都装作没看见，或者说，看见了又如何？男人浑身脏兮兮，而且又不认识，谁又肯为了这么一个素不相识的人，而弄脏自己呢？

年轻妈妈推了推孩子，似乎还挤眉弄眼了一下，看得出来，她没想过要帮那个男人，她想让孩子不要再做什么了。但孩子分明撅起了嘴，又说："妈妈，那是老师说的，看到需要帮助的人，我们一定要去帮忙……"

年轻妈妈看了眼四周，那些一脸淡然的躲雨的人们。年轻妈妈咬了咬孩子的耳朵，像是在劝他，别管闲事了。谁知道，孩子跳了起来，很大声地说："妈妈，你不是教我，要做一个助人为乐的人吗？"

有些尴尬，特别尴尬，年轻妈妈的脸微微红了，看了看雨中那个乞讨的男人，又不是很方便去帮助他。

想了想，年轻妈妈说："儿子，你等等，我叫你爸爸来帮忙吧。"

孩子拍着手，说："好啊，好啊，顺便，你让爸爸给叔叔带把伞吧。"

孩子还朝着雨中的乞讨男人，说："叔叔，你再等一会儿，我们家住得很近，我爸爸，他很快就来了……"

在孩子说话的间隙，年轻妈妈已打了电话。

雨水已经将乞讨男人浇湿了。很意外地，雨水浇过的男人的身子，不那么黑了，还有裸露在外的癣痕，身上的，脸上的，手臂上的，脚上的，竟然开始慢慢地脱落了……

很多人看到了,孩子也看到了,孩子竟是一脸惊喜的表情,说:"叔叔,太棒了,太棒了,你看你的那些瘢痕,竟然都好了。"

孩子,是在为他高兴呢!

乞讨男人,却像是被惊到了,他没有再等待孩子父亲赶来的帮助,还有带来的伞。乞讨男人不灵便的脚,一瘸一拐地缓慢移动着,进入了雨幕深处,很快,就不见了。

又一天,雨过天晴,还是在马路边,孩子和他的年轻母亲路过,又看到了那个倒伏在路上的乞讨男人。男人身上依旧黑乎乎的,还有手臂上,脚上,身上,直至脸上,那些触目惊心的瘢痕。

孩子惊讶地站在乞讨男人面前,说:"叔叔,你身上怎么又有瘢痕了呢?是不是有人欺负你了,所以有了瘢痕呢?"

年轻妈妈想要拦住孩子,没拦住。

乞讨男人看了孩子一眼,也看到了周边走过的行人怀疑的目光,乞讨男人脸有些窘,真不知该说些什么。

一个月内,孩子看到了乞讨男人十一次,都是在马路边上。

第十一次,孩子突然哭了,问妈妈:"你看叔叔那么多瘢痕,那该有多疼啊!"

那一次,像是真正触动到了什么,乞讨男人的心头,猛地一动。

有很长时间,孩子没有见到乞讨男人。乞讨男人像是消失了一样,不在这条大街出现了。孩子每次左顾右盼地找寻,却是看不到。

那一天，孩子上小学了。

门卫室里，一个年轻而又面熟的年轻保安朝着孩子在笑，说："小朋友，你好！"

孩子也是一脸惊喜："叔叔，你身上的瘢痕没有了……"

春天和秋天

春天的时候，春天来到了城市，青涩的脸庞随着火车站的人流，一起向地铁涌去。春天的脸上，闪着希望的光芒。

地铁将春天送达一个老乡处。老乡和春天一样，也是个男孩子，比他早两年来这里。老乡原本是一个人住，两室一厅的屋子，住得有点奢侈。

老乡笑眯眯地说，你来了，刚好帮我分担房租。

春天问，多少钱？

老乡说，一共四千，咱俩一人一半。

春天咬了咬牙，这租个房，也太贵了吧？

第二天，春天就出去找工作了，坐着这个城市的地铁，坐着这个城市的公交，这些交通工具将春天送达一个个找工作的目的地。

春天一路上看到了许多年轻美丽的女孩，这些女孩，不同于春天的大学女同学，她们生涩，像一枚枚还没熟透的果子，而地铁上、公交车上的女孩们，她们都是披肩长发，又或是齐耳短发，一水精致的脸庞，一身得体的职业装。

春天不由多看了几眼，还看到一个女孩在看他。莫名地，春天的脸红了。

春天学的是计算机专业。一家规模不大不小的公司，对方开出了不高不低的待遇，问春天，有兴趣来吗？明天就可以上班。春天犹豫了一会儿，答应了。春天带来的五千块钱，已经用掉一半，先得让自己在这个城市安顿下来。春天已经渐渐喜欢上了这个城市。

工作日，春天忙忙碌碌，上班，下班，坐地铁、公交，出地铁、公交，吃饭，睡觉。休息天，春天也往外走。

老乡谈了个女朋友，女朋友休息天都要来。老乡提前给春天打招呼，说，哥们，女朋友想和我过二人世界。

春天笑笑，懂了。

春天去了附近的公园，这是一个新建的公园，面积很大，有大片的树林，也有河流，崭新的步道。好多附近的老人，带着孩子的年轻父母，年轻情侣，都在这暖暖的阳光下，走来走去。

春天在步道上缓步慢跑。春天跑得并不快，平常走路一样的步幅，所以没有汗，跑得有几分气定神闲。

春天看到一个披肩长发女孩修长的背影，女孩也在步道上跑，跑得很快，像阵风。春天突然有了追上去的冲动，说不上是什么原因，就是想追上女孩。

春天就快步追了上去。

对于大学时的长跑健将春天来说，这点速度真的不算什么。春天超过女孩时，用眼角的余光，微微地打量了她一眼。

女孩似乎是看出了春天在赶超她，赌气般地加速了。像小鹿一样修长的腿，风一般向前跑去。

春天看愣了，还没完全反应过来，就在前面几十米处，女孩的脚猛地被绊了一下，踉跄着摔倒在地上。女孩没有爬起来，突然坐在地上哭了。

送女孩去附近社区卫生院的路上，春天知道了女孩叫秋天。春天笑着说，秋天是个丰收的季节。春天的幽默逗笑了秋天。秋天不是因为摔倒而哭。秋天是因为在单位被领导责骂而哭，秋天做错了事，领导说，你干不了就给我滚蛋！秋天不敢滚蛋。秋天还要付房租，还要吃饭，还要留在这个城市。

春天和秋天成了朋友。

春天的工作得到了公司老总的认可，老总发现春天除了懂计算机，居然还懂策划。策划是春天比较擅长的。

老总给春天又压了新的担子，春天的收入也随着担子的加重在递增。

秋天也很努力，因为有了春天的鼓励。秋天的工作变得更主动，也更细致。一向苛刻的领导破天荒地夸了她。

步道上，春天和秋天的步伐本来是并排前行的，跑着跑着春天就跑到了前面。春天停下来，等秋天追上来，然后再并排前行。

不经意地，春天的手触碰到了秋天的手。秋天的手触电似的缩了回去。

很快，两只手牵在了一起，一起跑向未知的前方。

这个城市里有春天，也有秋天，是多么美好。

去澳门

那十八九岁的大男孩,尽管身高已经有了,体型也有了,但那难掩的稚气,无法改变他还是个孩子的事实。

孩子背着个沉甸甸的包,跑进了澳门红街市的一家酒店。服务台前,孩子稚嫩却装作成熟地说:"请……请你帮我订一间房。"

女服务生看了孩子一眼,说:"好。"孩子付过钱,拿了房卡,匆匆地往房间走。也就一会儿工夫,孩子又出来了,走过了服务台,又折回几步,问女服务生:"请问,你知道富记粥品在哪里吗?"女服务生指了指,说:"哦,走出去,左拐……"

按着指点的方向,孩子沿途还问了几个路人,有一个两鬓斑白的老人说:"富记粥品?已经关了吧!"孩子纳闷了一下,说:"怎么会呢?"孩子不信。

直到孩子在一处店铺前停下,店铺的年轻老板清清楚楚明明白白地告诉孩子:"这里就是富记粥品原来的地方,富记关了,我接了下来。"

孩子不死心,说:"那你知道,他们搬去哪里了吗?"

年轻老板说:"这个,我就不知道了。"

孩子摇了摇头。在回到酒店后,孩子还在思忖着,澳门就这么大,怎么也能找到人吧?第二天一大早,孩子出了门,又去了富记粥品原来的地方。孩子碰到人就问:"请问,你知道富记粥品的老板在哪里吗?"孩子问了无数个路过的人。孩子问到了一个中年男人,中年男人突然笑眯眯地说:"你有什么事儿吗?"孩子说:"我要找一个曾经帮助我们的人。"

中年男人带着孩子,到了一位老人面前。老人慈祥可亲,正是中年男人的父亲。老人一口浓重的老澳门口音,笑眯眯地自我介绍:"我叫富叔,原来富记粥品的老板,请问,小伙子,是你找我吗?"孩子说:"富爷爷你好,我叫胡涛,四川汶川人,我是特意来找那个帮助我们家的人。当时遭遇大地震,我们家的房倒了,什么都没了,我妈没了,我爷爷奶奶也没有了,就留下了我和我爸。多亏了那份包裹寄来的衣物,里面还有钱,是用你们富记粥品的包装袋装着的。也是靠着这些钱物,我和我爸撑了下来。您知道这是谁寄的吗?"孩子从包里掏出一个干干净净,折叠得工工整整,印着"富记粥品"四个大字的纸袋。富叔说:"大概是什么时间?"孩子说:"应该是2008年8月,对,过了一周我们开学了,坐进了政府给我们造的崭新的教室,但许多老师和同学,我都已经见不到了。"孩子的眼圈有些红。富叔说:"哦,这都十多年前的事了,而且我们的这个袋子,来用餐的街坊都可以随意拿,光凭这个,找人有点难……"孩子说:"那您能帮我想想办法吗?我们家不仅完成了灾后重建,我爸还开了家公司,现在效益非常好,所以我爸让我一定要来感谢,说要报恩!我们也可以帮助那个曾经帮助我们的人!"孩子的眼睛突然亮了一下,说:"富爷爷,对了,里面还有张纸条,写了个梁字,那个人是不是姓梁?"富叔点了点头,又说:"梁在我们澳门是大姓啊,这还是难找的。"

孩子在澳门待了一周,富叔安排了好多梁姓的街坊去见面,当时汶川大地震,捐过款的街坊实在太多了。孩子和他们做了交流,问到是不是寄过钱物时,街坊都是摇摇头。孩子失望了。

孩子离开时,富叔和中年男子送他去机场。富叔还亲自烹饪了一份富记粥品给孩子尝尝。孩子说:"富爷爷,谢谢你们,可惜我没找到帮助我们的大恩人。"富叔说:"你们能走出大地震的困境,是我们大家都乐于见到的。我们是同胞,永远血浓于水。别想那么多了,一切,大家,都好好的。"

孩子走了。

富叔又坐上了车,中年男子启动了车。车子在洁净的马路上行驶,中年男子说:"爸,你为什么不告诉他,我们也姓梁?"富叔笑了,说:"你说为什么呢?"中年男子用力点了下头,轻踩了下油门,车子像一阵风般地驶过。

生活总是越来越美好

奶奶说，你们一起去买点吃的吧。

奶奶给了我两角钱，崔卫涛眼巴巴地看着。奶奶是我的奶奶，不是崔卫涛的奶奶。我擦了把眼眶边残余的泪。十几分钟前，我爸揍了我。打屁股的声音和哭声一样响亮，奶奶从外面冲了进来。我爸说，妈，你别管。奶奶说，我不管谁管，我就这一个孙子！奶奶再次把我解救了，又唤来后屋的崔卫涛。崔卫涛是我的小伙伴，和我同年同月同日生，比我大两个小时。

解放桥的桥堍，有一家供销社。以前，外婆的二姐夫还在这家店上班，我叫他施家公公。崔卫涛跟着我走进店里，使劲盯着我手上的钱。崔卫涛总说，你奶奶对你真好，好羡慕你。我呵呵地笑。这根本就羡慕不来的好不好？崔卫涛还有个堂弟，叫崔卫星，比他小五六岁。有两个孙子和只有一个孙子肯定不一样的。而崔卫涛的奶奶，几年前过世了。

两角钱，我买了一盒水果糖，里面有五颗糖。我往嘴巴里塞了一颗，给了崔卫涛一颗。崔卫涛也往嘴巴里塞，眼睛还停在我手里的水果糖上。崔卫涛说，我陪你走了这么长的路，你应该大方些，再给我一颗。崔卫涛说得有道理。很快，我和崔卫涛各吃掉了两颗，只剩最后一颗了。崔卫涛又说，最后这颗糖，你也应该给我。我说，为什么？崔卫涛说，你看，你有奶奶，而我没有了。我说，对，但那又怎么样呢？崔卫涛说，你奶奶是不是还会给你钱，给你买各种好吃的？我一下明白了崔卫涛的意思，把那颗糖给了他。崔卫涛没有吃，把糖放进了口袋里。

一晃经年，我和崔卫涛都去了上海。

在我谈了女朋友，准备结婚时，找到了崔卫涛。崔卫涛在浦东开了家房产中介，五六平方米的小门面房，伙计和老板都是他一个人。

崔卫涛把我和女朋友请进了屋，又倒了两杯热气腾腾的茶水。崔卫涛说，你马上要结婚了，祝贺你，我是想都不敢想。一番寒暄后，崔卫涛直奔主题，你们准备买什么样的房？我说了心理价位和需求。

崔卫涛说，有套两室一厅的房子，非常好，价格很低，本来我还想留给自己呢！又笑着说，可惜我买不起。崔卫涛带我们去看那套房，小区门口七八条公交线路四通八达，三四百米外就是即将通车的地铁站，小区内的绿化、干净的楼道、屋内的布局、房间的朝向和采光，我们都很满意……

谈中介费时，崔卫涛坚持要五个点。我说，中介费不是两个点吗？

崔卫涛很坚持，说，因为我没收卖房人的中介费，这钱就该你们出。我说，那也不该是五个点呀！我们争得面红耳赤，一点不像从小玩到大的好朋友。崔卫涛说，你看你都有钱买房了，而我什么都没有，让你多出几个点又怎么了？

说话间，崔卫涛突然笑了，笑得我莫名其妙。崔卫涛说，这房子，你不能买。我说，为什么？崔卫涛说，一个多月前，这里发生过刑事案件。又说，这房价低于正常价那么多，你难道一点怀疑都没有吗？我和女朋友面面相觑，倒还真没想那么多呢！崔卫涛拉开抽屉，翻出一张报纸给我们看，一张大幅照片和对应的一段文字，确实是那套房无疑。

崔卫涛说，我这是希望能让你多个心眼，不然很容易受骗上当的。又说，适合你们的房子，我早帮你选好了，就在隔壁小区，房型一样，价格略高一点。不过，我想你们一定会满意的。崔卫涛还卖了个关子。

签合同那天，崔卫涛坚持不要中介费。那个卖主看着羡慕不已。我说，你也是开门做生意，不能不收钱啊。崔卫涛说，中介费你早就给我了，你忘了？又说，那颗糖，我甜到现在呢！

回去路上，我把多年前五颗糖的故事讲给了女朋友听，讲得自己心潮澎湃。

糖

我买了一包糖。

路边，我看到一个孩子抹眼泪。我说，你怎么了？孩子说，我考试考砸了，怕回去爸爸打我。上回，我也是考砸了，爸爸追着我打。我说，怎么会呢？你爸爸不会真打你的，你爸爸也是为了你好，你要理解他。孩子泪汪汪地说，我理解他，可他理解我吗？我天天从早到晚学习学习再学习，其实我也过得很苦，有时偷偷地玩一会儿，被发现就是一番责骂，为什么大人可以玩手机玩电脑，小孩就不能玩呢？我笑了，说，其实呀，你也可以玩的，只不过现在还不是你玩的时候。

我打开了那包糖，让孩子把两只手合拢在一起，缓缓地倾倒，白白的雪一样的糖绽放在他的手上。

我说，你尝尝？孩子把手抬高，嘴唇很快接触到了糖。孩子说，真甜。孩子又舔了好几口，眼睛轻轻闭着，像在回味，又像在冥想。

我说，你看到什么了？孩子说，我看到我考得很好，爸爸夸了我，还带我出去吃好吃的。

我笑笑，说，好好努力，你可以的！

孩子点点头，一蹦一跳开心地走了。

我又看到了一个流泪的长发姑娘，挺漂亮的姑娘，因为哭肿的眼睛和憔悴的脸庞，就显得不那么的漂亮了。

我说，姑娘，你怎么了？姑娘转头看我，没吭声。我又问了句，脸上带着善意的笑。姑娘说，我失恋了。我喜欢一个男孩子好多年了，但我一直不敢说，因为他有女朋友。现在他们分手了，我好不容易鼓起勇气向他表白，他却拒绝了我，他说只把我当妹妹……我说，那可能你们俩没缘分吧，可这也没什么关系呀，也许你们做朋友更适合呢？姑娘说，但是我喜欢他，我真的喜欢他！姑娘不停地说。我笑了，说，你现在固执地认为对的事情，也许若干年后，你又会发现并不一定是那么对呢！

我打开了那包糖，我让姑娘把两只手合拢，缓缓地倾倒，白白的雪一样的糖绽放在她的手上。

我说，你尝尝？姑娘把手抬高，嘴唇很快接触到了糖。姑娘说，嗯，真甜。姑娘又舔了好几口，眼睛轻轻闭着，像在回味，又像在冥想。

我说，你看到什么了？姑娘说，我看到了一个男孩子，他向我走来，说他喜欢我。他也正是我喜欢的类型。姑娘的脸噌地一下红了。

我笑笑，说，那你接受他了？

姑娘说，当然了。

姑娘的声音很轻，但我听见了。

我又碰到了一个生意失败的男人，和老伴吵完架的阿姨……我都把糖分给了他们吃。

我回到家时，那袋糖什么也不剩，只剩下一个袋子了。因为病痛躺在床上等着我的糖的父亲，看到空袋子，又听到我一路上的故事，脸上居然很平和。因为父亲说要吃糖，我才去买糖的。我满是歉疚地坐在父亲的床边，不知怎的，父亲原本浑浊的眼睛似乎明亮了许多。

很快，父亲居然有了气力直起了身子。父亲说，你做得对，糖给他们吃，和给我吃是一样的。父亲说，我感觉自己就像是吃到了糖。又说，不，这和吃到糖的感觉还不一样，像这个糖，已经融入了我的身体里。

父亲又看了我一眼，说，一切都会好的，像糖一样。

我说，肯定的。

窗外的阳光透过玻璃照进来，照在床上，也照在父亲的身上。父亲突然掀开被子，从床上下来，如正常人般地穿上鞋子，又笔直地站在我面前，像一棵重获新生的老树。

我愣愣地看着父亲，已经惊诧地不知道该说什么了！医生昨天还低声和我说，你的父亲，这辈子都不可能走下床了。

和小天使的约定

父亲有一个三岁的女儿,蹦蹦跳跳地,像个快乐的小天使。

每天,父亲下班到家。刚打开门,小天使就像风一样扑入父亲的怀中。小天使说,爸爸,你回来啦!小天使说,爸爸,我想你啦!小天使说,爸爸,你喂我吃饭吧……

父亲一脸慈爱,抱着女儿,怎么抱都抱不够。

有一天,还没到下班时间,父亲就回到了家。父亲的脸有点白。就连小天使朝他扑过来,他也没有去接。

父亲一脸歉意地说,宝贝,爸爸有点不舒服,今天不能抱你了。

母亲陪着父亲,一起去了医院。医院的检查时间有点长,几天后,父亲的病确诊了,疾病像天塌下来般突然,让整个家庭猝不及防!

父亲特别牵挂的还是女儿。将来,他不在了,女儿会不会想他?想他的时候会不会哭?哭得稀里哗啦吗?父亲的眼前仿佛出现了女儿泪流满面的情形。还有,女儿会不会经常问,爸爸呢?我的爸爸呢……

父亲有点不忍想下去了。

父亲的情况越来越糟糕,病情的急速恶化连这个城市最出色的专家都无能为力。做过反复药物治疗后的父亲,神情憔悴得都不像以前的他了。

母亲带着女儿去看医院里的父亲。

父亲原本是不忍女儿来的。他现在的样子,小天使看了会不会害怕呢?父亲可不愿意他的小天使害怕呀。但父亲还是想让小天使过来,父亲的心头,已经有了个主意。

果然,女儿在看到父亲后,第一反应,是向后退了一步,直至躲到母亲的身后,小心地看着陷在沙发中的父亲——为了这次见面,父亲特意和医院的人打招呼,要了一间会客室,还穿上了他往常穿的正装。父亲不想让女儿有一丝对他住院的知晓。

父亲轻轻伸出手,朝着女儿——他的小天使挥舞着,这个挥舞的手势,是父亲和小天使之间最为默契的一个动作。

每当父亲要去上班,或要出去时,父亲总是以这样的手势,朝着小天使挥舞。而小天使,也会挥舞着她稚嫩的小手,朝着他的父亲。

因为这个动作,小天使似乎不胆怯了,眼前的是她的父亲。终于,小天使凑近了父亲的身边,轻轻喊了声,爸爸。

父亲说,宝贝,我和你商量个事儿吧?

父亲说,爸爸要去外星球了,就像你平常看的《巴啦啦小魔仙》,类似于里面的魔仙堡一样的魔法世界。爸爸要去学魔法了,学了魔法,爸爸的长相可能和现在也不一样了,就像你今天看到的我,长相是不是已经有变化了?对,就是因为爸爸在练魔法……

女儿眨巴眨巴她那双又黑又亮的大眼睛,听得津津有味。

父亲又说,还有,爸爸去那里后,很难确定什么时候回来,可能会很快,也可能会好久,而且那里不能打电话。可能回来的爸爸,你完全认不出来了。所以,今天我们做一个约定,就是我重新出现在你面前时,会朝你挥舞着手,证明我回来了……

女儿听懂了,在父亲朝她轻轻挥舞着手的时候,他的小天使,也挥舞着小手。小天使的脸上,是快乐的笑。

父亲是在三天后离开的。离开的时候,父亲很平静。

八年后,母亲结婚了。

热闹的婚礼现场,女儿见到了穿着白色婚纱的母亲和母亲身边的陌生男人。女儿的脸上带着紧张和惶惑。

那个陌生男人,看到了女儿。男人的脸上带着微笑和温情,男人朝着女儿轻轻挥舞起那只手,是多年前父亲朝她挥舞着的手势。

女儿也朝男人挥舞着手,满脸是泪。

哥哥的妹妹

妹妹有一个哥哥。妹妹从没见过哥哥。

妹妹只在母亲的说话中,知道自己有这么一个哥哥。

母亲说,你哥哥,高高的个儿,可帅气了。

母亲说,你哥哥,学习成绩特别好,每次考试,都是一百分。

母亲说,你哥哥,从小就特别懂事,经常帮我干活,可勤快了!

母亲的话儿,说得11岁的妹妹一愣一愣的。

中午,坐在饭桌前的妹妹,看着手上的碗,还有母亲面前的碗。妹妹响亮的声音说,妈妈,今天我来洗碗吧。

母亲说,好啊,好啊。你真像你哥哥一样懂事呢!母亲脸上笑着,笑得额头上都是皱纹。

洗完碗,妹妹擦了把手,走到了坐在沙发前的母亲身边。

妹妹说,妈妈,那我的哥哥——他去哪儿了呢,我怎么从没看见过他呢？

母亲说，哦，你哥哥出差去了，他，他很快呀就要回来的，对，早上你记得吗？电话铃响过，他还给我打过电话呢，他在电话里说呀，妈妈，你要好好的，我在外地呀，我很快就要回来了，帮我，帮我也向妹妹问个好……

妹妹愣了半晌，早上她可一直在客厅呢，电话根本就没有响过啊。但母亲信誓旦旦的样儿，妹妹看着母亲，母亲的脸上都是快乐。

妹妹走到了大街上。

好多人和妹妹打招呼。

比如黄伯。

妹妹说，黄伯，你知道我哥哥吗？

黄伯说，当然——

黄伯说，你哥哥呀，是个好小伙。有一次呀，我搬个液化气罐，从自行车上拿下来，往房间里搬，但在卸下来的时候，我一个人没办法弄。你哥哥看到了，从老远的地方跑过来，还喊着，黄伯，等等，我来……你哥哥到了后，帮我扶住了自行车，让我可以把液化气罐拿下来，我和你哥哥说谢谢。你哥哥笑笑说，不用客气的。

妹妹说，黄伯，那你知道我哥哥出差去哪里了吗？怎么一直不回来呢？

黄伯愣了愣，说，呀，这我不知道啊。

妹妹还碰到了周阿姨。

妹妹说，阿姨，你知道我哥哥吗？

周阿姨说，当然——

周阿姨说，你哥哥啊，真的挺不错的。有一个大夏天，连空气都是烫的。我有一份文件忘在了单位，但我又要照顾家里的孩子。我和你哥哥说了。你哥哥说，没问题，我去拿。你哥哥问清楚了我单位的地址，我也打过了电话。过了一会儿，你哥哥回来了，晒得黑黑的，又是满头大汗。我和你哥哥说谢谢。你哥哥笑笑说，不用客气的。

妹妹说，阿姨，那你知道我哥哥出差去哪里了吗？怎么一直不回来呢？

周阿姨愣了愣，说，呀，这我不知道啊。

妹妹又碰到了刘阿婆。

妹妹说，阿婆，你知道我哥哥吗？

刘阿婆说，当然——

刘阿婆说，你哥哥呀，我是看着他长大的。你哥哥会帮助人，看我买菜不方便，经常上门来，说，阿婆，你要买菜吗？我可以帮你去买的。你哥哥帮我买了好多次的菜，买的菜，既便宜又好。我还问你哥哥，你是不是往里贴钱了？你哥哥说，哪有呀，阿婆。你哥哥呀，肯定是往里贴钱了，他还真以为我是老糊涂了呀！

妹妹说，阿婆，那你知道我哥哥出差去哪里了吗？怎么一直不回来呢?

周阿姨犹豫了一下,说,呀,这我不知道啊。

妹妹回到屋里时,母亲躺在沙发上,正睡着午觉。母亲睡得很香。

妹妹蹑手蹑脚地进了屋,又进了哥哥的房间。

房间里,还有一个大箱子。母亲说过,这是哥哥的箱子。妹妹一直都很好奇。今天,妹妹终于忍不住打开了箱子。

箱子里,妹妹翻到了许多哥哥的东西,也翻到了几张发黄的报纸。

其中一张,有一篇火灾的报道,还有消防员在大火中不幸遇难的消息,照片上是一张帅帅的年轻消防员的脸……

还有一张,是失去消防员儿子的母亲,又生下了一个可爱的女儿,母亲抱着婴儿的照片……

妹妹轻轻地合上了箱子,揉了揉湿湿的眼睛。

妹妹终于知道,自己为什么叫思思了!

2015年某月某日

刘琴有记录的习惯。

刘琴的记录,从早上一直写到晚上。刘琴写道:早上,我喝了杯豆浆,还吃了两个馒头。馒头是肉馅的。中午,我吃了份意大利面。上午的工作来不及干,我只能叫上一份外卖。外卖来得还挺快。意大利面暖暖的,还冒着热气;晚上,我吃的是番茄炒蛋,蛋是冰箱里的,番茄是路过菜市场买的。我还买了一份熟菜,鱼香肉丝,红彤彤的,肉丝还有笋丝,很入味。我吃了满满一碗饭。

刘琴的记录,只有每天的三顿吃喝。偶尔,刘琴也会记上:今晚加班,我要了份外卖。我看平台上,好多餐厅都关门了。我点了份玉米烙。外卖小哥送过来时,玉米烙装在盒子里,也是满满的。咬一口,很好吃。

刘琴再写上日期:2015年某月某日。

刘琴上班，做的是单位人事。刘琴坐在电脑前，中规中矩地敲下有关的人，还有数据，再写上日期：2015年某月某日。打印的不是刘琴，是刘琴的同事郭红。郭红的电脑不能打印，网管来修了几次都没修好。郭红打印的东西多。郭红说，刘琴，要不我们换台电脑吧。刘琴一点没犹豫，说，好啊。刘琴和郭红是一对好姐妹。换过电脑后，刘琴要打印的人事报表，就由郭红帮忙打了。郭红说，这是我应该做的。郭红在收到刘琴通过微信传来的文件后，打开，再打印。打印出来，郭红说，我正好要去给领导文件，我一起带过去吧。刘琴说，好，麻烦你了。郭红笑了，说，咱姐妹俩，你还客气啥。

刘琴大部分的时间，都是保持安静的。很少的时候，刘琴会说话。刘琴说，昨晚我们家肖邦，你们知道吗？一个很搞笑的事儿，我让他去帮我倒一杯水，他拿着热水瓶就过来了。我问他，杯子呢？你想烫死我呀！他摸着脑袋瓜儿，说，哎呀，我拿着杯子，正好想着事儿，拿着热水瓶就过来了……刘琴说，还有一件事儿，更好玩。我让他帮我剪脚指甲，他找了一大圈，纳闷着就过来了，问我，你看到指甲钳了吗？我说，不是在客厅里吗？他又摸着脑袋瓜儿，说，我刚刚还找到呢，不知道怎么的，突然又找不到了！我们俩就一起去找，找啊找。突然，我笑了，笑着看他。他更纳闷了，说，你笑什么？我看他一本正经的样子，笑得更欢了。我指了指他手上，稳稳拿着指甲钳儿，他终于看到了，差点笑喷了……

办公室里，大家的脸上是笑着的。大家笑得都很含蓄。

刘琴笑了一会儿，也不笑了，脸上没有什么表情，严肃地凝神，像刚才她压根什么都没说过一样。

快下班的时候，进来两个中年男人，是来拜访主管的客户，主管刚好走开了。他们站在门侧的大挂钟下。大挂钟上面的数字，写着2015年某月某日。

是其中一个男人发现的，很惊讶的神色，说给了另一个男人听。两个人很纳闷地站在数字下，笑得还挺欢，小声说，怎么回事？已经是2019年了？怎么这里的时间是2015年？这是在玩穿越吗？

郭红拉着刘琴出去，没拉住。刘琴似乎是不愿意走，定定地站在那里。看着主管从外面进来，瞪视着他们，将两个人劝走。

2015年，一个普通得不能再普通的日子，却注定在刘琴心上留下不普通的印迹。

公司门口，来接刘琴下班的肖邦，看到了一辆疾驰而过的卡车，还有卡车前，一个捡拾纸片的小女孩。肖邦想都没想，就冲了上去，一把推开了小女孩。

小女孩没事了。肖邦没了。

刘琴心中的时间，在那一刻定格在了2015年。

这个时候，公司的玻璃大门打开了，随着一起进来的，还有一阵徐徐的风儿。一个小女孩，背着个小书包，蹦蹦跳跳地进来了。小女孩说，刘琴姐姐，今晚到我们家一起吃饭吧，还有郭红姐姐。

刘琴脸上一片笑意。

小女孩，正是2015年肖邦救下的小女孩。现在，小女孩已经上小学了。小女孩身后，还站着她的父母亲，他们热忱地看着刘琴。

下一站，徐家汇

他什么都想好了。

去她单位！他来得多，大楼保安认识他。他朝保安点过头递过烟，年轻的保安微笑摆手，说，我不抽，谢谢你。

他的腰间鼓鼓的，过地铁安检口时，戴着口罩的女安检员朝他深深看了一眼，他装作若无其事，掏出手机刷了进站码走进去。下到站台，坐上这班地铁一号线，这也是上海第一条建成的地铁线路。正式开通的那天，他还在牙牙学语。而她呢？还未出生。坐地铁时，他还曾笑过她，那时还没你呢！她说，那你呢？穿着开裆裤？地铁上的他们声音骤响，好几个人看过来。他俩赶紧掩住嘴。

他此行的目的地，是徐家汇站。

那是他们去的最多也最乐意去的地方。她说，我大学毕业后的工作地点，一定要在徐家汇。他饶有兴致地看她，第一次这么执着和坚定。

现在想来，支持她去徐家汇，似乎是一个天大的错误。

她果真是应聘上了徐家汇的工作。她给他打电话，隔着话筒都能听出她的无比兴奋，她说，我成功了！这是家业内有名的公司。他为她高兴又为她担忧，说，你行吗？她说，你小看我！他赶紧讨饶，说，我是担心你。她大度地笑了，说，放心吧。又说，以后我们可以畅意逛遍徐家汇的各家商场了。

她开始提到了公司里的人和事。其中一个名字反复出现。她说，我好佩服他，他实在太厉害了。他俩站在徐家汇的一处天桥上，看着下面不时走过的人，和感受吹过的晚风。他说，好。他在想，当年他在学校里很出色时，她说，我佩服你，你实在太厉害了。说这话时，她眼中散发出的光芒，和当时一模一样。

不久后的一天，她说，对不起，我喜欢上别人了，我们分手吧。他握着手机，没说话。

地铁从徐家汇站停下，他随着车站的人群走出去。2号出站口，步行约6分钟，可到达她所在的大楼。这是她每天上班下班反复测算的时间，她还给他测算过从家步行+坐地铁+步行的总的时间，甚至他们未来一起住的家过来的时间。现在，他走得很慢，至少走了10分钟。这肯定是他最后一次走这段路了。

大楼的年轻保安朝他点头，说，又来找刘悦？有日子没见你来找她了。他挤出笑，说，啊，最近加班多。年轻保安打开门禁，又刷了电梯的卡。他微笑致谢。保安又说了一句，前几天我也谈了个女朋友，是老家那里的，对我可好了。保安的眼里都是满足的笑。他说，祝福你们。

他突然站在她的面前，她惊诧地从座位上弹跳了起来，神色惊慌地说，你怎么来了？他脸上深深笑着，说，不欢迎吗？她说，不，不……又说，我都给你解释过了，我们不合适，没别的原因。他说，是吗？我刚好有样东西带给你。他的手伸向鼓鼓的口袋，只听到一声突如其来的声音，你要干什么！刘悦，别怕！一个人迅速挡在她面前。他停住了动作，说，你是萧然？男人愣了一下，说，对，我是萧然，你有什么冲我来！他掏出一只精致的金属盒子，打开盒子，是一叠厚厚的便笺纸，都是他手写的笔迹：她最喜欢的菜是……她最喜欢逛的商场是……

他看着萧然惊愕的表情，说，这些我都交给你了。

他大踏步地走出去，向他刚刚来的地方：徐家汇地铁站。

前一个晚上，他的面前摆了两样东西，一叠厚厚的便笺纸，一把他们在路边摊买的一对精致小刀中的一把，闪耀着骇人的光芒。另一把在她那里。她说，谁背叛了爱情，谁就有权力用保管的刀去捍卫爱情。

他的手伸出去，又放了下来。

现在，他坐在宜山路上的一家咖啡馆里，看着对面那个美丽的姑娘，和她述说这段往事。姑娘的眼睛一眨一眨地，很安静地听。

一群燕子向南飞

天气暖和的时候,屋檐下,一只只燕子在盘旋。

小伟是在一天早上发现的。小伟先是在门前的空地上玩着泥巴,泥巴沾到了手上,沾到了身上,沾到了眼睛上。

小伟手上身上都是脏的,无法擦拭眼睛上的泥巴。小伟只能从空地上站起来,走到水池边去洗手。水池在屋子里,小伟经过屋檐下,就看到了一只只燕子在那里盘旋,飞来飞去地,是在找寻什么,还是想要做点其他什么?

小伟站在那里看那些燕子,不怯生地继续在头上盘旋。然后,小伟的耳朵就疼了,是被拧的。小伟不看也知道,一定是妈妈。妈妈说话的声音跟着来了,你这孩子,你看看你,你看看你,怎么脏兮兮的又去瞎玩了!

尽管疼,小伟还笑着,妈妈的拧还是手下留情的。小伟说,妈妈,你看你看那些燕子,这是怎么回事啊?

妈妈抬头看了眼,说,你还是管好自己吧,赶紧去洗手!

小伟说,对,对,我还要洗眼睛上的泥巴呢。小伟像阵风般进了屋,痛快地打开了水龙头洗手。

有一个下午,小伟放学回来,刚做完作业,想出去透口气,就看见妈妈拿着根竹竿,在捅屋檐下那一个泥巴窝。那是,燕子的窝?

小伟赶紧上前,要去拦住妈妈。

小伟说,妈妈,妈妈,你为什么要捅掉燕子窝?

妈妈说,它们在屋檐下啊,它们会拉好多的屎,它们会把地上弄得很脏很脏,怎么扫也扫不干净。

小伟说,你捅掉了它们的窝,它们住哪儿,它们就无家可归了,它们太可怜了……

小伟拉着妈妈的手,再不让妈妈去捅那鸟窝。

小伟还说,妈妈,我求你我求你了,不要捅,不要捅了,好不好?妈妈,只要你不捅燕子窝,我以后都听你的好不好,我不玩泥巴也不调皮了……

妈妈看着小伟坚持的样子,有些没办法了,苦笑着说,好,好,小伟,妈妈不捅了不捅了。

小伟拍着手,说,好啊好啊。

接下去的那些天，小伟能看到，一只只燕子在头上飞来飞去地继续盘旋着，瞅着小伟不注意，一个俯冲，就冲入了屋檐下的鸟窝中。

有一天，小伟还听到了鸟窝里有叽叽喳喳的唤叫声，声音很响，很难不引起注意。

小伟探头去看，鸟窝里露出了一个头，是小燕子的头。小伟拍着手，说，好棒好棒，这小燕子都有了。被小伟的声音惊到的小燕子，赶紧把头缩了回去。

空下来的时候，小伟还帮着母亲，一起去铲掉地上的那些燕子屎，燕子屎时间一长就板结了。小伟那小小的身子很用力地用铁锹铲着，铲了没几下就出汗了。小伟擦一把汗，继续铲，把水泥地上的燕子屎铲得干干净净的。

天气慢慢在转凉，燕子要走了。一群燕子在小伟的头上盘旋了好大几圈，扑闪扑闪着翅膀，越飞越远。

下午，小伟在那里看着，妈妈站在小伟身旁，也在看着。

小伟突然说了句，妈妈，爸爸是不是也应该回来了？

妈妈看了眼小伟，没说话。

小伟的爸爸，前年过完年，就去广东打工，这一去快三年了，再没回来过。小伟也就有快三年没见过爸爸了。

晚上，吃着饭。小伟说，妈妈，我想爸爸了。

小伟说，妈妈，把爸爸的电话号码给我吧，我想给他打个电话。

妈妈把号码给了小伟。小伟打了过去,爸爸接了。

小伟说,爸爸,我想你了,你什么时候回来?

爸爸说,小伟,对不起,爸爸上班太忙了,爸爸请不了假,爸爸不能回来……

小伟说,爸爸,我们家屋檐下的燕子都向南飞了,妈妈也原谅你了,你快回来吧……

小伟的爸爸,是在隔一天的晚上回来的。

门打开,小伟的爸爸就跪在了门口。

小伟的爸爸说,对不起,对不起,我回来了,我知道我不该回来,我其实也没脸回来,我保证,以后我不会再这样了……

小伟先妈妈一步,赶紧跑过去扶爸爸。妈妈坐在屋子里,哭得泪人一样。

那一年,小伟9岁,像个小大人。

启程

那是一条蜿蜒的路。父亲说。

父亲说的是若干年前,他在西北,人生中走过的一段充满曲折的路。父亲像现在的我一样年轻。父亲去那里,找一个朋友。朋友没找到,父亲迷路了。

父亲迷失到了一个穷乡僻壤的村子。天早已黑透了。村子里不时有狗叫声传来,还有各种各样的声音。

父亲害怕。父亲敲了一扇门,门敲了好久好久,敲在门上,也敲在父亲的心上。在父亲要放弃的时候,门开了。

是一个中年男人,说,有什么事吗?父亲说,不好意思,我,我迷路了,我能在你这边,睡一晚吗?

朦胧的月光下,男人微微打量了父亲一眼,说,你进来吧。

父亲跟随男人进了院子,院子里有好几间屋,男人推开了最右手边的一个屋的门,摁亮了灯,屋子像是新屋,打扫得很干净,有床,有桌子,有茶几,应有尽有,很难想象这里有摆设这么好的房间。

男人说,你就睡这里吧。父亲说,谢谢你。

父亲睡了,因为劳累,因为疲惫,父亲很快就进入了梦乡。父亲还做了个梦,梦见了一个年轻男人,朝着父亲在招手,年轻男人说,你好啊。年轻男人还说,你不认识我了吗?……然后父亲就醒了。

醒来的父亲发现天已经亮了,父亲起了床,打开门,看到了院子里抽烟的中年男人,父亲说,你早。中年男人说,饿了吗?去吃早饭吧。父亲说,好,谢谢你。父亲去吃早饭,早饭是馍。坐在餐桌前,父亲一口气吃了五个馍。中年男人说,吃慢点,不着急,没人和你抢着吃。父亲吃饱了,问,这里就你一个人住吗?中年男人说,没有,还有我们家崇华。父亲说,崇华?中年男人说,对,崇华,我们家崇华在县里上班。中年男人又问父亲,怎么来到了这里?父亲说,我来找朋友,找着找着,谁知道就迷路了。

父亲留了下来,留下来继续找朋友。

中年男人说,你安心住下来,崇华一时半会是不会回来的。

父亲走出了院子,在村子附近开始打听着找。父亲记得,朋友给过的地址,就是这一块地儿的。父亲觉得,他离他的目的地不远了。

父亲问到一个村人,村人回答了父亲的话,又反问他,你是住老刘家?父亲说,是啊。村人又说,你是住哪个屋呢?父亲说,最右侧那间。村人说,那你不害怕吗?父亲愣了一下,刚想问什么,村人"哦,哦"了几声,几乎是落荒而逃地离开了。

好几个村人,都是这样的反应。

父亲在村里待了一周,在老刘家住了一周。

父亲终于知道了那个崇华。崇华死了,崇华是警察,在不久前县里多个单位联合组织的冲击传销集团的大规模行动中,崇华同志光荣牺牲。本来,崇华在三个月后,就准备结婚了。老伴走得早,是老刘一个人把崇华拉扯大,他始终无法接受崇华牺牲的事实。老刘一直觉得崇华是活着的。

父亲住的,就是崇华那间新房。

父亲没找到那个朋友。父亲也不需要去找那个朋友了。那其实就是传销团伙哄骗父亲去的一个阴谋。如果没有崇华他们的那次抓捕,也许父亲就永远回不来了,那样,也可能就没有我的存在了。

父亲说,住的那些日子,每晚都能梦见那个年轻男人,那就是崇华。

父亲走的那天,朝着崇华房间的方向深深地鞠了三个躬。父亲看见,站在身侧的老刘眼角止不住的泪。

父亲说,我要谢谢你,去了那里,要好好的。

父亲很认真地看着我。

我说,爸——

我使劲点着头。

这个月，我将从上海启程出发，到达西北，开始我的为期两年的支教生活。那里的孩子需要我。我想循着父亲走过的这条路往前走，我也一定会走好。

第四辑

春天了,我们一起谈场恋爱吧

一早,邱月还徘徊在地下停车库,手机的导航,在这里已经失去指点的方向。正在焦虑时,突然听到了一个声音:"你在找什么呢?需要帮助吗?"邱月探头一看,是一个年轻男孩,朝她眨了眨眼睛。

邱月略显无助地说:"哦,你知道城市之光在哪里吗?"

年轻男孩说:"城市之光呀,我知道,有点难找,要不我送你过去吧……"

邱月想说,不用了。她只想着指点方向,自己找过去。可还没来得及说,年轻男孩已经在前面带路了,邱月只好在后面跟着,他东走西拐,熟稔得像去自己家一样。

他们也有交谈。

年轻男孩知道了女孩叫邱月,今天第一天来玉山镇的一家企业上班。邱月也知道了年轻男孩叫耿东,耿东说,好久没看到像你这么漂亮的女孩了。这话,说得邱月脸红了。耿东还加了邱月的微信,开玩笑说,下回,你万一在这里迷路了,还可以找我,我就是你的手机导航……听了这话,邱月的脸又红了。

耿东一直将邱月送到了城市之光的其中一幢商务办公楼的楼下,还很绅士地帮着摁了电梯。邱月进了电梯,耿东微笑着朝她挥手,说,再见。

邱月想不到,他们的再见,竟是如此之快。

中午,邱月和几个新同事一起去楼下的食堂吃饭,远远地,就有人在朝她打招呼,邱月还以为认错人了,没搭理。那个人就不断地在那里挥舞着手臂,连同事也推了推她,说:"有人叫你。"邱月定睛一看,竟是耿东。

耿东走了过来,朝邱月笑了笑,说:"这么巧?"

邱月有一会才反应过来,说:"啊,啊。"

几个一起的同事都神秘地笑着。

邱月也是后来才知道的,耿东也在这个楼里的一家企业上班。邱月四楼。耿东五楼。所以说,那天耿东其实是顺路带邱月去的。

邱月心里念叨了一句,这家伙!

他们就经常在食堂见面了。

邱月习惯12点去食堂,打完菜,端着盘子刚坐下来,三分钟不到,耿东就不知道从哪里冒出来,一准也端着盘子过来了。

邱月说:"你是千里眼吗?"

耿东说:"我有心灵感应。"

所有邱月的同事,都看得出来,这小伙子,是在追邱月呢。邱月当然也能看出来。但邱月没说,耿东也没什么表示。

更多的时候,就是两个人面对面坐着,耿东在不断地说着什么,邱月在听着,或是不在听着。

有一天中午,耿东端着盘子走过去时,竟犹豫了一下。

邱月的对面,坐着一个俊俏的年轻小伙。两个人聊得很好,你一言我一语,很火热。耿东突然犹豫着,要不要坐过去了。

邱月似乎看到了耿东,却又像是没看到,眼睛又落到了对面小伙的身上。

邱月有一周时间没看到耿东。

邱月去到了五楼。五楼一共两家公司,一家设计公司,一家文化公司。邱月走近设计公司的前台,说:"我找耿东。"

耿东很快就出来了,站在门口,看到了邱月。耿东突然愣在了那里。

邱月说:"中午,你去食堂吃饭吧,12点。"

邱月就走了。

中午12点,邱月坐在座位上,耿东端着盘子过来了。耿东的脸上没什么表情。邱月说:"怎么这几天都没来吃饭呢?"

耿东说:"不饿。"

邱月说:"是喝醋喝饱了吧。那是我表哥。"

邱月的脸,噌地一下就红了。

春暖花开的一天,耿东在停车库那里,等到了邱月。那里,也是他们第一次碰面的地方。

耿东说:"从第一次看到你,我就喜欢上你了。"

耿东说:"我常常想,我配不上你。"

耿东说:"但我又见不得你和别的男孩子在一起,我难过。"

耿东说:"春天了,我们一起谈场恋爱吧!"

耿东的手伸出去,牵住了邱月的手,牵得很紧。邱月没动,任耿东牵着。邱月的一张俏脸红彤彤的,特别美。

春天的花开

春天了,万物复苏。站在拥挤的地铁车厢里,从耳边不时吹过因地铁开启时带出的空气中流通的那股风儿中,李直也能感受到有那么点儿的春意。

李直低着头拨弄了一会儿手机。

李直抬起头时,又看到了那个女孩,那个披着一头长长黑发的年轻女孩。李直是在一直期待什么吗?李直的心,微微地落了下来。

这早就不是第一次碰到女孩了。

每一天,李直都差不多是这个时间点,上这一班的地铁,也就是这几次,李直开始注意到了这个女孩。

第一次留意她,李直是坐着的,抬起头时,看到了眼前年轻女孩漂亮动人的脸庞。李直的心不自觉地微微动了动。

再一次,李直是站着的,站了一会儿,不经意地看到,年轻女孩正静静地站在自己的身旁，静静地看着手机。

已经有好几次了。

这一天，李直看着女孩，看了至少有三次。

李直脑海里都是春天。李直突然觉得眼前的这个女孩，就是这个春天里最美丽最灿烂的那朵花。

李直大有说话的欲望。

李直犹豫了一次，两次，还有三次。

终于，李直清了清喉咙。李直的喉咙口有点痒，是真的痒。李直一向对自己的嗓音是自信的。这一刻，李直却不是那么的自信了。

李直说，你好啊。

稍有些拥挤的人群中，李直朝着女孩的方向，轻轻地说着话。有好几个人回头了。他们都是一脸好奇的表情。有点遗憾，女孩没有抬头。女孩的耳朵上戴着耳机。

李直心有些灰。李直想，既然都已经说了，哪怕硬着头皮也要上了。想到这里，李直大着胆子，轻轻地拍了一下女孩的肩膀。

女孩摘下了耳机，看着李直。

李直说，你好啊。

女孩微微愣了一下，说，你好。

李直说，你是在听歌吗？

女孩说，是的。

李直说，你在听什么歌啊？

女孩说，don't cry——Guns N' Roses，你听过吗？

李直说，哦哦，我听过的，我听过的。那歌让我听了就想哭。它总是能够触痛我心底最柔软的地方，心抽痛着，眼圈红了，却没有眼泪渗出，每多听一次就多一次的依恋……

像是碰到了知音，李直不自觉地有些欢呼雀跃起来。

接下来，两个人的交流像是自然而然。

李直说，今天的天气不错，阳光明媚。

女孩说，是啊是啊。

李直说，春天，对，春天来了，我喜欢这春天。

女孩说，我也是。

女孩说，春天，让人感觉很舒服。

李直说，是的，特别舒服。

……

不知不觉，这条长长的地铁上班路，一下子被缩短了，李直觉得也没聊上多少时间吧，他的目的地就到了。李直的目的地，也是女孩的目的地。

随着人流，李直和女孩一起走出了地铁车厢，一起走上了手扶电梯，一起刷卡走出了闸门。

闸门口，有一个短发女孩，在等女孩。

李直对女孩说，再见。

女孩是没听见吗？女孩在和短发女孩打招呼，听不见李直的声音了。

李直向左，女孩向右。李直走出没几步路，突然想起忘记要女孩的电话了。李直转过身，向女孩的方向走去。

女孩和短发女孩，正缓缓地往前走。她俩边走边在说着话。

短发女孩说，刚才那个男人，你俩认识吗？为什么他和你打招呼，你不说话呢？

女孩说，哦，那是个很莫名其妙的家伙，我怀疑啊他脑子里可能有那么点问题……

女孩说着话，还指了指脑袋瓜儿。

李直正远远地，欢天喜地地朝她们走来。

楼上的男人

纪梅一直在关注着。午间,楼上会有一个年轻男人下来休息。来到2楼。2楼有五六个会议室。中午的时候,会议室都是空着的。

从电梯里出来,年轻男人会朝楼梯口的前台看上一眼。前台坐着纪梅和她的几个女同事,她们都是物业公司的人,负责这个楼面的会议室预订、倒水,还有其他一些简单的服务。

年轻男人在朝前台看过一眼后,朝纪梅她们几个,会微微点一下头,这是打招呼吗?然后,年轻男人朝会议室的方向走去,打开一间的门,走进去,再关上门。纪梅见过这个年轻男人好多次了。这是一栋政府办公大楼,只有8个楼层。在这里办公的,都是政府的人。纪梅时常能见到这男人,在许多的会议中,年轻男人端坐着,坐在后排,坐在中间,有几次,还坐在主席台前,面色无比凝重。年轻男人也是很有礼貌的。每次,纪梅去倒水,走到年轻男人这边,他都会低低地说一声,谢谢。纪梅淡淡一笑，男人已经回过了头。

很长一段时间，纪梅都是看着年轻男人，从电梯里走出来，朝前台她们这边看一眼，又到会议室去。会议室里，男人是坐着，还是躺着，纪梅是好奇的。有次，纪梅实在忍不住了，在离上班时间还有10分钟的时候，从位子上站起来，轻轻地推开了年轻男人休息的会议室的门。纪梅看到，年轻男人背靠着，端坐在一张皮椅上，脱去了鞋子的一双脚，架在另一张皮椅上。椅子是面对面放着的。年轻男人听到了声音，迅疾地收回了脚，看着纪梅说，一会儿有会议吗？纪梅愣了一下，说，哦，是的。年轻男人说，哪个部门的会？纪梅说，是……纪梅胡乱说了一个。年轻男人说，我知道了，等会儿我就走。五六分钟后，纪梅走过会议室，门是开着的，年轻男人已经走了。年轻男人应是坐另一侧的电梯离开的。纪梅走进去，看年轻男人刚才坐过的真皮椅，都已经摆放好了。还有，房间里也没有男人脚臭的气味。纪梅记得，在家里，父亲的脚总是最臭的。只要父亲一脱下鞋，足以用臭气熏天来形容。纪梅想，难道还有不臭的男人的脚吗？

看得多了，似乎也就成了一种习惯。差不多一到这个时间，纪梅就忍不住朝着电梯门看，看着电梯门打开，年轻男人从里面走出来。几个女同事都笑她，孙子美说，纪梅，你不会是喜欢上他了吧？张洁洁说，肯定是的，你们看你们看纪梅的脸……纪梅的脸，不知怎么地，突然就不争气地发起烫了。我喜欢那个年轻男人吗？怎么可能呢？但到哪天中午，若是年轻男人不从电梯口走出来，不去会议室休息，纪梅心头就空荡荡的，总有一份失落，甚至在想，他今天是不是休假了？是不是在加班，来不及休息了？

时间像流水，看似流得很慢，流着流着就很快了。一晃，纪梅在这里已经待大半年了，还有个把月就要过年了，父亲电话里的声音还在耳边响着。父亲说，梅呀，过年你就回来吧，早点回来，你姑帮你在村里寻了个小伙，就是那个牛家的牛宝，你的小学同学，你还记得不？人家对你印象可好呢！牛宝去广州好几年，赚了一些钱，你嫁过去正好可以享福……纪梅脑子里想啊想，还真想到了这个牛宝，黑黑瘦瘦的，是个顽皮鬼，小时候还拉过纪梅的小辫子，把她拉到哭。纪梅有点不敢想象，回去，真要和这个黑黑瘦瘦的男人在一起吗？不由自主地，纪梅想到了那个年轻男人，白白净净，斯斯文文，还很有礼貌。纪梅特别喜欢听年轻男人讲那两个字：谢谢。柔柔的，带着温情。

春节的脚步，哪怕是老太太的小脚走路慢腾腾地，终究也是要走到的。那一个午间，年轻男人从电梯里走出来，走到会议室里。年轻男人关上门，纪梅就闯了进去，把一块黑巧克力塞在了年轻男人手上。年轻男人还没反应过来，纪梅已经快速地跑了出去。

晚上的火车，纪梅就将回到老家，可能，以后也不会再回到这个城市了。躲在卫生间的纪梅，不自觉地呜呜哭了起来。

会唱歌的李炜

李炜喜欢唱歌。李炜在小镇上读中学时，就喜欢唱歌。李炜把歌唱得荡气回肠，班上有许多女生朝他抛媚眼。李炜假装看不见。当女生邱月的眼睛飘过来时，李炜就再也无法假装了。

邱月说，李炜，你歌唱得真好。李炜却说，邱月，你真漂亮。邱月的脸，突然就像是红透半边天的霞光，美丽动人极了。

后来，李炜和邱月，如许多打工者一样，来到了上海静安区。据说，上海大都市到处是黄金，弯个腰，就能从地上捡到钱。

但能捡到钱的，似乎不是李炜，也不是邱月。他们在静安区找不到更好的地方，在老乡的介绍下，一起去了一家电子厂，干的是车间工人的活儿。李炜待了一个多月就待不住了。李炜说，我受不了这一排排无言的机器，我，我快要被这声音给弄傻了！

李炜去做了销售。

在李炜手上，卖出了一批货，但却要不到钱。李炜天天堵在那家单位门口，保安拦住不让进。厂里还养着一条凶恶的狼狗，呼啸着朝他扑过来，把他吓个半死!

邱月拿了一个月工资，拉着李炜去唱歌。李炜皱着眉，说，不去。邱月说，你忘了有多久没有唱歌了？李炜没拗过邱月，终于去了。邱月给李炜点了许多他爱唱的歌，李炜举着话筒，对着大屏幕，唱得一脸惆怅，完全没有激情。

李炜后来悄悄买通了厂里的一个人，那人是他的老乡。老乡见老乡，自然格外亲。老乡给了李炜厂长家里的地址。老乡再三关照，千万别说是我给你的。李炜说，放心吧！咱们是老乡呢！

一个晚上，李炜敲开了厂长家的门，说，厂长，您好。厂长站在门口，屋内还有孩子的声音。厂长看了李炜半分钟，显然是认出了他。厂长说，明天，你来厂里取钱吧。

李炜在做过销售后，又做了房产中介，还做过一段时间的理财顾问。什么能让他在这个城市生活下去，李炜就做什么。但做了那么多，李炜还像浮萍一样漂泊、流浪，心始终无法真正地安定下来。

邱月给李炜打来了电话，说，新来的车间主任，要给我介绍男朋友呢。李炜脑子里嗡了一下，这不是要后院起火了吗？李炜强作镇定，说，那，那你怎么想？邱月扑哧一下就笑了，说，傻瓜，我电话都打给你了，这还用我说吗？邱月又说，好久，我没听到你唱歌了。

李炜说，好。李炜请邱月去唱歌。他们俩也有些日子没好好在一起了。李炜唱得有点心不在焉。李炜在想着事儿呢，他和邱月在一起也好些年了，但始终没办法给她一个家，什么时候，能够给邱月一个完整的家呢？李炜还在想着上次，还有上上次，甚至上上上次，邱月跟他讲的话。邱月说，李炜，家里都在催我什么时候结婚了……李炜，咱乡下和我年纪一般大的女孩，都结婚了……李炜，我爸妈知道我们俩在一起，他们没别的要求，只想你能在这里有一套房，无论大小……李炜，你也知道，我爸妈这样想，也是希望我能幸福……李炜……

天气挺不错的一天，邱月报名了一个市郊的旅行团。邱月说，李炜，一起出去走走吧，我有事儿和你说。

临出发前，李炜匆匆赶到，连声说道，对不起，对不起。邱月没说话，只是看了眼李炜。

车子开了会儿，在一处地方停下了。

邱月朝李炜张了张嘴，想说什么。李炜说，邱月，你看你看，这里多漂亮——邱月的话儿，就被堵在了嗓子眼儿。

车子在另一处地方停下了。

邱月朝李炜张了张嘴，又想说什么。李炜说，邱月，你看你看，今天的天气真好——邱月的话儿，又被堵在了嗓子眼儿。

车子在又一处地方停下了。

邱月还没来得及张嘴，李炜突然说，邱月，我给你唱个歌吧。李炜断断续续地唱，唱得旅行团的人都围了过来，看他，也听他唱歌。李炜唱着唱着，唱不下去了，邱月的脸上早已布满了泪花。

李炜说，是真的吗？你准备嫁个本地男人？我都听工友们说了。

邱月点点头，说，李炜，我——

李炜说，我祝福你们。

李炜继续在唱，唱到了嗓子沙哑，还在唱。

十年之前

高铁站台。

男人女人站在那里,谁也没有讲话,已经沉默好一会儿了。女人的身旁,是一个硕大的行李箱,孤零零地竖在那里。女人转过头,去看旁侧的镜子,镜子里有女人,也有男人。女人幽怨的眼神停留在镜子里,男人无奈的表情也在镜子里。

男人扯了把头发,挣扎地说,非要走吗?

女人说,我不走,我不走又能怎么样呢?

男人说,我……

男人真的不知该说什么了,嘴张了张,却吐不出一个字。眼前的状况,男人已经想不出更好的办法,在无解的现实问题面前,所有的语言都像飘荡在空中的羽毛,始终在那里飘,始终又落不下来。

男人爱女人。女人也爱男人。这是这件事造成的主因。

男人已婚。女人未婚。这是这件事无法破解的核心要素。

是离婚娶女人吗？男人难以回答。真的可以这样吗？男人无数次地问自己。男人有一个相濡以沫的老婆，还有一个调皮可爱的儿子。这是一个和谐幸福的美满家庭。老婆，还有儿子，他们没错，如果离婚，那就是无端地让两个并没错的人迎接一场突如其来的重大意外，男人不忍心。男人能想象，老婆的孤立无援与难过，儿子的惊慌失措与哭喊。一想到这，男人鼻子就不自觉酸楚。

是让这样的爱继续向前，还是就此结束？

女人想到了结束。

男人也想到了结束。

真的要这样结束吗？男人自问。

这辈子，男人还是第一次碰到一个真正让他心动的人。女人最初出现在他的面前，整个世界瞬时就阳光明媚、春暖花开。女人的面容，女人的举手投足，女人的言谈举止，一切的一切，男人已经无法控制自己了。

无疑，这个女人，是男人一心想找，却一直无缘找到的人。于千万人之中，遇见你所遇见的人。问一声，你好吗？不好，很不好。因为男人，已经结婚了。

不记得有多少次，女人在镜子里，看男人。男人也在镜子里，看女人。他们俩原本是面对面的，却恰恰喜欢在镜子里看对方。

他们的看，原本就不是那么真实。

初见，女人说，我30岁了，没有结婚，也没有男朋友。

女人这话，像是无意，又像是有意。

男人像在看珍稀动物，女人这么漂亮，没有结婚，并且连男朋友都没有，这也太匪夷所思了吧？是不是，老天特意将她剩下来，期待着有一天，他们俩的相遇？

男人的心头，却是苦楚的。

男人结婚了，并且已经很多年了。

女人接着说，所以我爸妈，经常会催我，还好我们家有三个孩子，他们也没有时间顾及我。这么些年，追我的人有很多，但我讲究眼缘，也讲究他喜欢我，我也喜欢他……

女人说话的时候，眼睛一直是在看着男人。

男人直定定地看着女人，男人真不知道该说什么。又能说什么呢？

男人女人的身畔，走过一个拖着沉沉行李的年轻男人，年轻男人边走边听着歌，是那首熟悉的《十年》，嘴里还在嘟囔着轻声吟唱：……十年之前，我不认识你，你不属于我……

男人直定定地听着。

男人说，十年前，若是我们认识，就好了。男人的眼前，跳出一个画面，一个刚参加工作的年轻男人，一个扎着马尾辫的大学女生，站在一起。如此美好。

年轻男人说,你好啊。

大学女生微微点了下头。

他们的头上,一缕晨光在缓缓升起,一股暖意洒在他们的身上。

女人一直没说话。

女人转身上了火车。

男人站在那里没有动,有风吹起,伴随着火车轰隆轰隆的声音,越来越响,震耳欲聋。

美酒和美人

我这个人,不大会挡酒,又不大会喝酒。

那是一场临时拼凑起的饭局。

远方的一位朋友来上海,给我打来电话,说:"来喝酒?"我刚从下班的地铁上下来,往家里赶。我说:"现在吗?"朋友说:"对,永业路88号,给你半小时,赶紧来!"电话挂了。

我的脑子迅速动了一下,去?还是不去?我朝家的方向瞟了一眼,没有灯光,黑漆漆的,像这12月份严寒的冬夜。

一桌热乎乎的圆桌旁,已经坐了十来个人,朋友给我留了一张离他有点远的位置,我们之间像隔着天涯海角。

朋友却是笑呵呵的,甚至还朝我意味深长地眨了一下眼睛。

几分钟后,我身旁的空座旁香风阵阵,随之椅子被往后拉,一位明眸皓齿的年轻女孩浅笑嫣然地坐了下来,同时飘荡起的,是她一头乌黑柔顺的秀发。

朋友嚷嚷着说:"你俩今天迟到了,罚酒,罚酒三杯!"我愕然,刚想反驳。

年轻女孩倒是豪爽,说:"没问题,我自罚。"说着,起身拿起了一满杯红酒,一仰脖子,一饮而尽,美丽的脖颈像白天鹅一般纤长白皙。然后,在服务生倒满后,又一饮而尽。再是第三杯。

我看呆了,或者说,是看傻了。

周围传来朋友,还有其他人呼喊我的声音,说:"美丽的姑娘都喝完了,该你了!"

我心头一阵苦笑,像年轻女孩那样,先拿起了一满杯红酒,一饮而尽。在服务生倒酒的同时,我偷偷看了眼年轻女孩,神态自若,温文尔雅,压根就看不出她刚刚一口气喝完了三杯红酒。

那晚,和我预想中的一样,我喝醉了。据说是醉得一塌糊涂。

这话,是后来年轻女孩和我说的。

我也知道了年轻女孩的名字,叫许凌月。

许凌月不无调皮地告诉我,她来自中国酒都——仁怀,怕我没听懂,还给我解释,茅台酒就是咱贵州仁怀的,当然,仁怀的酒不只有茅台酒。她呀,从小也是在酒罐子里泡着长大的。

我不知道我当时听到这话惊异的表情有多夸张。

许凌月说:"你当时的嘴里呀,就像是被塞了一枚硕大的恐龙蛋。"

说着话儿，许凌月就扑哧地笑了。

我们说话的时候，是在急速行驶的高铁上，从上海虹桥到贵州遵义，封闭的玻璃内，几乎听不到窗外的杂音，这也很利于我和许凌月的交流。

"在上海，你快乐吗？"

"当然。似乎看起来，你并不快乐？"

"你喜欢你的家乡仁怀吗？"

"当然喜欢。"

"既然喜欢，你为什么还要来上海发展呢？"

我们聊了许多。这次，许凌月是回家，我是休假。

我在仁怀待了五天。

第一天，许凌月带我去了茅台酒厂所在的茅台镇，也去了茅台中国酒文化城、中国酒都酱酒文化纪念馆。我笑她，说你这存心是要把我在酒的福地给灌醉呀。许凌月也轻轻地笑。

晚上的饭桌上，许凌月给我倒了一满杯酒，也给自己倒了一满杯酒。

"我一杯，你一杯，好吗？"

"我，我能说不好吗？"

这一晚，我自然是又喝醉了，一觉睡到了大天亮。在"砰砰砰"剧烈的敲门声中醒来，我去开门，就看到门外微笑着像个孩子样儿的许凌月:"太阳都要晒屁股了!"

我们又去了好几个地方。

盐津河旅游区、霞飞温泉旅游景区、美酒河巨幅摩崖石刻、赤水河风光、五马河田原风光、茅台渡口纪念碑、石刻龙建筑群。

许凌月像是要把怀仁所有的景点都带我走一圈。

其间,我接了若干个不想接却又不能不接的电话,很多事情,不是我想逃避就能逃避得了的,该来的总是要来的。

回去前的那个晚上,我主动要求喝酒。

我说:"我现在是一个人了,我像经历了一场漫长而又相当漫长的战役。"

说完,我就一直在喝酒,我没有看许凌月的眼睛,我不知道我可不可以看她的眼睛,我害怕在她的眼睛里看到什么,或是没看到什么。

在一个人从贵州遵义回上海虹桥的高铁上,我还在想着许凌月说过的话。

"有些选择,不是我们自己可以定的,不是说因为我喜欢就可以留下了,或者是因为不喜欢而离开,对吗?"

迷失

孙涛常常想不通,蒋芳在想什么。比如说,早上起床。蒋芳明明醒了,孙涛去了趟卫生间,洗脸刷牙,又到外面跑了一大圈。蒋芳还没起床。蒋芳的眼睛睁得大大的,大大的眼睛看着白白的天花板。孙涛出去时,蒋芳的眼睛这样睁着,他回来了,还是这样。

这不是第一次了。

那一天,孙涛终于忍不住了。当孙涛回来,还看到蒋芳这样,孙涛推了推蒋芳,说,你在想什么呢?蒋芳说,没想什么。孙涛说,那起床吧。蒋芳摇摇头,说,不。孙涛掀开了蒋芳的被子,寒冷像条蛇钻进了被窝,蒋芳屁股底下被装了弹簧般,猛地从床上跳了起来。

晚上,蒋芳感冒了,先是流鼻涕,鼻涕像顽皮蠕动的小虫子,缓缓地从鼻孔中钻出来。蒋芳把一包刚拆封的纸巾都用完了,小虫子还没爬完。后半夜,蒋芳的咳嗽声很响亮,睡在外面沙发上的孙涛,被生生吵醒。自早上后，蒋芳就不让孙涛睡屋里。蒋芳的脸上写满了坚持，那坚持，孙涛看到过。孙涛没再坚持。两个人，总有一个人要选择退让。蒋芳的咳嗽声一阵紧似一阵。好几次，孙涛从沙发上站了起来，又坐了回去。是不是因为自己早上掀开了蒋芳的被子，而让她受了凉感冒的，孙涛也不知道。孙涛的眼睛也看着天花板，黑暗中的天花板，黑黑的，什么都看不见。孙涛这么看着，莫名其妙地看了一夜。

天快亮的时候，孙涛在迷迷糊糊中睡着了。孙涛睡得很沉。醒过来时，阳光透过落地窗照在孙涛的身上。只有正午的阳光才能照到沙发上。没有蒋芳的声音，孙涛走过去，房间的门开着，衣橱的门也开了，已经没有蒋芳的衣服。

孙涛打蒋芳的电话，电话响了几下，没人接。又打，电话又响了几下。再打，手机已经关机了。

摸着手机，孙涛担心蒋芳。孙涛爱蒋芳。蒋芳一定是有什么事情。孙涛不愿蒋芳一个人承担苦痛。现在，孙涛还懊恼，懊恼昨天早上掀了蒋芳的被子，自己不该这样的，更该做的，是和蒋芳交流。从什么时候起，孙涛和蒋芳没有交流了。往往，孙涛晚上加班回到家，洗个澡，就躺在床上睡了。孙涛再醒来时，就是大天亮了。

孙涛出门了。孙涛去的第一站，是一家肯德基快餐店。蒋芳从外地来上海。蒋芳的朋友都是她曾经工作过的同事。蒋芳来上海的第一份工，就在肯德基。蒋芳说，这是她梦开始的地方。孙涛来到账台前，看到一个女服务生的背影,像蒋芳。孙涛刚要呼喊。女服务生回过了头。不是蒋芳。孙涛问,蒋芳在吗?女服务生说,蒋芳?谁是蒋芳?几个服务生都摇头,说不认识。这里的服务生,看来是换过几茬了,已经没有人知道,蒋芳在这里工作过。

孙涛又去了一家中介门店,门口的小黑板上画着一个房的房型。两个房间,一南一北,中间客厅,边侧有厨房,还有卫生间。孙涛是在这里认识的蒋芳。蒋芳站在这块小黑板处,说,先生你好,有什么需要帮助的吗?孙涛说,我想租个房。蒋芳说,好啊……两个人好上的时候,蒋芳说,哪一天,能有我们自己的房,就好了。孙涛说,对,要有两个房间,一间我们的,一间我们孩子的……孙涛还在想着,一个穿着西装的男人走了上来,说,先生你好,有什么需要帮助的吗?孙涛说,蒋芳来过吗?你认识蒋芳吗?男人摇摇头,一脸木讷的表情。

孙涛还去了一家移动营业厅,一家游乐场,一家川菜馆……孙涛走了一天,从阳光正好,一直到夜幕降临。孙涛不是第一次这样走路了,以前做销售,天天这样走路。

蒋芳像消失了。孙涛用了一周的时间找蒋芳,没有找到。孙涛也用了一周的时间考验老板的耐心,他就这样被开除了。

孙涛从公司拿走了自己的东西。一周后,孙涛又拿着这些东西去了另一家公司。上海最缺的是愿意干活的人。孙涛重新工作的第一天,就开始加班,无穷无尽地被困在加班中。新老板说,孙涛,我看好你!是为了这句话，还是为了躲避蒋芳离开的孤寂，孙涛不知道。

孙涛还是不停打蒋芳的电话。电话从没接通过。有时候，孙涛恍惚地想，蒋芳出现过吗？

出租屋的墙上，有蒋芳贴过的一张上海的城市地图，上面有她标识的一个个红点，那些她曾经待过战斗过的地方。

520

又是520的一天。

姚雪坐在窗口,看着天边慢慢地发暗,慢慢地变黑,慢慢地,整个世界漆黑一片。

她想起了去年的520。

这一天,谢峰的花儿早早送到,一大束花儿,载着满满的幸福与芬芳,送到了姚雪的办公桌前。同事们投来艳羡的目光,姚雪的脸上,画满了幸福与芬芳。

晚上一起去莆田餐厅吃晚餐。这是早早就约好的,像送来的花儿,姚雪相信,那一定也是好久好久之前就订好了的。

因而,姚雪坐在莆田餐厅等着。时间一分一秒地缓缓流逝,茶水喝了一杯又一杯,那个面色白皙的女服务生来问过几次,可以点菜了吗? 姚雪的脸,已涨得通红。给谢峰的电话打了若干个,无一例外都是,您所拨打的电话暂时无法接通……该不会出什么事了吧?

姚雪刚准备站起来。

电话响了,显示是谢峰的电话,接起,却是一个陌生的声音,姚雪吗?我是谢峰的朋友,谢峰刚被送上120救护车,新华医院,你赶紧来吧。匆匆说完,电话挂了。姚雪脑子里猛地嗡了一下,来不及多想,一把抓起座位上的包儿,风也似的冲了出去。

新华医院。抢救室外。

姚雪目光焦急地等在门口,同时等在那里的,还有谢峰的几个朋友。姚雪在那里走来走去,她这样已经走了很久很久,像是走过了一个世纪那么漫长。谢峰的朋友们,似要和她聊说什么,但一看到姚雪冰冷的眼神,想说的话生生地就咽了下去。

中午,谢峰和几个朋友吃饭喝酒,这一吃喝,就从中饭到了晚饭,记不得大家一共喝了多少酒。只知道又一杯酒下肚,面色苍白如纸的谢峰身子晃了晃,整个人连带着椅子瞬时滑落到地上。人事不省。惊慌失措的朋友们赶紧打了120,在谢峰的手机上看到无数个姚雪的未接来电,赶紧给回了过去……

第二天的凌晨,520已经过了。摘下口罩,一脸疲惫的医生走出来说,脱险了……朋友们都如释重负地松了口气,姚雪一直吊在半空的心放了放,再看一眼那醒目的"抢救"两个字,转身走了。

这次是在重要的日子里发生的重大事件。

有一个多星期,姚雪没有理谢峰。

谢峰再三道歉,说,姚雪,对不起,亲爱的,我爱你,那天正好是要和几个朋友谈事,就一起约了吃饭,谁知道这一吃就吃到了晚上,这一喝就喝到了医院。你知道的,我现在做生意,靠的就是朋友们的帮忙。

谢峰开一小公司,人脉是公司立身之本。

姚雪还没有消气。但姚雪爱谢峰。爱他,就原谅他吗?

谁知道,这一天就像是开启了一场序幕。

记不得有多少次了,谢峰反复爽约,原本与姚雪约定好的,在某一家餐厅。姚雪在那里等啊等,电话过去,要么没接,要么接起,是一个卷着舌头的谢峰的声音,喂喂喂,你是谁?姚雪,哦,雪儿,我陪朋友喝酒呢,你等等我……

累了,倦了。姚雪终于选择了放手。

谢峰说,雪儿,我爱你,我离不开你。

就在一个晚上,约定的是6点,谢峰通红着脸摇摇晃晃从出租车里钻出来时,已经快10点了。

站在餐馆门口的姚雪,冷冷地看着谢峰。姚雪说,谢峰,我们分手吧。

那一夜的夜空,应该是下着雨的。姚雪常常在想。

这一晚,姚雪想起了往事,一年内发生的所有这一切,仿佛都像在眼前发生的事儿。

不知过了多久，微信的声音响起，一直坐在那里，回首过往的姚雪，像是惊醒了一般。

轻轻地打开手机。一条微信：你好吗？

竟是谢峰发来的。

又一条微信跳出来：我想你了。

姚雪愣住了，定定地看着这两条微信，右手的中指摸索着像是要动。姚雪阻止了它。

要回吗？姚雪还在想。视线由模糊慢慢变得清晰。手机一直停在那里，丝毫没有动过。

姚雪去看，没有微信，什么也没有。

又过一会儿，电话响了，是谢峰打来的，接了。还是一个陌生男人的声音，是姚雪吗？我是谢峰朋友，谢峰出事了，在新华医院。你快来吧！

去还是不去？姚雪犹豫。

有过三秒的短暂停滞，姚雪拿起包，风一样地往外跑。马路上，灯光闪烁，姚雪过马路时，一辆疾驰而来的汽车像是疯了样开过来，在即将撞上姚雪的一刹那，姚雪醒了。

醒来的姚雪，满头大汗。那是一场梦啊！

姚雪再去看，已是过了12点，已是5月21日。姚雪的手机，没有微信，没有短信，没有电话，什么也没有。

奔涌而出的泪，瞬时就冲出了姚雪的眼眶。

舒菲

皮克有个从小青梅竹马的女人，叫舒菲，既漂亮又动人。

舒菲是个模特，经常要在国内，甚至全世界跑，在一个个光鲜亮丽的娱乐场所，面对一个个男人的热情关注，那可能是个非常危险的讯号。每次回来，舒菲总搂着皮克说，亲爱的，你相信我吗？

皮克笑着捏了捏舒菲柔软的鼻子，说，傻瓜，我可从来没怀疑过你，我很清楚这一点……

而舒菲一直梦想得到的，就是能踏上模特界的最高殿堂：美国纽约。为此，舒菲非常努力。皮克也一直在背后默默支持着舒菲。

舒菲还说，皮克，只要我能成为名模，你就做我的经纪人。天天陪伴我，保护我。

多年不见的老朋友密斯、坎比、杜雷从别的城市出差过来找皮克聚聚，大家听说从小一起长大的舒菲成了皮克的女朋友，刚祝福完，又听说舒菲是个模特，先前高涨的热情顿时冷却下来。

密斯叹了口气说，皮克，舒菲是个好姑娘，但找模特做女朋友是不是不可靠啊？皮克却说，我相信舒菲，我很清楚这一点。

其实，我曾经也有一位做模特的女朋友。密斯叹了口气，在皮克的满脸诧异中拍了拍他的肩膀，我的女朋友叫雪丽，在去纽约之前，我们好得几乎像是一个人。那时的我，也和你一样傻乎乎地盼望着她能去纽约，成为国内一流的名模。因为我爱她，我希望她能成功。而最终，她成功了。从纽约归来，她就离开了我。在那里，她认识了一个贵族公子，很有钱。她觉得我配不上她。

我很爱她，而她却毅然决然地离开了我，密斯说完，就闷闷地拿过一大瓶酒，一杯刚倒满，就一口饮尽，再倒，再喝。皮克想拦，却怎么也拦不住。

而坐旁边的坎比居然也说，其实，我曾经也有个做模特的女朋友。

皮克惊讶地张大了嘴。

坎比却自顾自说着，她叫莱亚，我很爱她，也非常支持她，并且一直希望她能去纽约。而最终她梦想成真了，她收到了来自纽约的邀请。临去前，她问我，愿不愿意让她去？我爱她，所以我不得不实话实说，我不想让她去。因为谁都知道，去了纽约我可能就会失去她。但她却因此离开了我，她说不支持他事业的男人不适合做她未来的丈夫……

坎比的心情显得阴沉极了，他坐倒在座位上红了双眼。坎比说，兄弟……

皮克打断了坎比,说,我相信舒菲,我很清楚这一点。

但皮克的声音明显低沉了下来。

还有我,杜雷也是满脸肃然地看着皮克。

皮克哑然,说,你也曾经有一个做模特的女朋友?

杜雷居然点了点头。

皮克突然觉得快控制不住自己了。

杜雷说,我非常爱她,爱到近乎疯狂。我甚至可以支持她做任何事情。

她叫密菲,她最终也收到了来自纽约的邀请,她第一时间找到我,问我愿意让她去吗?

我爱她,所以我毫不犹豫就同意并告诉她永远支持她,可她的眼神却告诉我她的绝望,她居然认为我并不爱她,谁都知道纽约是个难得的机会,但更是个人性的考验地。她说,她一辈子最大的心愿并不是成为一流的名模,她只希望能有一个全心全意爱他的男人。以前她一直认为我能行,可我的回答让她失望。她居然是希望我能非常坚决地让她留下。

天哪,我最爱的女人就这样离开了我。杜雷满脸是泪。

杜雷说,皮克,难道你还相信做模特的女朋友吗?

皮克没有回答,皮克的心,早已悬到了半空,随时都有坍塌的可能。

但手机，却很适时地响起。

是舒菲打来的，电话那端的她显得异常兴奋，很是高兴地告诉皮克，亲爱的，太好了，我收到来自纽约的邀请了……

但很可惜，舒菲已经听不到皮克祝福的声音了，皮克只近乎疯狂地咆哮着，滚，你给我滚……然后一把甩飞了手机。

密斯、坎比、杜雷看着瘫倒在地的皮克，相视苦笑，这个玩笑是不是开得大了些?

但很快，三个人都去夺那个还没挂断的手机。

他们都想告诉手机那端的那个人，我爱你。同样，他们每个人都相信，她也爱自己，他们都想说，我很清楚这一点。

自小时候起，他们就已经喜欢上了舒菲。

其实醒着也是梦着

李愣时常会觉得恍惚。一个个影像不自觉地在眼前浮现，里面有一条长长的河，河上有一座桥，河的两岸是古朴的青石板路……在桥上，一个漂亮的女孩朝着他微笑说："李愣，就这样拍，拍下我最美的笑容。"影像中的李愣的手上，有一台照相机，不知怎么地，李愣握住照相机的手，不停地在颤抖着，照相机随时都可能跌落在地上。

李愣猛拍自己的脑袋想，自己这是怎么了，里面的地方是在哪儿？还有那个漂亮的女孩，又是谁呢？李愣使劲想，却想不起来。

母亲拍拍李愣的肩说："儿子，你怎么了？"李愣说："我做了个梦，梦见一座河上的桥，梦见一个漂亮的女孩，但我明明没睡着，怎么莫名其妙地就做梦了呢。"母亲分明闪过一丝担忧，但很快就恢复过来。母亲说："儿子，是不是你最近上班太辛苦了？"李愣摇摇头说："应该没有吧。"

李愣在一个事业单位上班,环境很宽松。李愣在电脑前,百无聊赖地点开一个网页时,无意中看到了周庄这个字眼,似曾相识的感觉。但李愣细细一想,这个地方,自己确实是没去过,感触怎么会如此之深呢?

李愣想了好一会儿,想得累了,就闭上眼睛休息会儿。李愣的眼前,猛地又跳出了那一个个影像,一条长长的河,河上的桥,古朴的青石板路,还有,那个微笑地叫他李愣的漂亮女孩……

李愣马上睁开眼睛想,这里面到底是在什么地方?里面的女孩,到底又是谁呢?

下午的一个会,正好是有关周庄的。单位里最近合作的一家公司,它的地址是在周庄。

领导坐在主座,看着两侧坐着的下属们说:"你们谁愿意去趟周庄?"李愣举了手说:"领导,让我去吧。"领导看了李愣一眼,摇摇头说:"不行,你不能去。"李愣说:"为什么?"领导看了眼李愣身旁的张山说:"张山,你去。"然后就散会了。李愣看着领导远去的背影,很想追出去问问他,为什么我不能去周庄呢?

李愣吃晚饭的时候,还在想着白天的事儿。李愣问一起吃饭的父亲母亲说:"爸妈,你们去过周庄吗?"父亲母亲表情分明不正常,还相互看了一眼,说:"没,没去过。"李愣说:"是不是我去过?"父亲母亲摇摇头说:"没有吧,你怎么会去过周庄呢!"

晚上，李愣坐在电脑前，看着一部爱情电影，电影很感人，里面有一个个浪漫的情景。好几次，李愣的鼻子都被感动得酸酸的。不过，电影似乎又有些长了，李愣看了会儿，眼睛忽然打起了架。李愣就闭了会儿眼睛。

那一个个影像，再次跳了出来，一条长长的河，河上的桥，古朴的青石板路，还有那漂亮女孩。女孩朝着李愣在叫，李愣，是的，就这样拍，拍下我最美的笑容。李愣颤抖的手，拿住照相机。李愣说，刘月，你……说着话，李愣的眼泪就下来了。

李愣眼睛睁得大大的。李愣跑出去，母亲在客厅里，拖着地。李愣说："妈，刘月是谁？"母亲手上的拖把，猛地滑落了下来。母亲眼圈红红的看着李愣，李愣拉住母亲的手："妈，您快告诉我，到底谁是刘月？"半天，母亲点点头——

母亲说：刘月，是你的女朋友，严格来说，是你的未婚妻。当你们确定婚期的时候，刘月在体检中被查出了癌症，并且已是时日不多。原本是想做化疗的，但医生说，太晚了，那只会增加病人的痛苦。一直以来，刘月都想去周庄，刘月从小就是在那里长大的，你就陪她一起去。在桥上，你拍下了刘月最后的美丽瞬间。

在刘月走的那天，你伤心欲绝，驾车时撞上了一辆卡车，造成了头部受损。你的部分记忆就没有了……

阳光灿烂的一天，李愣来到了周庄，站在了影像中的桥上，望着四周,河流、青石板路。

不远处,一对小情侣在亲密地说着话。女孩说,如果有一天,我离开了你,你一定要找别的女孩。男孩说,我不要。女孩说,不,你一定要。因为我,希望你能幸福。

不知什么时候,李愣的眼里,早已噙满了泪水。

租界

这房子，我还真不大愿意租。

租房的小伙子，姓赵。小赵20多岁，山东人，个儿高高的。小赵和女朋友一起住。我没见过小赵的女朋友本人，只在小赵和她视频通话时见到一张美丽的瓜子脸，声音脆脆的，说："房东，你价格就便宜点吧，4 000，太贵了，3 900，还是贵，3 800，不好听，3 700吧……"我挂牌的是4 000块钱，挂了好几个月了，有人砍到3 900，我都没同意。女孩把房租砍到了3 700，我应该也是不愿意的。但女孩撒娇，好听的声音也嗲嗲的，听得我全身都酥了，像触电了一样。我竟然同意了。事后，我还有几分后悔，摸着脑袋，怎么就同意了呢？

租出去大半个月，在一个风和日丽的早上，我步行了半小时，到了出租房里。前一次，出租房里住着两个小伙子，把房间搞得污秽不堪，还有客厅的墙角，堆起的小山般的垃圾袋，里面各种东西都有。天哪，这还是人住的地方吗?

我敲响了门。有种感觉,怀疑里面是不是也是如此?门打开了,竟然是一个美丽的苗条女孩,女孩愣了下,说:"你找谁?"话刚出口,女孩笑了,说:"哦,哦,你是房东吧?"我说:"啊,小赵不在吗?"女孩说:"他刚出去了,要不要进来坐坐?"我想说,不坐了吧。但我的脚,突然像违背诺言般,大大咧咧地走了进去。进门后,我看到女孩的脸红了红,她分明也是意外的。我假装自然,从客厅走到卧室,从卧室走出来,竟然还不由自主地进到了卫生间。无疑,每一个角落都是干净的,甚至说是一尘不染的。这是个很持家的女孩。我说:"很好,比我那个时候还干净呢。"我说着话,掩饰着尴尬,回到了楼下,抬头看着太阳当空,不由得长长地舒了口气。

再一天,仍然风和日丽,太阳暖暖和和地照着,我接到小赵的电话。小赵的声音,让我不由自主地又想到了女孩的声音。小赵说:"房东,电视机坏了,只有声音,没有画面。"这台电视机有七八年了。既然是租掉的房,何必买新电视机呢?我想说,那就修吧,钱我来出。但我竟然说:"行吧,那就不修了,我抽空买一台,给你们送过去。"挂掉电话,我有点想抽自己的脸。话都说了,我很快买好了电视机。车子停在了小区里,我扛着装液晶电视机的纸箱子,就上了楼。门打开了,还是女孩开的门。女孩看到我,说:"房东,你怎么来了?"我说,"啊,啊,小赵在吗?我给你们送电视机来了。"女孩说:"小赵,小赵不在呢。"我进了他们房间,拆开纸箱子,女孩也帮着我一起拆。拆的时候,我的手不小心触碰到了女孩的手,很柔软,暖暖的。像惊鸿一瞥,在触碰到的那一刻,我们就很快闪躲开了。我走出去时,女孩的脸红红的,像艳阳般。

有一个晚上,那个女孩竟然给我打了电话,带着几分哭腔,像是刚刚哭过。女孩说:"房东,不好意思……这个月的房租,可以晚点给你吗? 小赵,小赵他最近没了工作,我们……"隐约间,我还能听到,像是小赵的声音,小赵应该是喝酒了,声音嗡嗡的。我说:"可以。"女孩连连说:"谢谢,谢谢房东,我们会尽快给你的!"挂了电话,我想着女孩梨花带雨般的脸。大概半个多月后,小赵的房租还是给我打来了。

我有好长一段时间没有去出租房了。当然,我其实很想去那里看看,或者很想接到女孩打过来的电话。甚至,我都盼着哪怕是听到小赵的声音。小赵说,房东,热水器坏了……房东,洗衣机坏了……但是,真的没有。

我在马路上散步,不知不觉,又到了出租房。我没有走进小区,却意外地看到马路上,有个女孩远远地风和日丽地走来。她竟然就是那个女孩,女孩挺着已经凸起的肚子,走得小心翼翼。直到女孩走到了我的面前,叫了声:"房,房东……"我说:"啊,你,怎么你一个人啊,小赵呢?"女孩说:"小赵上班去了,马上,马上就回来了……"我说:"哦,哦,恭喜你们……"我走过去时,分明感觉女孩的脸红红的,这红是天生的吗?

前几天,是小赵给我发了条微信:房东,这个月租约满后,我们可能就不租了,家里添了个宝宝,老家的老人要来照顾,所以要考虑搬一套两室的房……

这条短信,我看了好一会儿。

我从抽屉里翻出一本好久没翻开过的相册,封面都有些发黄、褶皱。相册最后一页的夹层里,还有一张照片,我轻轻地取出。照片上有我,还有和那个女孩酷似的女人。照片里是和我在那套出租房一起住了五年,再离我远去的女人。后来,我买下了那套房子。

青梅

有一年，我晚上在市中心上夜课，回郊区没有车。施说："你来吧，我们挤挤。"施是我朋友，在市中心一个单位上班，住的是宿舍。我去了。果真是"挤挤"。那一间屋五六个上下铺，两侧是铺，中间是桌子，桌子上都是电脑。

施去接了我，我们买了许多吃的，给大家分。屋子里有五六号人，都很热情，说："哦，你是施的朋友呀，没关系，来吧来吧。"

那个叫刘彦的人，尤其好说话："你是施的朋友，我们也是施的朋友，我们大家那都是朋友了。"

我笑着说谢谢。

从刘彦坐的床铺处，突然钻出一个女孩的脑袋，说："你说你是在上班，那你明天早上回去，来得及吗？"

我吓了一跳，怎么这里还有女孩啊！

倒是施笑了，说："这是青梅，刘彦的女朋友，经常来我们宿舍玩，是我们的荣誉舍员。"

我稍稍镇定了些，说："哦，来得及，我们上班早一点晚一点问题不大。"

"那就好，不然让刘彦早上送你去。"

青梅欢笑着，吃了一口我们带的吃的，露出一口洁白的牙，配上那一张清纯的面容，挺娇俏动人的。

原来，这刘彦有车，也是个"小富二代"了。

尽管在和我说话，他们的眼睛一直盯着电脑屏幕，这是在播放电影《开往春天的地铁》，主演徐静蕾、耿乐，那时也正是年轻且有朝气的大好年纪。

三年多后，我去一家新单位面试，走进公司大门，走过长长的廊道，穿梭而过的一个个职业装束的男男女女，有一刻，我停了下来。身后，有个长发的年轻女孩，也停了下来。

我们俩互看一眼，两个人都笑了。

那个年轻女孩，正是青梅。

我说："青梅，你怎么在这里？"

青梅说："当然，我不来，他们怎么发工资？我是公司财务呀。"

我们又都笑了。

我说："你来这里有多久了？"

青梅说:"一年多了。"

我说:"哦哦,挺好。"

我说:"刘彦,对,你和刘彦怎么样了?结婚了吗?"

我问得有几分神采飞扬,有点不过脑子,一连迭地说了下去。

青梅的脸色有几分暗淡,低声说:"我们,分手了。"

我说:"哦哦,对不起呀。"

我后来通过了面试,成为青梅的同事。青梅是个快乐爽朗的女孩,因为先前的认识,青梅就像只鸟儿般,时不时地从财务室溜到我的办公室,跟我说话,或是塞点东西给我吃。

我说:"青梅,认识你真好。"

青梅朝我甜甜地笑,露出一口洁白的牙,配上那一张清纯的面容,尤为动人。

施两年后结婚,叫了我,我带着青梅一起去了。青梅已经成为我的女朋友。施也叫了刘彦。刘彦带着他的新女朋友。

那一张写好名字的桌子,有我有青梅,也有刘彦和他的新女朋友。

因为我事先没有告诉施,青梅是我的女朋友。只是告诉他,我会带女朋友一起来。这也造成了眼前的尴尬。

一张圆桌十个人,其他几个也都是施的老同事,大家都明白眼前的状况,对照别桌的热热闹闹,这里有点冷清了。

还是刘彦先说话了:"崔,我们可有好几年没见了。"

我说:"对呀,挺怀念那个时候,这时间一晃就几年过去了。"

刘彦说:"那时候,我们都好年轻。可惜也没有好好珍惜。"

刘彦的这个话,有点题外了。

我呵呵笑着,起身端起倒满的酒杯,其他人也都站了起来,大家一起碰着杯,发出"砰"的悦耳声音。

青梅的杯子本碰触不到刘彦的杯子,她伸长着手,还是碰到了,又是一记悦耳的声音。

青梅的脸上,浮出淡淡的笑。

我和青梅一起走出去时,青梅的脸上还在笑着,笑得有点紧。

夜色很美,我轻轻搂了搂青梅窈窕柔软的身子,低声对她耳语:"青梅,我爱你,我要一直和你在一起。"

青梅说:"我也爱你,崔。"

不知怎么的,青梅突然哭了,无声的眼泪刷刷刷地掉下来。

庐山行

刘梅说，这个秋天，我带珊珊去庐山，钱还缺一点，生活费你尽快给我吧。

刘梅是我的前妻，珊珊是我们5岁的女儿。刘梅说的生活费，是我每个月给珊珊的抚养费。我们离婚两年了。

我说，好，我知道了。

我挂了电话。

桌上有一份材料，是下属小赵刚刚送来的。我看了个开头，心头就有了火，再看下去，火越烧越旺。我拿起电话，拨了个分机号，小赵，你过来下！

小赵来了，拿着材料，低着头出去了。

我心头的火，还没消散。

我在想刘梅，也在想珊珊，有些日子没见珊珊了，高了还是胖了？

估计又和我生分一些了吧。结婚后,刘梅一直说,我们出去走走?我说,好啊。我的好,是空头支票。太忙了,不要说出去玩了,天天加班甚至好几天都不回家,我要的,竟然是刘梅的理解。

刘梅不理解。我和刘梅就离婚了。

我给刘梅的卡里打了生活费,还多打了一千块。

我给刘梅打了个电话,说,钱打好了。

刘梅说,好。

一时沉默,刘梅是要挂电话的反应。

我赶紧说,你们什么时间去庐山?

刘梅说,你要干什么?调查吗?

我讪讪然地说,没有,就是问问,问问吧。

刘梅说,10月21日,去一周。

电话挂了,我坐在办公桌前,发了一会儿呆。庐山上,有我们公司的一个分部。其间,小赵拿着改好的材料,小心翼翼地敲着门进来了。

小赵还站在我面前,战战兢兢的表情。

我看出了小赵修改这份材料付出的努力。

我说,小赵,大框架我看差不多了,具体细化的内容,你再深化一下。

小赵点着头,说,好的李总,好的……

10月21日,一大早,我踏上了去往庐山的行程。小赵,还有办公室的小宋陪同。

我们的车,是中午到的。

分部的负责人大李,副手大姜几个人,早早地候在了那里,他为我们准备了丰盛的午餐。那个分部,在离山顶一公里左右的位置,由两座三层楼房组成,每层各有3间房,用来接待。

午餐还安排了酒。我说,酒就不喝了吧,吃好饭,我们聊聊工作。大李、大姜见我坚持,也就没再劝。

饭后,我和他们聊了一会儿,就拿着一堆材料进了房。我不停地看着手机。手机时不时地响起,但不是我想接的电话,三两句间,就挂了。

我一直在看材料,眼睛不时地掠过手机屏幕。

刘梅他们是坐长途车,跟着旅行团来的庐山,先到婺源,再到庐山。应是下午到。同行4个人,刘梅和她的两个女同事,还有珊珊。

一直到晚上,电话也没响。

我等了一晚上,又等了一天。

其间,我就材料的情况,和大李、大姜做了交流,小赵、小宋旁听。

第三天上午,我在分部的院子里走来走去,山上的树木稀稀拉拉的,墙角是数不尽的青苔,青苔把屋后染成了一条长长的绿。

刘梅给我打电话,没有任何停顿,就接了。

刘梅说,快到山顶来,接珊珊,珊珊跑不动了。

我说,好。

挂掉电话,我脑子里闪过一丝疑问,刘梅怎么知道我在庐山上呢?

大姜已启动了一台越野车,我坐后排。车子如离弦的箭,向山上冲去。开出去没几分钟,我在路边看到了刘梅她们,还有背着个小书包的珊珊。

珊珊上了车。刘梅说,珊珊交给你了,我们再走走。

我想说什么,嘴巴吐出来,说,好。

我陪着珊珊吃了个午饭。

珊珊高了,不胖,见了我,没有想象中的生分,快乐地叫着,爸爸,爸爸。这令我特别欣喜,毕竟是有我血脉的孩子呀。

下午,我和珊珊说,给妈妈打个电话,让妈妈来这儿吧,这儿宽敞,也有地方住。

珊珊很听话,给刘梅打了电话。

刘梅她们到的时候,刚好晚饭。

大李、大姜他们准备了丰盛的晚餐,还准备了酒。我看着酒,想说,酒不喝了吧。刘梅却径直站起身来,拿起了酒。

我喝了一点酒。刘梅也喝了一点酒。

刘梅原本是不喝酒的,怎么就喝酒了呢?

我看着刘梅,面容憔悴了,也老了,两年间的变化很大,以前的刘梅,年轻、美丽,充满青春气息。

这两年,我是一个人。

这两年,刘梅也是一个人。

吃完饭,刘梅的两个女性朋友,带着珊珊去休息了。早就给她们安排好了客房。大李、大姜、小赵、小宋他们很自觉地离开了。

刘梅站在院子前,摇摇晃晃地,吐着一口酒气,天已经黑了,天上闪烁着的星星照亮我们。刘梅在胡言乱语说着什么。

我站在刘梅的身旁。

我想在刘梅跌倒时扶一下她。

我想看到年轻容光焕发的刘梅。

我在心里说,刘梅,这两年,我一直在想着你,你是不是也和我一样的想法?

我在心里说,刘梅,我们复婚吧。

我听到了身边,有一只猫走过去,轻轻地"喵"了一声。

哥的爱情

哥在努力追一个姑娘。哥说,她可漂亮了呢。哥说这话时,一脸沉醉的样儿。

哥住郊区。姑娘住市中心。我并不看好哥,姑娘家条件那么好,人又长得漂亮,怎么可能看上哥呢?

我说,哥,我觉得你可能性不大。

哥说,有志者事竟成,这话你没听过吗?

周末,哥从郊区跑到市中心,去了姑娘家所在的那个弄堂,那里熙熙攘攘的人群,远比我们郊区热闹多了。

哥在弄堂口等姑娘。哥和姑娘约好了。

姑娘说,你还不能去我家找我。

哥说,好。

哥在弄堂口没看到姑娘,倒是看到了一个卖花的小女孩。小女孩大约十来岁的模样,梳了两条长长的小辫子,人瘦瘦的,怀里簇拥着一大把的红玫瑰花儿,红扑扑的小脸蛋,倒是有那么几分可爱。

小女孩眼尖,看到了哥。

小姑娘马上跑了上去,说,叔叔,买花吧。

哥等得有几分局促。

哥摸了摸口袋。哥大学毕业,刚参加工作,赚得不多。口袋里更不多。

哥说,我买一朵吧,你看行吗?

小姑娘说,行啊,叔叔。

哥付了钱,手里就多了一朵花儿。

姑娘来的时候,哥把花儿给了她。姑娘倒是愣了一下,哥这还是第一次给她买花。姑娘说,你怎么买花了?哥说,刚看到一个卖花的小姑娘,看上去很可怜。姑娘说,可怜吗?说不定是骗子呢?哥说,怎么,怎么可能,我看着不像呢。姑娘又指了指那花儿,一脸戏谑的表情,说,一朵?哥不好意思地笑笑,说,囊中羞涩。

哥去姑娘那好多次。

哥几乎每次来,都买花儿。买的也不多,都是一朵。

搞得卖花的小女孩,一看到哥,就三步并作两步地跑上去,热情地说,哥,买一朵花儿吧!

那天,哥和姑娘在巷子口见面的时候,小女孩刚好过来,看到了哥,又跑了上去。小女孩甜甜的嗓音,说,叔叔,阿姨可真漂亮!小女孩又说,叔叔,给阿姨买点花儿吧!

姑娘的心情不大好,又碰到了小女孩叫她阿姨。姑娘的面色马上变了,说,你叫什么叫?谁是你阿姨!姑娘的声音很大,很严厉的表情。小女孩的眼睛里噙着泪水,很快滚落下几颗泪珠,很快捧着花儿就跑了!

事后,哥难得发了火,对姑娘说,你怎么可以这样呢?这是一个可怜的孩子,若不是家境困难,谁会愿意出来卖花呢?

哥说得气呼呼的,也不知是哪里来的勇气。哥是想到了自己小时候。那时,哥陪父亲去城里卖蔬菜。天蒙蒙亮的时候,父亲带着哥一起出了门。父亲在前面拉,哥在后面推。哥发现去城里的路,是那么的长。在父亲去上厕所的时候,哥坐在蔬菜摊位前,时不时地有人来问菜的价格。或买或不买。还有人饶有意味地在看哥,是那种异样的眼神。哥完全体会到了。那一年,哥刚刚7岁。

哥还是第一次对姑娘发火。

哥的话儿,说得姑娘一愣一愣地,半天没反应过来。

哥也是后来才发觉,自己对姑娘发的火,似乎大了点儿。看来,和姑娘这事儿,要黄了啊!不过,哥没有后悔。哥想,如果再有一次,他还会这样的。

倒是姑娘给哥打了电话来,姑娘说,你最近在忙什么呢?怎么不来了？

哥就去了。

哥去的下午，外面很冷，冷得人站在马路上，哪怕是跺着脚，还会瑟瑟发抖。哥看到了卖花的小女孩，一张小脸冻得白白的，嘴一张，就是一口热气喷出来。

哥动了恻隐之心，也为上次姑娘的言语而歉意。

哥说，你这里还剩多少花儿，我都买下了。

小女孩说，真的吗？

哥说，真的。

小女孩笑了，数着花儿的数儿，一，二，三……

哥买下了小女孩三十六朵玫瑰花儿。

哥捧着一大捧的玫瑰花儿，在巷子口碰到了姑娘。姑娘看了哥一眼，说，走，去我家吧。哥脑子嗡了一下，鼓起勇气般问，是吗？哥还没去过姑娘家。姑娘说，不敢？哥说，这有什么不敢的！

哥进了姑娘家的门。

哥看到了姑娘的爸妈。

哥恭敬地叫着，叔叔，阿姨。

姑娘的爸妈还没来得及说什么。外面就跑进来一个小女孩，就是那个卖花的小女孩。小女孩苍白的脸蛋上，已经有了几分红润。

小女孩说，大舅，大舅妈，我觉得这个姐夫挺好的！

后来，哥娶了姑娘。用现在的话说，哥这是挺有几分逆袭的味道。当然，那时是叫高攀。

这是十几年前的事了。

嫂子说，一个善良的男人，一定不会差到哪里去的！

现在，哥和嫂子过着幸福美满的日子。

吃午饭

一直以来，晓梅都是和李杜一起吃午饭。

三年前，晓梅大学毕业，李杜那里刚好缺人。李杜问朋友有没有合适的，朋友推荐了两个人，李杜看过简历选了其中一人，就是晓梅。

刚来单位的晓梅，有几分青涩，也有几分小心翼翼。

李杜说："这件事，你去做一下。"

晓梅说："好。"

李杜说："那件事，你去做一下。"

晓梅说："好。"

李杜说："中午一起吃饭。"

晓梅说："好。"

李杜说的去吃饭，是去单位食堂。食堂也在办公楼里，早饭、午饭都是免费提供的。李杜午饭吃得晚，晓梅就等在办公室里。其他人都去吃饭了,李杜还在电脑前忙碌,噼里啪啦的声音,清脆好听,像雨点敲打窗台。晓梅坐在座位上发一会儿呆,直到李杜说:"走,我们去吃饭吧!"晓梅说:"好。"李杜走在前面,晓梅跟在身后,又快走几步,摁下了电梯键。

食堂里,刚好也是部门领导们吃饭的时间,李杜把晓梅一一介绍给他们:"这是晓梅,我这边新来的同事……""晓梅,这是曾处。""晓梅,这是刘处。"……

晓梅一一朝他们点头,浅浅地笑:"领导们好。"

后来,李杜对晓梅说:"这些领导们平时都忙,大会小会,还要出去走访、调研,见一次面都不容易,只有吃饭的时间是和他们最好的沟通时机……"晓梅点着头,说:"好。"

晓梅还见到过李杜的女儿。

放暑假了,李杜把上初中的女儿带到了单位。李杜和女儿,还有晓梅一起吃早饭。电话突然来了,很急,李杜说:"晓梅,待会你帮我把女儿带上来吧,我先上去了。"晓梅说:"好。"

李杜上去了,像一阵风。

晓梅和李杜的女儿坐在一起,一只热乎乎的馒头,在李杜的女儿手上,已经吃了好久,看起来还要吃一会儿。热馒头马上要变成冷馒头了。晓梅想到了自己小时候,吃东西也是慢悠悠的,那个时候的父亲,也是用疼爱的眼神在看自己,还说:"不着急,慢慢吃。"晓梅看了看李杜的女儿，说："这个馒头凉掉了，要不要我帮你去重新拿一个？""不用的，姐姐。"李杜的女儿眨巴眨巴一双大眼睛，又说："姐姐，你是和我爸爸一起上班吗？"李杜的女儿又说："姐姐，你真漂亮。"这话儿，说得晓梅笑了。晓梅还是第一次在这里这么开心地笑过。这是一个既可爱又讨人喜欢的小女孩。

这个暑假，李杜的女儿时不时来单位，有时就在角落里的空办公桌上做作业。现在孩子的作业真是不少，李杜的女儿先做英语，说："姐姐，我喜欢做英语，我先把喜欢的做掉。"然后是语文，最后是数学。李杜的女儿愁眉苦脸地说："姐姐，我最讨厌做数学了。"

这个时候，李杜走过去，也会皱着眉，说："晓梅，你刚从学校毕业，教教她。"晓梅说："好。"其实不用李杜说，晓梅已经在看题目了。晓梅不看不知道，一看呀，这些题目是真的难。现在的小学生，怎么就做起这么难的题目了呀！当然，晓梅毕竟刚从大学毕业，还是有一定基础的，脑瓜子稍稍动一下，题目也就解开了。

一个暑假是60天，一个寒假是30天。三个暑假加三个寒假就是270天。这270天，晓梅时不时就能见到李杜的女儿。

这三年，李杜的女儿上完了初中。晓梅也跟着李杜的女儿，又把初中的课程一起学了一遍，像陪读一样。

这三年，晓梅从没见过李杜的妻子。

有一次，还是李杜的女儿自己说漏了嘴："姐姐就像妈妈，要是妈妈在就好了。"晓梅像没听见,眉梢却是颤了一下,像一只蜻蜓在水面上轻轻点了一下翅膀。

从这天起,李杜的女儿突然不叫晓梅"姐姐"了,叫起了"阿姨",声音轻轻的,又暖暖的。

这一天,在食堂,晓梅和李杜面对面坐着,旁边坐着曾处和刘处。李杜和他们说着话,吃到一根小鱼刺,吃着就到了嘴角上。曾处和刘处都看见了,刚想说什么,晓梅已经伸出白皙的手帮他抹去了,还不无嗔怪地说:"你看你,这么不小心,又吃到嘴上了!"这话,说得曾处、刘处都一愣一愣的。

三个月后,李杜和前妻复婚了。

不久后,晓梅嫁给了独身多年的曾处。

你像一阵风

她说,你知道十三年前的王云鹤是怎样的吗?

他摇摇头,说,我不知道。

她扑哧一笑,笑得花枝乱颤。

她说,我记得那天阳光不错。我第一天上班,早早地出门,然而,这陌生路段上的拥堵,也像人生路上的拥堵般让人无奈又纠结。差三分钟,就要迟到了。所幸,我到公司楼下大堂,有等候的几个人依次往电梯里走,我喊了声,等等,等等我——也顾不得我的淑女形象了,急急冲进了电梯,就听到"哎呀"一声——

她说,我的那双美丽好看的高跟鞋的鞋跟,踩在了一个男人的脚上。我看着那个男人痛苦的表情,连声说对不起对不起,那个男人勉强挤出一丝笑容,说没关系没关系。那个男人,就是王云鹤。

她说,那天,也是王云鹤第一天上班。那时的王云鹤,像大海一样清澈,像蓝天一样湛蓝,又像阳光一样明亮——

他点点头,说,年轻真好呀。

她说,原来我们是同事。一个办公空间,坐了十几个同事,大家都像被圈养在其中。每个人都埋头做事,不做就意味着淘汰,淘汰就没饭吃,没饭吃就要挨饿,没有人愿意挨饿的——

她笑笑,说,我说岔了。

他温和地说,没事没事。

她说,王云鹤是个有才华的男人,也是个可爱的男人。他的才华是在老板那里体现出来的,老板隔三岔五地就会夸他。而他的可爱,当然是之于我而言了。王云鹤很帅,笑起来特别特别灿烂,也特别特别吸引人——是的,我完全被他吸引住了。当他有一天笑眯眯地对我说他喜欢我,我毫不犹豫地扑进了他的怀里……

他静静地听着,是个很好的聆听者。

她说,不知道为什么,幸福总是短暂的,我们遇到了危机。那就是如何在这个城市安定下来。我们俩都是外地人。这里的房价很高,不是一般的高,高到像我们在陆家嘴,在人民广场,抬头去看,看到的高楼。我们完全看不到那高楼的顶端,顶端就像我们与这个城市的距离——王云鹤说他不想委屈我,我说没关系,真的没关系——

她说,后来,我们还是分手了。

他一脸凝重地看着她。

她说,是王云鹤提出来的,他说我应该追求更幸福更富足的生活。贫贱夫妻百事哀。他不愿意我不快乐。确实,那个时候不止王云鹤追我,我们老板的儿子,那个纨绔的公子哥儿整天像只苍蝇朝着我这边飞——

她说,我还是结婚了,和公子哥儿。他们家有钱,可以解决我所有对于物质的要求。但我没有辞职,还在公司上班。天天能见到王云鹤。王云鹤想辞职,但他还是没走成。找工作不是容易的事儿,去一个新公司,职位、薪资什么都要重新开始。

她说,我就一直在公司里,早上看到王云鹤,下午看到王云鹤。有时一天要看到十次八次,说实话,是有些难受的。好多次,我想对王云鹤说,我对不起他,是我辜负了他。但我又说不出口,你知道说不出口的时候有多难受吗?

他点点头,表情似有些复杂。

她说,你现在看王云鹤有多憔悴,有一部分原因是因为工作,工作有多忙碌每个上班的人都是清楚的,但很大原因可能还是因为我——当然,这也许是我的主观臆想。因为到现在,我都结婚那么多年了,王云鹤还没结婚,公司里很多年轻女孩子向他表达过爱意,他都拒绝了——

她还在说话,他的手机闹钟响了。

他说了声,抱歉,我要走了。

她说,好的,谢谢你,能安静地听我讲话。

他出了门,轻轻关上门。

门外,年轻的女护士小徐站在护士台,低头在翻看手机。听见他出来,小徐赶紧抬起头。

他说,小徐,帮我好好照顾周小姐。

小徐说,好的,王总你放心吧。

小徐还说,周小姐今天又重复那些话了吧……

他的手机响了,地动山摇般呼啸。他看了眼显示的号码,朝小徐摆了摆手,径直往走廊走去。

走廊边,是一个女人炸雷般的声音,你在哪呢?不会又去看那个女人了吧?

他小心地说,老婆,我马上回来。

那个女人说,快点!

他说,好,好……

他迈出去的步子有点大,像阵风。

我身上的香水味

午后,初中生刘梅走进教室时,心还"砰砰砰"剧烈地跳个不停。

刘梅的前座,张恒已经坐在了位子上,笔直的不胖又不瘦的身板,像一条美妙的弧线,让人不由想多看一眼。张恒是在做题目吧,这么专注的样子。

刘梅已坐了一二三分钟,嘴里默念了1、2、3……一直到了180。张恒还是没有回头。刘梅敲了敲张恒的背。"有什么事吗?"张恒的眼睛像是看刘梅,又似乎并不在看。

"你,你在做什么作业?""我在做英语。""哦,英语呀。""你今天是怎么了?怪怪的。""怪吗?你,你看我今天有什么不一样吗?""没有啊。""没有吗?""是啊。""你,那你赶紧去做作业吧,快点快点,转过去!"

刘梅无端地恼了,有点没来由,却又似乎有那么点缘由,但这缘由又是什么？张恒嘴巴里嘟囔了一句："莫名其妙。"转身，又开始专注地做起作业了。

张恒脑子里在想："刘梅这是怎么了，吃错药了？这英语老师也是，布置这么多的英语作业，还让不让人好好过下去了……"

刘梅还在发呆，又看了面前的张恒一眼。"傻瓜，大傻瓜！大呆瓜！大笨瓜！"

刘梅把手往鼻尖闻了闻，又把袖子往鼻尖闻了闻。香，真的是好香。小姨带回来的香水这么好闻，但为什么张恒就闻不出呢？为什么他一点反应都没有呢？还是说，张恒其实对自己也是一点感觉都没有呢？刘梅的心头，不由自主一阵失落。

这个时候，从外面打完篮球，满头大汗进来的张恒的同桌陆灏天走进来，还没走过桌子前，突然叫道："好香呀，是谁洒香水了吗？"陆灏天像有一对狗鼻子似的，朝着几个女同学的方向胡乱地嗅，快要嗅过来时，刘梅突然从桌子前站起了身，说："胡说八道什么呢你！"刘梅朝教室外冲了出去，因为走得快，有呼呼的风声在耳边响起。

这天午后，刘梅匆匆地从车上下来，现在的私家车太多，停个车也费大周折。今天，是毕业20年的同学聚会。

餐馆的一个包间里，摆了两张圆桌，一张男生坐，一张女生坐。刘梅进去时，刚好看到张恒坐在女生的那桌，几个女同学围着他，聊得还挺欢，不时能听到笑声。有女同学看到刘梅进来，喊了声："刘梅，快点过来，张恒现在能耐着呢，他做香水的生意，说咱们身上洒什么香水，他都能闻出来。刚刚他把孙香梅和张茜的香水牌子可都猜中了。"说话的是季晓仙，和刘梅的关系不错。

"你也让张恒闻闻，看是什么香水。""我就不了吧。"

"来吧来吧，刘梅，她们几个还不信，我就让她们见识见识呢，我可是拥有十几年的从业经验了，这经验可不是盖的哦！"张恒自信满满。刘梅起码有十几年没见张恒了，张恒胖了，不再是那时候的美妙弧线了，就连脸部的轮廓，也没那时候的清晰了。简直，像换了一个人！

"我，还是算了吧。""刘梅，你来吧，来吧。""刘梅……"好几个女同学都在喊刘梅过去。

"我们家刘梅呀，你们又不是不知道，是从来不用香水的，你们呀，这是存心给张恒下套啊。"陆灏天进来了，轻轻搂住了刘梅的腰，说："我说我停个车让你等我一会儿，你怎么就自个儿上来了呢？害我找了半天。"

刘梅说："你又不是不认识路。"刘梅笑了，一脸柔情。

"你们俩呀，这亲热劲儿，还是去外面找个没人的地儿吧，在同学聚会上撒狗粮，还真有你们的……"同学们起着哄。

陆灏天乐呵呵地，倒没什么。刘梅是真的跑出去了，外面的风说大不大，不知怎么地，眼睛里就被吹进了沙子，滚烫的眼泪出来了。

想吃天鹅肉的癞蛤蟆

1

时光这玩意儿，像只小小的蝌蚪，游着游着，蝌蚪长成了癞蛤蟆。当我盯视那个美丽女孩时，也像是一只想吃天鹅肉的"癞蛤蟆"。

2

新生刚报到，迎来的就是军训。

军训是辛苦的，也是精彩的，如同高运动量出了一大把汗后的神清气爽。出过汗的女同学，尤为动人。

我的眼睛，不期然地落在那个扎着长辫子的女孩身上，女孩秀丽的脸，身材也好，个儿不高不矮，正正好好。

中午，我去食堂打饭，刚好看到换过衣衫的女孩走过。我忙不迭地跟了上去。女孩突然停顿了一下，我控制不住地撞了上去。

我说，啊，同学，对不起，对不起。

女孩说，没事的。

女孩的脸红红，像美丽的朝霞。

3

分班，女孩无巧不巧地坐在了我的身后。

第一次回头，居然还是女孩主动用笔捅了捅我，我无数次地想过要回头，却总有那么点儿胆怯。

女孩说，嗨，你好呀，你上次在食堂门口……

我的脸烫了，一定红透了。我无地自容。我的同桌，女孩的同桌，眼睛都定定地看着我。

女孩说，……你帮我捡起了掉落的饭盒，谢谢你。

我大喘了一口气，如释重负般的。

我看到女孩眼中的狡黠，还有得意。

我心头不由哀叹了一声，这个女孩呀……

这个女孩，叫海燕。我看到了女孩课桌的本子上，工整的两个字。

4

春天来了的感觉。是不是真的是春天,我就不知道了。

期中测验考卷发下来,海燕先被叫到了办公室,回到座位的她,眼圈红红的。接着是我被叫到了办公室。

班主任严老师的眼睛在盯视着我。

严老师说,作为学校,我们绝对不允许早恋。早恋的后果,我们都知道,看看你的卷子,往常都可以排进前十名,这次都到三十名了。

回到教室,海燕好几天没有和我说话。

空气沉闷得要把人逼疯!

5

漫长的暑假里,我给海燕打了电话。

一个女人的声音,但一定不是海燕。我说,你好,我找海燕……女人说,你等一下。

一会儿,海燕压低的声音,说,你有什么事吗?能不打电话吗……

我说,我……

我不知道该说什么了。

我还给海燕寄了信。去镇上买了花里胡哨的信纸,坐在桌子前,一笔一画写下我想说的话儿。

信寄出去后,海燕很快回信了,很短:我们是不可能的,你好好学习。

这是我唯一一次给海燕写信,也是她唯一一次给我回信。

6

时光匆匆,也不知道都忙了个啥,忙到毕业了,也忙到参加工作了。

那一天,海燕说,她要来看看我,带她的室友们。还透露,她们都带男朋友一起来。

我带他们去了一家餐馆。我做东。

海燕坐在我的身旁,不知道是怎么了,是相隔的时间长了?许多想说的话儿,我有点接不上来了。

临离开,我要送海燕。

海燕说,不用。

我坚持把海燕送到了车站。海燕坐上了车,没有和我说再见。从我的视线里远离,越走越远。

抬头,月亮是圆的。我的心里空落落的。

7

有一天,我被拉进了同学的微信群。一晃,毕业快20年了。

海燕也在群里。我和海燕,自那次后,就没再见过。其间,有几次同学聚会。我参加,海燕没去。海燕参加,我没去。我是在他们的合照里,看到了海燕。

我突然想加一下海燕。

我的留言是:"嗨,你好呀。"

直到今天,还是没通过,是她太忙忘记加我了吗?

相见或是怀念

像是个英雄帖召集令：毕业二十年，周六一聚。

去吗？他还犹豫，去了又如何？

二十年了，她还好吗？临开始前几小时，他没有在微信群里报名，只默默地私信了班长。

还有空位吗？我也来。

有的，欢迎欢迎。

他的车一小时后，停在聚会的餐馆外的停车场。

他推开玻璃门。门发出"吱呀"的尖锐声，吓了他一跳。他不敢把头抬起，他在想，是不是她会转过头来？

一左一右的两张桌子，她在左侧，他去到了右侧，在一个同学身旁坐下。

你好，好久不见啦！

是啊，一晃又几年了。

人差不多到齐，菜上桌。他刚吃了几口，有同学起身去邻桌敬酒，叫他。他说，你们去吧。他其实也想，待会见到她怎样的表情，又怎么讲话，哪怕是想好了，到了跟前弄不好又没方向了。这不是他第一次没方向了。

敬完酒的男同学陆续回来了，又有几个女同学端着倒满矿泉水的杯子去敬酒了。

敬酒同时，已经有同学在旁边的音响前吼了起来，屏幕上是一曲昔日的《明明白白我的心》，一首他们读书年代耳熟能详的歌曲。

一会儿，她竟然一个人端着酒杯过来了，就站在他的身旁。他几乎都能听见自己的心跳声了。她说，我敬下大家。一桌子的人都站了起来，他也不例外。有同学说，你这个，是不是酒啊？她说，是矿泉水，我待会儿还要开车。他一直听着，一仰脖，把杯子里的酒喝完了。

歌声不停地响起，一个男同学把歌唱得，不如说是吼得荡气回肠的，脖颈因为激动而通红，喉结蠕动，连手臂上的青筋几乎都能看个真切。

早早准备好的二十周年的蛋糕，已经切成了一块块。有女同学两只手各小心端着一份，放在了两个同学的面前。那位女同学跑了好几趟，几乎每个人面前都有了，唯独他没有。她过来了，手里也拿着两份，一份放在了他的面前，往前走几步，另一份放在了刚刚走开的一位同学的位子上。

尽管他的脸上很平静,但心里头早已波涛汹涌。

歌声又切到了那一首《漂洋过海来看你》,是几个女同学的合唱:为你我用了半年的积蓄/漂洋过海的来看你/为了这次相聚我连见面时的呼吸都曾反复练习……

这是她读书时最喜欢听,也最喜欢唱的歌。

她坐在位子上,依然背对着。他站起了身,犹豫了下,要过去吗?心里头无数次地在问自己。吃饭、喝酒已经告一段落,现在像是最后一个议程,交流沟通了。不知从哪里来的勇气,他走了过去,轻轻碰触了一下她。他说,哎,你现在在哪上班呢?她说,我就在这附近呀。这个晚上,他第一次这么勇敢地去看真实的她。她胖了,皮肤还像以前那样白皙。没有想象中尴尬,倒真的像是二十年素昧平生的老同学。他们聊了好几句,她坐着,他站着。旁边有空位,她示意他坐,聊了几句,他坐上了旁边那张空位。他感觉整个空气都像是凝固了。但聊了几句,他还是不免有些聊不下去,像很多藏在深处的东西,万一碰触到了,是不是又尴尬了?

刚好一个男同学有事找她,倒是解了他的围。

那你们聊吧!

他起身,回到了门口。

好多同学都已经站起,又聊了几句,感觉是倒计时了。他的眼神又到了她的身上。那个同学,已经起身走开了。

时间差不多了。若是这一次错过,下回不知道又什么时候了,再等二十年吗?

他咬咬牙,几乎是冲了上去。

他说,我可以加你微信吗?他举着手机。她说,可以呀。他说,我扫你吧。她点开,变成了她扫他。他点开二维码,感觉手都颤抖了。她扫好了。他赶紧加了她的好友。

这一刻,他突然想到了读书时的一幕。他端坐着,后面有人捅了他的背。他转身,一张陌生的女孩的脸。

她说,你叫什么名字?

他说,我,我叫张生。你叫什么?

她说,我叫闫燕,你好张生。

流年

1

那一晚，他和她凑在一起看电视剧。

那是一台老式的电视机，像他们租住的那间破旧的老公房般年代久远，黑白的，没有有线电视，翻过来，摁过去，就几个台。有时电视机还不听话，都是雪花，跳不出画面。

她跑上前，就着电视机的外壳，拍打了几下。哦，还别说，画面就出来了。他竖起大拇指，说，你真棒。她笑，说，不听话就要打。他从床上跳下来抓她，笑着说，你说谁呢？今天我非让你说说清楚。她又笑，说，你觉得我说谁就是谁。

那是一个现在看起来很普通的电视剧。

他和她靠在床头，看得却是津津有味。他说，不赖。她也说，不赖。当剧情结束的时候，他不无遗憾地说，明天再看。她说，对。

他和她的身子，相拥着，各自都很舒服。

2

那一晚，男人女人，几乎是前后脚回的家。已经很晚了。

女人刚想和男人说些话，男人的手机响了。男人就到阳台上去接电话了。

女人坐在沙发前，打开了电视机，那是一台镶嵌在墙体内的液晶屏，是目前国内最先进的，像他们刚买下的这套位于市中心的房。别致，凸显高贵。电视里有最新的大片，最热门的综艺节目，还随时可以看海外的电视……

女人看了好久，好久好久，看到眼睛都打架了。男人还在阳台上打电话，远远地看，像是碰到了很紧急的事情，男人边电话边对应做出的肢体动作有些大。

有风从阳台上徐徐吹进来，女人困意更浓了。打了个哈欠，女人先进屋去睡了。

3

那一晚，有些猝不及防。

原本，他和她盘算着剩下的钱，离发工资还有一个多星期，他们省着点用，是一点问题都没有的。兴许，在发工资前，还可以改善一次伙食。

而现在，他要出差一周，第二天一早就要走。出门在外，总要多备点钱。他们翻出所有的钱，658块8角。

他说，我带300块好了，反正来回火车票都买好了，宾馆都是他们安排的，吃饭我简单一点好了。她说，你拿500块吧，我100多块，够花了。你推我推之下，他勉强拿了400块钱。

接着，她又开始给他整理衣物，还有袜子，她把一双双袜子卷成圆筒一样。他静静地看着她为他整理，感觉好幸福。

到了外地，他打开钱包，意外发现，里面竟是500块。走之前，他塞过100块到她钱包。

4

那一晚，男人回来的时候，女人还在忙。

女人在房间里加班工作。男人走进去，说，我回来了。

女人没有一点反应。女人忙得很专注。男人看了会儿书，洗完澡，去看女人，女人还没结束。

男人有些忍不住了，拍拍女人的肩。男人说，能不能先休息会，我有话和你说。女人停下了手上的工作，说，什么事，你说。男人说，明天，我要出差，你帮我整理下衣服吧。女人说，好，等我手上的事儿忙完吧。男人说，好。

一早，男人醒来时，身边没有女人。

男人抬头，看到了趴在桌前熟睡的女人。男人摇摇头，拿了条被子，轻轻盖在女人身上。

男人又看了看时间，匆匆忙忙地，赶紧从衣橱里翻找自己的衣物。

5

那一晚，他回来的时候，她也刚回来。

她说，一起吃饭去？

他说，好啊。

他俩摸着肚子，真的是有些饿了。

走进一家大排档，他点了一份酸菜鱼，说，你看看你想吃什么？她说，就点这份吧，我们俩一起吃。她又对摊主说，能给我多上一碗饭吗？摊主说，可以。

酸菜鱼上来了，饭也上来了。

他和她就着一份菜，在吃。

他不吃鱼，只吃酸菜。她也不吃鱼，只吃酸菜。

她把一块块白嫩的鱼片搛到他碗里，说，不要光吃酸菜，吃鱼啊。

他回搛几块给她，心疼地说，你也吃啊。

6

那一晚，6点。说好的，男人女人一起在外面吃饭，餐馆都订好了。

男人是在快10点时想起来的。男人拍了拍头昏脑涨的脑袋，赶紧跑出公司，开车往餐馆赶。

到了。男人走下车，餐馆已经大门紧闭。隐约有光，从里面微微透出来。

有一辆车，急速地停了下来。

车上下来一个人，正是女人，也看到了餐馆大门紧闭。

男人看着女人，女人看着男人。

这一天，是他们的结婚十周年纪念日。

据说，结婚十年叫锡婚。

第五辑

一碗面

此刻,一碗热气腾腾的面端放在父亲和儿子面前。两人面对面地坐着,目视着这碗面,谁也没说话,空气也像凝固了。

许久,父亲又讲起了那个,一碗面的故事。

儿子也是一脸认真地听着。

一个午后,还是孩子的父亲,随爷爷一起进了城。那时的城,不同于现在的城,那时的生活,也不同于现在的生活。在走过一条条街,走过一家家陌生的店铺,在一家冒着美妙香味的餐馆门前,父亲突然停住了脚步。爷爷顺着父亲的眼神移到了门口下面的一位师傅身上,弥漫的水汽中,师傅的动作很优雅,也极其动人,像是舞蹈,更像是魔术,一束束的面条顺着长筷子到了碗里,再浇上些汤汁、浇头,一碗面就由另一个年轻男子送至一位端坐的客人面前。爷爷说:"来一碗面?"还在愣神的父亲马上反应过来,忙不迭地点头,说:"好,好啊。"说着,父亲还赶紧捂了下嘴巴,把快要溢出的口水及时地做个阻拦。

一碗热气腾腾的面被端到了桌子上,在爷爷面前,也在父亲面前。父亲盯着这碗面。爷爷说:"吃吧。"父亲说:"好。"父亲拿起筷子,风卷残云般吃掉了一大半,才恍然记起,爷爷还没吃。父亲说:"我饱了。"把面推到爷爷的面前。碗里,已经没几根面条了。爷爷拿过碗,咕咚咕咚地,面条连着汤汁都喝进了肚子。爷爷摸了摸肚子,心满意足般地说:"我也饱了。"

这碗面,花掉了爷爷身上最后的一点钱。

这是好多年前的事儿了。

今天,是父亲和儿子第三次坐在餐馆里,也是父亲第三次真正意义上的去城里看儿子。父亲不愿意来城里。父亲说:"城市里都是高楼,我头晕。"

父亲第一次来,还是儿子要结婚那会儿。

儿子去火车站接了父亲。

父亲说:"我们去找家餐馆,一起吃碗面吧。"

在火车站旁边的一家面馆,父亲和儿子面对面坐着。父亲叫了一碗面,也给儿子叫了一碗面。

等面时,父亲给儿子讲了那个一碗面的故事。这个故事,在儿子小的时候,父亲就说过。

那天,父亲留给了儿子几万块钱。那是父亲能拿出来的所有的钱。

儿子要结婚，要买房。

父亲第二次来，是儿子要换房子那会儿。原来的房住了十年，孙子也一天天长大，就想换得大一点。

儿子去火车站接了父亲，又打车去了一家餐馆。

儿子说："那里的面，很有特色。"

那家餐馆的面，果然有特色。光看排成长龙的队伍就知道了。排队时，父亲又给儿子讲了那个一碗面的故事。

过了一会儿，终于有了空桌子。桌子前，父亲又点了两碗面。一碗面给自己，一碗面给儿子。

那天，父亲留给了儿子二十万块钱。这是他这些年省吃俭用的钱。父亲都给了儿子。

这次来，父亲的脚步已经没有以前那么轻便了。

儿子去火车站接了父亲，准备开车带他去一家餐馆。

父亲说："不用麻烦了，我看就附近好了。"父亲的眼睛，看向了旁边的一家面馆。

面馆里，父亲只点了一碗面。

面上来了，故事也讲完了。父亲说："儿子，你吃。"儿子把一碗面吃了一半。剩下的一半，留给了父亲。

儿子站起身，说："我去结账。"

儿子回来时，父亲已经不见了。

桌子上，放了一本纸质的存折，上面留了张纸条，歪歪扭扭的字：儿子，我走了，我知道孙子去英国留学要花很多钱，这本折子，密码是你的生日……

儿子冲出去，已经找不到父亲了。

这是父亲最后的养老钱啊！

儿子，这个快五十岁的男人，坐在面馆里，一个人抱头痛哭了起来。

你的忧伤我想懂

妈,我回来了。

门敲响时,母亲以为是听错了。这个声音连着叫了四五遍,母亲赶紧去开门。

门外,儿子一脸疲惫的笑容。一台车,静静地停在院子外的马路上。

时间,是晚上10点多了。

母亲已经睡过一觉了。农村的天黑得早,六七点母亲就休息了。当然,天蒙蒙亮时,母亲也起来了,一个人在院子里,洗洗衣服,等锅里的粥煮熟,再看看这天。这天呀,就已经亮了!

母亲说,你怎么回来了?

儿子说,刚好我忙完一个事儿,回来看看你。

母亲说,那你什么时候走?

儿子说，明天早上吧，上午维诺还要去上个课，我得抓紧赶回去。

母亲想说，怎么不让维诺和李倩一起回来呢？话在嘴边，又生生地咽了下去。维诺是母亲的孙子，儿子的儿子。李倩是儿媳妇。

儿子像是听到了，跟着说了句，维诺晚上还要上网课，路太远，就不回来了。

路远吗？两个小时的路。

这个中秋、国庆的8天小长假，据说前一个这样的长假，要追溯到2001年，那时儿子还在读书，父亲也还在。后一个这样的长假，是在2039年，母亲还能像现在这样，一天天地等在这里，等着儿子他们回来吗？

母亲从放假前半个月就开始给儿子打电话了，几乎是一天一个电话。

儿子，这次假期有8天呢，你带李倩维诺他们一起回来吧。

妈，到时再说吧，我在忙，等空了再说。

儿子，我给维诺准备了他最爱吃的东西，包他满意，你一定要带他们回来啊。

妈，先这样吧，我在开会呢。

儿子……

妈，我们这次不回去了，我要加班，维诺要补课，还要考级，我们算了算时间，确实有点排不出来。

……

现在,儿子坐在母亲面前,屋子里的灯亮得像白昼。以往,母亲都不舍得这样开灯的。母亲省了一辈子,难得像今天这样大方。

妈,你都还好吧?

好,好着呢,能吃能睡,白天还干点活。

你这么大年纪了,就不要干活了。

不干活,不干活干什么呀,干活挺好的,而且,这活儿也不累。

要不,你来我们那儿住……

儿子说着话,猛地又停顿了下来。儿子知道母亲,一干活就浑身来劲。要让她不干活,真像要了她的命。以前母亲来上海住过三天,第一天陪维诺玩,讲讲话,做做简单的家务活,还算好。一直熬到第三天,母亲就吃不消了,说浑身都难受,要赶紧回家了。当天晚上,母亲就不管不顾地坐上高铁走了。

现在,儿子一说,母亲就笑了。儿子也跟着笑了。

你们那里呀,还是等我再老一点,再去吧。

妈,其实你真的不要干什么活了,你看你一个人在家里。

儿子,你妈我能吃能睡,好着呢。一顿还是两大碗饭,我上回住你们家呀,一小碗,再多给你盛一点你还嫌多。我是真不习惯用你们那么小的碗呢。都吃不饱。

妈,没事的,那你就多盛几碗好了,自己家里,又没什么关系的。

儿子，你现在工作怎么样？

还好吧，就是忙一点。小时候，一直是说长大了考上学，去上海好好发展。后来真考上了，也到了上海，就觉得其实上海并不像自己想象的那么好。甚至，还不如留在咱乡下呢！

别胡说！

母亲想起了什么，说，对了，上回电话里维诺说你们马上又要换房子了，这次，准备换到哪里呢？

哦哦，还在看呢，在看呢。

儿子似乎在掩饰着，不愿再讲这个话题。

那是李倩上次开玩笑说起，刚好被维诺听到的，你也知道，我们现在这套房的房贷都没还清，没想那么远呢。

时间不早了，母亲说，睡吧。儿子说，好，睡了。

儿子第二天早上醒来时，天已经大亮了。亮晃晃的光照在儿子的脸上，也照在儿子的心头。儿子的枕头边，一张纸下面是一本略皱的存折本，纸上写着：儿子，妈去干活了，早饭在桌上，你吃好走。折子里是妈所有的钱，密码是你的生日。你回去后，好好照顾李倩和维诺。有时间，带他们回来走走。

妈——

坐在床头的儿子，莫名其妙地呼喊了一声，喉咙瞬间被堵住了。

我吃到的最好美食

1

这一晚，一群朋友，在上海这座国际大都市最高的楼宇喝着咖啡，侃大山。

四个男人，三个是富二代，一个是普通人。普通人叫张海。张海靠着自己的努力，一步一步成为他们的座上宾。三个富二代很尊重张海。

本来，今晚张海是不来的，张海明天要休假回太仓老家。

2

就这么闲扯，扯到了吃上面。

一个富二代说："我吃到的最好的美味，是位于市中心东湖路的'鮨大山'餐馆，那里的寿司盛宴，真的是一绝，至今想来，美味依然还在嘴边流淌般。"

又一个富二代笑了笑，说："那个算什么，我吃到的一家比你好，Sushi Yano餐馆，在安福路那儿。鲷鱼料理的精髓，烧霜后的鱼皮非常脆，而且不硬。吞拿像牛肉一样肥，海胆入口即化……别提有多美味了。"

再一个富二代摇摇头，说："跟我吃过的美食相比，你们那两个地方都不算好吃的。"

两个富二代瞪着眼，说："你那是什么地方，说说看？"

富二代说："我吃的地方，没有名字，就是普通的一个联排别墅，从外观上看平淡无奇，但摆上那一桌，天上飞的地上爬的，都是禁止吃的动物，猴子、穿山甲，甚至有一次，还有虎肉吃，那味道，别提多美了……"

几个人眼睛睁得大大的，似乎有点大气都不敢出，怕误听了什么。

有一会儿，只有坐在边上的张海一直没有说话。

三个富二代的目光到了张海身上。

3

张海说："我上小学的时候，家里在造楼房。中午，我放学回去吃午饭。爸妈他们都在忙。奶奶帮我烧好了饭菜，最诱人的就是那道猪脚黄豆汤,那四散飘起的香味,在我还没到家门口,就能闻到了。让我迫不及待地冲进屋,迫不及待地用汤勺挑起一块大大的猪脚往嘴巴里塞,那烧得软软柔柔的猪脚,适中的味道,塞进嘴里就瞬间化开了一样,那味道慢慢地在嘴巴里沉淀……还有奶奶微笑地坐在我身边,摸着我的头说慢慢吃,不要急不要急,没人和你抢……"

张海说:"初中的时候,因为学校离外婆家近。我就在外婆家吃午饭。午后,我骑着自行车,刚从外婆家门口下来,外婆一准是等在门口了。看到我,外婆赶紧去给我盛饭,满满的一大碗饭,还有满满的一大盘子蛋饺。外婆烧的荠菜鲜肉蛋饺,是每天一早外公走路去菜场买的食材,新鲜的猪肉,新鲜的荠菜。外婆忙了一上午。我轻轻地咬上一口蛋饺,那一嘴的鲜美,至今想来都让人无比留恋。吃过几口蛋饺,再扒拉进几口农村自家种的米饭,嘴巴里被塞得满满的,那美味……外婆站在我身边,会再三说,饭够不够,不够再盛一碗,蛋饺放开吃……"

张海还说:"我参加工作了,从太仓来到上海。虽然距离不远,但回家的次数就少了,感觉回去也是没什么事情。有一次感冒,我吃了药,一个人昏昏沉沉地躺在房间的床上,特别的难受。想睡又睡不着,想干什么又干不了。我脑子里就不停地在想,想起了很多的人与事,还想起了家乡,到后面,我竟是想起了妈妈烧的大蒜炒肉,还没起锅就喷喷香。每次,我从上海回到家,妈妈就到我们家门前的地里,拔上几棵新鲜的大蒜,再取上一小团切好的新鲜猪肉,放上油,一顿热炒,起锅,我迫不及待地拿起筷子去揶着吃……我是饿了，还是怎么了？还有，我想起了奶奶，想起了外婆，我还想到了妈妈……"

4

三个富二代砸吧砸吧嘴，是想说什么吧？

张海说："我的奶奶，是在我19岁那年过世的。"

张海说："我的外婆，是在我30岁那年过世的。"

张海还说："我的妈妈。每回去一次，我就发觉她老了一点……现在，哪怕我工作再忙，每年的这个月7号，我都会回家一趟。7号，是妈妈的受难日。是生下我的日子。明天，我就要去看看我的妈妈。顺便，也去尝尝妈妈的大蒜炒肉……"

最后，张海说："奶奶的猪脚黄豆汤，外婆的荠菜鲜肉蛋饺，妈妈的大蒜炒肉，是我吃到的最好的美味。"

三个富二代没有异议，朝张海竖起了大拇指。

春暖花开，去找儿子

刘庆去锦溪，是为了找儿子。

十八年前，刘庆带着5岁的儿子在南京路步行街上闲逛。两个人在人潮中挤来挤去，刘庆忽然感觉手上少了些什么。儿子不见了！刘庆的汗瞬时就掉下来了。刘庆跟着警察找啊找，从步行街的一端走到另一端，又走回来。还是没找到。刘庆的眼泪噼里啪啦就掉下来了。

刘庆这一找，就是十八年。

那一天，公安局找到了刘庆。一位高个子的警官说，刘庆，找到你儿子了，在昆山锦溪。刘庆一愣，锦溪？他不认得锦溪。

在去往昆山的高铁上，春天的油菜花在田野盛开着，刘庆脑子里想着儿子，儿子现在长啥样了？儿子还认得自己不？儿子看到自己，开心不？会不会笑，会不会哭？刘庆把自己都想得有点神经病了。

锦溪派出所的民警老周，带着刘庆去了老街。老街很长。老周说，你要找的儿子就在老街。刘庆说，他还好吧？老周没说话，腰间的钥匙圈，随着他走动时的摇晃，而发出窸窸窣窣的声音。刘庆突然就觉得这条老街好长。

打开了一扇木质大门。老周站在门口，喊了声，老胡，老胡在吗？听到了一阵咳嗽声，接着是一个略显苍老又微弱的声音，谁呀？……老周说，老胡，我是派出所老周，带了一个人来找晓明。老胡的咳嗽声本来停了，一下子又咳了好几声。老胡说，哦，是晓明的生父吧？快，快请他进来坐吧，晓明，晓明帮我去医院取药了。

院子有点杂乱、破落，看来是有些日子没好好收拾了。刘庆走进屋，闻到了一股馊臭味儿。一个两鬓有些斑白的男人，倚靠在床上，憔悴的表情，在看着刘庆。男人显然就是老胡了。老胡说，你是晓明的生父？你这次来一定要把他带回去。这孩子，太倔了。刘庆听着，有几分诧异与不解。

刘庆从屋里又回到院子时，院门刚好打开了，进来一个高个儿的年轻小伙。刘庆看到小伙的第一眼就知道了，这就是他找了十八年的儿子。刘庆眼眶微微有些潮，刚要说什么。儿子像阵风般地走了过去，直接进了屋。刘庆听到儿子的声音。儿子说，爸，我把药给你取回来了，你赶紧吃。儿子说，爸，你今天咳嗽好些了吗？你要多喝水。然后是老胡的声音，晓明，你亲爸来了。儿子说，不，爸，你就是我亲爸……

派出所里，老周、刘庆、晓明，三个人坐在一起。好一会儿的沉默，老周看了眼刘庆，又看了眼晓明。老周说，晓明，他是你爸爸。晓明摇摇头，说，周叔叔，你别说了，我只有一个爸爸。一直沉默的刘庆，突然哽咽了，声音颤抖地说，儿子，你还记得小时候，我们一起玩，玩骑马，你坐在我身上，用手拍我的屁股，喊着，跑快些，跑快些。刘庆说，还有，你当时要买只变形金刚，我马上去了城里，帮你带了回来，你拿到变形金刚，马上扑到了我怀里，高兴得不得了。刘庆说，那天在南京路，我找不到你，你知道我有多着急吗？我都急疯了，我脑子炸开了一样……

眼泪悄然地从晓明的眼眶滑落。

晓明说，我不能离开我爸，我爸需要人照顾，我爸照顾了我那么多年，我绝对不能丢下他……

刘庆说，儿子，你放心，我和你一起照顾老胡，老胡以后就是我兄弟。亲兄弟。

三天后，刘庆回了趟上海。当年，刘庆丢失了儿子之后，老婆受不了打击，没几年就过世了。这些年，刘庆都是一个人过。

刘庆卖掉了自己的房，把老胡送到了上海最好的医院，接受最好的治疗。老胡恢复得很快，医生说，老胡的病，慢慢调养，没问题。

这一天，刘庆和晓明一起回了锦溪。院子里，两个人坐着，看着天空。天空大大的，蓝蓝的，一眼看不到边际。

刘庆说,儿子,那天,你真的是不想认我了吗?

晓明说,爸,我现在有两个爸了,两个都爱我的爸,我觉得这是件大好事。

有徐徐的微风吹过,两个人相视而笑。

找一些朋友，陪父亲喝酒

父亲终于答应要来城里了。父亲经常说，城里有什么好？父亲还说，孤孤单单的，我不来。父亲的话，一字一顿，断断续续，像他心头的犹豫。

我说，爸，你来吧，我都安排好了。

我安排了一台车，等在院子外的石子路上。父亲走出院子，就坐进了车。车是大徐开的，很平稳，不急不缓，徐徐地往城里的方向开。大徐是我的朋友。大徐笑眯眯地朝父亲打招呼，说，叔，别着急，很快就到城里了。父亲脸上难掩的紧张，连他自己也不明白，他为什么要紧张，城市是洪水猛兽吗？

父亲还在路上，我已在城里做好了一切准备。父亲待会儿会直达餐馆，餐馆是大刘开的。大刘也是我的朋友，他今天亲自下厨。大刘说，我一定让叔吃得开心舒心。餐桌上，已摆好了父亲要喝的老白干。大刘从厨房里探出了一个头,问,叔是喜欢吃口味重一点,还是淡一点?我说,重一点吧,我爸干惯了农活,出汗多。大刘道了声,好嘞。轰隆轰隆地,排油烟机的声音瞬间响起。

大张、大赵、大孙几个朋友都已经到了。大赵从另一个房间抬出一张软塌塌的椅子,放在主座,说,待会给叔坐舒服些。我说,还是不要了,我爸呀,还是习惯坐硬座。

父亲到了。

大徐的电话早早地打来,我也已在门口迎候。父亲从车子里走出来,我热乎乎地叫了声,爸。父亲脸上浮出淡淡的笑。

餐桌前,大张、大赵、大孙都站起,叫了声,叔。

父亲倒是愣了一下,说,啊——

我忙给父亲解释,这些都是我的好朋友,大家听说您要来城里,一起陪您吃个饭。

父亲点点头,说,好啊,好啊。等大徐、大刘入座后,人就齐了。满满一桌子的菜,一桌子的人。大刘打开了老白干,给每个人都倒了点儿。大刘先捧着杯子,敬父亲,说,叔,这第一杯酒,我敬您。父亲赶紧跟着站起了身,说,谢谢,谢谢你啊。大刘一仰脖,酒就跟着进了喉咙。父亲也喝完了这杯酒。

大张跟着也站起了身,说,叔,我也敬您,祝您身体健康。父亲赶紧又站起了身,端起了酒杯,说,好,好。父亲的这杯酒也下肚了。

我给父亲的碗里搛了些菜，说，爸，您菜也吃点吧。父亲说，好，好。

大赵、大孙给父亲敬过酒后，就是大徐了。

大徐因为要开车，杯子里倒的是矿泉水。透明的矿泉水，和透明的老白干，看起来像是一样的。大徐站起了身，说，叔，我也敬您。大徐手一抖，突然将杯里的矿泉水倒在了一边的角落里，又在空杯子里倒了小半杯的老白干。

我说，大徐，你还要开车——

大刘他们几个也似乎和我一样的想法，刚要站起来阻止他，大徐的手动了动，拦住了我们。

大徐说，没关系，我已经叫好了代驾，待会他会来开车的。

大徐说，让我敬叔一杯酒吧。大徐站起了身，一脸郑重地站在父亲面前，说，叔，我敬您。一看到您呀，我就想到了我的父亲，他和您一样，也是在农村。父亲经常说呀，儿女们有出息，就是他最大的欣慰了。父亲的身体不好，好几次生病，都不让母亲和我说，我都是事后才知道的。我那时说他，您怎么不和我说呢？父亲说，这不是怕你忙嘛。我那个时候，也是真忙。每天加班加点，为留在这个城市而努力。可现在想想，这和努力又有什么关系呢？我努力了，努力是一辈子的事儿。我现在还在努力，父亲却已经没有了，父亲没有跟着我一辈子，我现在是一个没有父亲的孩子了——

大徐的脸上，早已泪流满面了。

我们在座的每一个人，眼睛都红了。

我的心头流着泪。有个事，我瞒着大家。父亲这次来城里，还有一个目的，就是去医院。父亲的身上已经疼痛了有些日子了，在当地医院看过，很不好。父亲终于和我说了。

父亲说，儿子，有多少年你没陪我喝过酒了。

又一次，父亲跟着我到了城里。这次，父亲没有拒绝，更没有推脱。

在我房子的客厅里，父亲看着我，我也看着父亲。树欲静而风不止，子欲养而亲不待。我抹着眼泪，一直看着父亲。父亲高高地挂在墙上，微笑可亲的脸庞。

父亲来开家长会

电话是骤然响起的,惊了整个安静的教室,讲台前的班主任安老师比画着手,在向我们述说着孩子们这段时间以来的表现。家长们和安老师的眼神聚焦在我的脸上,我忙不迭地赶紧摁掉了电话。

电话,是父亲打来的。

一小时后,我在学校的走廊,给父亲打了回去。走廊里三三两两走过的家长们,叽叽喳喳的声音,围绕着孩子的好与坏,错与失。

"爸——"

"你在干什么呢?"

"哦,我在开家长会呢。"

"家长会?这倒是新鲜,我可有些日子没参加家长会了。"父亲说着这调侃的话儿,竟然呵呵呵地笑出了声。这老头!

我怎么也没想到,第二天,父亲竟然从老家赶来了。三个小时的高铁行程。一大早,父亲给我打电话,说:"我到高铁站了,三小时后,你来接我。"电话挂了,我愣了好几秒才反应过来,这老头,说来就来啊!

火车站外的马路上,一个厚实的包靠在草坪边上,父亲在那里反复踱着步,嘴里在念叨着什么。阳光暖暖地晒在他身上,晒出了他满头的斑白和松弛的肌肤。父亲是真的老了。在我车子停下时,父亲瞪了我一眼,说:"你怎么回事,跟你说了三个小时,你还迟到……"我不由得苦笑,我的爸哦,我是要上班的呀。已经到午饭点了。我说:"爸,你看看吃什么?"父亲说:"吃什么吃,不吃饭!""不吃饭? 爸,你,你这是什么情况?"父亲说:"走,我们去学校! 开家长会去!"我都有点哭笑不得了,说:"爸,你开什么玩笑呢? 你去开什么家长会呀?"父亲说:"那去你公司。走吧!"父亲眼神似乎飘过一丝狡黠,这老头,这是要干什么呢!

我没搞明白父亲要干什么,但我还是把车往公司的方向开。我给同事发了条微信,公司有食堂,起码先给老头解决午饭的问题吧。

我把父亲带到了地下一楼的食堂。

食堂里人来人往,不时走过相熟的同事和我打招呼。父亲站在我身后,左顾右盼着,像在找什么人。我说:"爸,你找什么呢?"我把盘子递给父亲,让他自个儿挑选菜。父亲接过了盘子,又问:"你们的领导,在哪呢?""领导? 爸,你到底想要干什么呢?"我急了。父亲说:"没干什么呀，我就是想见见你们的领导，和他说说话呗。"

说话间，刚好我的领导颜主任走了过去。颜主任是我的上司，我们私下的关系也不错。颜主任看到了我，也看到了身边的父亲。我的脑子里突然动了一下，我也想看看父亲到底是想干什么。我朝颜主任招了招手，颜主任过来了，我说："领导，这是我爸。"我朝颜主任眨了眨眼睛，父亲已经走上一步，紧紧握住颜主任的手，说："领导您好，我是徐威的父亲，我是来开家长会，哦不，我是来见见您的……"

食堂的一张桌子前，父亲的脸上带着讨好的笑，真像学生家长见老师一样，说："颜主任，我们家徐威在这里麻烦您了，这孩子什么都好，就是性子有时倔了点，他有问题，您多批评他，他有不听的，您和我说，我一定狠狠教育他……"父亲说了很多，颜主任一直在听，间或地朝我看一眼，看得我尴尬不已。这老头子，还真当自己是来开家长会的，当我是孩子呀！

父亲是当天下午走的。

我劝父亲多住几天。父亲不愿意，说："你一定很忙，我就不打扰你了。"父亲执拗的性格一如往昔，甚至到他这个年纪，更倔强了。

父亲上了高铁，我走出候车室。电话响起，是小叔打来的。小叔说："你爸来了？"我说："对。"小叔说："你爸和你说什么了吗？"我说："怎么了？叔，爸是不是出什么事了？"我突然想到，似乎到现在都没搞清楚父亲来的目的。小叔说："你爸呀，隔壁刘叔走了，从发现病情到人离开,不到一周。就昨天下午,对你爸影响很大。你爸说,要是他不在了,就没人能照顾你了……"

小叔的电话挂了,我还站在原地,木然地站在那里,来来去去的人,在我眼前走过,也在我的心间晃过,像往事——

父亲是我的孩子

小时候，父亲总是牵着我的手，缓缓地走在马路上，说，慢慢走，不着急。现在，我扶着父亲，缓缓地走在马路上，说，慢慢走，不着急。像那个时候，我朝父亲回应般的微笑，父亲也朝我微笑，在他那张苍老的斑驳的脸上。

我带父亲去医院。医院的路，其实并不长。但我们走走停停，走了好长一段时间，也像父亲走过的这大半辈子。

父亲叫我，海霞。我回了声，哎。

海霞是母亲的名字。这一段时间，父亲把我错认成了母亲。多年前，母亲离开了父亲，离开了我们，去了另一个世界。在母亲的葬礼上，父亲伤心得几度昏厥。

现在，父亲已经不记得这些了。

去年起，父亲的记忆力在不断地消退。那天，我下班后去陪父亲。

吃过晚饭，父亲坐在沙发前饶有兴致地看着电视。有一会儿，父亲突然惊了一下，看着我说，呀，我晚饭烧了吗？你看你看，你来我就光让你坐着，都忘记烧饭了。我愣了一下，说，爸，我们晚饭吃过了啊，你忘啦，是你烧的，我洗的碗。父亲拍拍脑袋，不好意思地笑笑，说，哦，我忘了，我忘了，你瞧我这记性！又过了一会儿，父亲看着电视，回过头看到了我，居然吓了一跳，说，你怎么来了？你是什么时候来的啊？我真是又好气又好笑，说，爸，我来好久了，还在这里吃过晚饭，你忘记啦！父亲说，哦，这样啊，你瞧我这记性啊！我看着父亲，突然有不好的预感。

果然，一个多月后，父亲果真出了状况。

请来照顾父亲的保姆顾阿姨在一个午后，急吼吼地给我打来电话，说，不好了，不好了，叔叔找不到了，他说出去遛个弯儿，人出去就没回来，我去小区花园里找了两圈都没找到……顾阿姨的声音带着哭腔，我的心也一阵发紧。

所幸一个多小时后，我在隔壁小区的一个棋摊上看到了父亲。父亲正和人下着棋，下得有滋有味地，嘴里说着话儿，该你了，该你走了。我上前，拍了拍父亲的肩，说，爸，咱该回去了，你午饭还没吃呢。父亲摸了摸肚子，恍然般地说，哦，怪不得我直感觉饿呢。

父亲的走失，我没有责怪顾阿姨。顾阿姨却怎么也不愿意做了，顾阿姨说，万一，下次叔叔找不回来呢，我这个责任是怎么也担不起的呀!

坐在医生的诊室里,年轻的李霞医生看着父亲,也看着我。

李医生说,老先生,你知道现在哪里吗?父亲笑了,说,我当然知道了,在医院啊。李医生说,那你知道我是干什么的吗?父亲说,你是医生啊。父亲说着话儿,居然站了起来,说要出去透透气。

我想拦住父亲,李医生朝我使了个眼神,制止了我。

父亲走了出去。李医生轻声说,你父亲的这个症状,还不是很严重,所以,现在的他,很敏感。其实你带他一来到医院,他就有了戒心,再面对医生的我,他的戒心更重了。所以,他主动提出来出去透透气,这是好事。你有时间的话,多带你父亲出去走走……

一周后的周末,我陪着父亲,坐高铁去了一个远方的农村。那是父亲母亲曾经待过的地方,那里,处处透着春天的气息。

不期然地,一直紧绷着脸的父亲,突然松弛开了。父亲去往了一条河,又去了好几个庄稼地。父亲一直没说话。父亲的脸上却一直带着笑。甚至在一处鱼塘,父亲居然像个孩子般地挥舞着手,欢呼着说,哎呀,就是这里,就是这里了……

我一直紧随着父亲,怕他有个什么好歹。

父亲突然转过身,面对着我,说,知道吗?这里是我和你妈恋爱的地方。当初我们离开这里的时候,都说过要一起回到这里,可一直没来。后来,你妈走了。但我一直觉得你妈没走。现在,我回来了,你妈真的是走了……

父亲这是真的失忆了吗?

那一刻,我愣了半晌。不知怎么地,我的眼泪突然就冒了出来。

好茶来一杯

父亲说:"这是好茶。"又说:"走!"父亲抖了抖手上拎的那盒阳羡茶。

我们坐上车。父亲的这台老客货车,轰隆轰隆地开了好几年。从我去远方求学,到毕业归来,再到该参加工作了。

前几天,父亲回来特别兴奋,说今天载了个人聊得很好:"他女儿和你一样也是学园林的,比你早毕业两年,现在在一家绿化公司,做得很好,很好,很好呢!"

父亲连着说了三个"很好",说得我的头低了下去,低了下去,又低了下去。自毕业后,我已经在家三个多月,这浑浑噩噩的难耐时光里,我连大门都不敢出。我怕别人说:"喏,这老霍家的孩子,读了这么多年书又读回家了。"

车子在马路上开了有多久,我的心就游移了多久。出门前,父亲说:"待会儿你客气一点,叔叔阿姨要叫的,脸上要带点笑。"母亲说:"这一次要能成,你的工作就有着落了,不然你还是要待在家里。"我的手心里沁出了汗,潮潮的,像我紧张的心情。

车子开进了一条狭窄的泥路。农村里多的是这样的泥路,雨一下就不得了,车轮碾压而过,留下深深浅浅的水沟和一团团的烂糊泥。

所幸,那天没有下雨,可看这天,阴沉沉的也像随时要下雨。父亲说:"到了,下车吧。"不知道是不是我坐久了的缘故,脚都麻了。我挣扎着下车。父亲手上拎着那盒茶叶。父亲说,那是值得喝一辈子的好茶。

屋子里,两位和父亲母亲差不多年纪的男女,看到我们来了,赶紧说:"快进来,快进来。"又是搬椅子又是倒水,非常热情。我轻轻唤了声:"叔叔阿姨,你们好。"父亲也忙说:"麻烦你们了,谢谢,谢谢!"

坐下后,父亲先是说了一番客气话。又说到了他们女儿有出息,刚毕业两年就在绿化公司站稳了脚跟,说明还是挺有能力的,不容易,相当不容易呢。

在父亲的一番赞扬后,对方的父亲话匣子也打开了,说:"其实我们日常对孩子的教育也是很用心的,从小就要求她要吃苦耐劳,别看她是个女孩子,家里的家务活少不了要做的,学习也是要跟上的,学习不好将来连饭都吃不上,还有……"父亲连连点头,说:"是,是,说得很对。"

回顾这段往事时,父亲已经退休,客货车也早已不开了。而我,也靠着自己的努力,成为那家绿化行业领军公司的副总。

四邻八乡的,常有人为能去我所在的公司上班来找上门。无一例外的,都会带上一盒阳羡茶。他们知道父亲喜欢喝这茶叶。

父亲都会微笑地请他们进屋。离开时,父亲又让他们把茶叶带回去,说:"你们要不带回去,那这事就不要再提了。"

一个多月前,邻村的一个男孩,通过我来到公司。他先去了工地,放样、挖树穴、种树、浇水等等。男孩待了半个月就跑了。每一个被介绍进公司的人,都需要从工地上做起。我当年也没有例外。那个介绍我进来的人的女儿,已经成了我的妻子,她常常开玩笑说:"还是我介绍的人强吧,你看你介绍的人,一个个都跑了。"我哈哈一笑。

这一天,我开车回家,接了父亲去了老丈人家。那年的泥路已成了宽阔平坦的水泥路。老丈人在门口等候多时,远远地朝我们挥了挥手。

进了屋,拆开的阳羡茶,老丈人熟稔地抓了一把放进茶壶,又倒满热水。满溢开的茶叶,像舞者跳起动人的舞姿,一股淡淡的茶香飘然而起,沁人心脾。

老丈人说:"老霍,来一杯?"父亲点点头,说:"来,满上。"两个老头子嘻嘻哈哈地乐呵起来。

多年前的那天,我们要离开。父亲放下了那盒阳羡茶,说:"一点小心意,你们尝尝。"那个女儿的父亲说:"那怎么可以,认识是缘分,拿东西就见外了。"父亲怎么推,他们就是不拿。没办法,父亲只好连连感谢,又把茶叶给带了回去。

这辈子,对阳羡茶,父亲一直视若珍宝。父亲常摇晃着日渐斑白的头念叨:"小时,我住宜兴南部,闻着漫山的茶香长大……"

父亲的种子

父亲快要走了。

秋天,那个年长的医生看过父亲的报告后,默默地朝我们摇摇头。母亲眼眶中的泪,在当时,就差点滑落了下来。

冬天,父亲似乎就剩最后一口气了。父亲整天整天地躺在床上。父亲的身子骨,更瘦了,一双眼睛几乎已陷进了眼眶之中。父亲已经吃得很少了。母亲给父亲喂了小半碗的粥,父亲摇晃着手,示意不吃了。我去看父亲,从昏暗随时要下雨的院子走进屋子,再走到父亲身边。我喊了声:"爸。"父亲喃喃着,像在问我什么。我愣了愣,有点明白。父亲是怕他的丧事在下雨天办,为我们添麻烦。前几个月,村里有个老太太过世,下了好几天的雨,雨把屋前屋后都打湿了。来奔丧的人把泥土都踩成了烂泥,又把烂泥带进了屋,把屋里踩得一塌糊涂。父亲当时也去了。感觉父亲就是想要看他过世时的场景。父亲看到了屋里的脏乱,沉默了好久。我说:"爸,最近一段时间,可都下雨呢……"我说着就哽咽了。父亲是不想替我们找麻烦。父亲是想要熬过这阵雨。我多么希望,这阵雨一直下着,好留住父亲。有一会儿,父亲像是想起了什么,从床上作势要坐起。我赶紧去扶他。父亲坐起后,眼睛看向了左侧的橱。父亲颤抖的手,艰难地指了指橱顶。我走向了橱,从橱顶拿下了一个纸包。纸包里是一些种子。父亲朝我努了努嘴巴,像在说:"给你。"然后,父亲又朝着外面在看,有浑浊的泪在眼圈里闪烁。我知道,父亲一定是想妹妹了。

五天后,父亲过世了。父亲离开的时候,很安详。办父亲的丧事那几天,晴空万里。父亲选的日子,还是不错的。

春天,我在院子里找了块土地,用锄头将土地翻松。好久没干农活,刚动一动,我就出了一身汗。但我还是坚持了下来。再用水浇灌在翻松的土地上,泥土喝着水,发出滋滋叫唤的声音,像幼小的孩子呼唤最亲爱的父母亲。我看着土地,仿佛看到父亲蠕动的身子。这是一片肥沃的土地。在这片土地上,父亲洒下过无数的汗滴,更获得了无数的收成。每一天,我都几乎在同一个时间,装着满满一桶水,轻轻地浇灌在这片土地上。因为这里,我已经撒下了父亲留下的种子。母亲佝偻着身子,要来帮我。我阻止了她。我知道她的顾虑,我从没有真正做过一天的农民。我说:"妈,我能行的。"我让母亲多休息,一切有我。自父亲离开后,母亲一下子老了许多。时不时地,母亲还会神游,会恍惚,更会遗忘。我喊屋内的母亲，母亲半天没应答我，我喊到五六遍、七八遍，母亲才惊醒似的，微弱地说："哦，哦。"母亲明明说她烧饭的，当我去掀开锅，锅内却是冰凉的，什么都没有。母亲拍拍脑袋，带着歉意，说："我，我明明记得烧了，对不起……"我看见母亲鬓发上的白，什么时候起，已是白茫茫的一大片。母亲从来没有这么多的白发。父亲的种子撒下去没几天，那片土地上就冒出了一株株破土而出的嫩芽。碧绿的嫩芽，像一个个初生的婴儿，那么柔弱，似乎是一点点的雨，一缕缕的风，都能把它们给吹倒。我从屋内找出了一个棚，想为它们遮风挡雨。母亲笑了，说我太小心了，这些嫩芽，完全没问题的。母亲一笑，额头上的皱纹就深深地绽了出来，刀刻般。嫩芽伸展着，缓缓地长大，看秆，再看叶，我认出是辣椒。我和母亲说，母亲倒是惊讶了，说："你不知道那些是辣椒吗？我一看种子就知道了。"我终于也有了些明白。

春天还没结束，我们家来了客人。客人来自澳大利亚，我的亲妹妹。多年前，妹妹因为和父母亲负气，毅然决然地离开了家乡，从此杳无音信。我把晒干的一大包辣椒给妹妹，辣椒是妹妹的最爱。妹妹每一顿都要吃到辣椒，没有辣椒，妹妹就吃不下饭。我还把剩下的父亲留下的种子给了妹妹，也把父亲临走前的期盼说给她听。母亲和我，陪着妹妹一起去看父亲。妹妹在父亲的墓前跪了好久，哭喊着："爸，爸，对不起，对不起……"妹妹一直跪着，怎么都不愿起来！

我是蚕

蚕出生前,母亲挺着大肚子在给蚕喂食,突然就痛叫了起来。匆忙赶来的父亲,赶紧把母亲送到最近的中心医院。

几个小时后,蚕在响亮的哇哇哭声中降生,父亲搓着手,说,这孩子,要不就叫蚕吧!

于是,蚕成了他的名。

蚕的家里养了数不尽的蚕,也种了一大片的桑树。蚕的父亲是县里有名的养蚕户。从小,蚕就喜欢跑到一个个房间,去看那里轻轻蠕动的蚕,还去桑树林里,去采摘蚕爱吃的桑叶。有一天,蚕在喂食蚕时,父亲严厉地说,养蚕不是你的事,给我好好学习去!蚕只好坐回桌子前,把头探到了书本上。

日子像水流,送走了一批又一批的蚕。蚕也在一天天长大,离开了家乡去外地上大学。多年后,大学毕业的蚕又回到了家乡。

蚕说，我要养蚕。

蚕的父母亲惊呆了。

父亲说，你这孩子，是读书读傻了吧，要是你只为了回来养蚕，那我们又何必送你去读大学呢！

蚕不语。

回来后，蚕很忙。一天到晚和父母亲说不上几句话。忙着进那一个个养蚕的房间，又在那一大片桑树林里钻来钻去。父亲问蚕，你到底在忙什么呢？蚕笑笑，说，爸，你敢不敢把这蚕的产业交给我？

不久后的一天，蚕的家门口停了好几台车，车上下来十几个男男女女，都一身的城市人装束。

蚕叫了其中一个人的名字，说，来了？

那人说，来了。

那些人进了养蚕的房间，突然笑出了声，说，哦哦，怎么有这么多的蚕呀，太疯狂了！也有人说，这简直是蚕的世界，蚕的海洋呀！

他们又去了桑树林里。春天的桑树林，碧绿碧绿的，惹人喜爱又让人流连驻足。

那些人待了一周，吃、住之外，每天饶有兴致地采摘桑叶，喂养蚕。喂得饱饱的蚕，像被打进了空气的气球，猛劲地长。

农村的房间多，住不是问题。就是那么多人的吃，蚕的父亲母亲忙不过来，请隔壁邻居一起烧煮。

母亲偷偷地问，那些人，都是你的朋友？

蚕笑笑，说，对的。

那些人走后，蚕给了母亲一些钱。母亲不要。蚕说，妈，你得拿着，因为接下去还会有人来。父亲说，那你拿了吧。母亲就收了。

蚕说的会来的人，果真来了一拨又一拨。

父亲说，你别忘了，我和你妈是养蚕的，可不是搞招待的！蚕说，那么多人给你们养蚕，你们还有活儿吗？父亲一想，也是哦，那些人把他们的活儿都给干了。还给了好些钱。这些钱，远远超过他们养蚕的收入了。

蚕说，眼瞅着那片桑树要过季节了，咱们家有必要搭几个暖棚种桑树了，我出钱！

父亲拗不过蚕，又租了一块地，找人搭了好几个宽敞的棚子，还种下了一株株的小小桑树。

来采摘桑叶，喂养蚕的人，一拨又一拨，都没间断过。

有一天，母亲终于忍不住，说，那些人不都是你的朋友吧？蚕还没说话，父亲说，你才知道呀！他哪有那么多的朋友。

蚕呵呵地笑了。

那天，蚕给父亲母亲放了个视频，名字叫：我是蚕。视频里，父亲母亲竟发现自己也给拍了进去。这是一段养蚕的过程，从春风和煦的桑树地里采摘碧绿的桑叶，到房间里去喂养蚕，从一只只芝麻大小的蚁蚕，切换到逐渐长大的蚕，直至吐丝结茧，到破茧而出。这是蚕的生长过程，又何尝不是人生的过程呢！

蚕说，那些城里人，都是看了我网上的视频，才来我们这里的。当然，他们在城市里也可以养，但这又不一样了。他们在这里，可以完全放松，在吃吃喝喝的休闲中享受这养蚕的过程。当然，我也希望每个人，都能感受到蚕的变化，还有人生的变化。

蚕还说，现在生意越来越好了，下周，会有一个人来这里帮忙。

母亲说，是个姑娘吧？我可听到你们讲话了。来吧来吧，我和你爸也可以退休了，这里刚好留给你们。

蚕叫了声，妈。

红红的脸的蚕，像一只年轻而富有朝气的蚕。

破茧

我做了个梦,梦见了蚕,也梦见了我的父亲李立山。我的父亲说,儿子,你是蚕。总有一天,你会破茧而出的。我梦见一只蚕,或者说是那个我,在缓缓地蠕动,咀嚼着新鲜碧绿的桑叶。

我醒了,炽热的阳光已经从窗外射进来。这夏日的阳光,是一团燃烧的火。

母亲拍了我一把,说,赶紧起来,一会儿我带你见你曹叔去。曹叔?我以前叫他曹老师。他教我们小学语文时,喜欢先念一遍课文,再一一点名,让我们各自讲讲读后感。我不喜欢语文,更不喜欢讲读后感。我喜欢养蚕。我从小无数遍地看我的父亲李立山养蚕,他是乐至县有名的蚕农。曹老师点到我时,我站在那里,喃喃地不知说什么,我,我……曹老师引导我,主人公是怎么样的心理?我说,我,我不知道。教室里一阵哄堂大笑。曹老师示意我坐下,再点下一个人来讲。

我随母亲来到了曹老师家，曹老师将我们迎进屋。母亲说，快，快叫曹叔。我叫了声，曹老师。母亲的脸凝固了，要揍我。曹老师拦住她，说，孩子还小，别动气。我心里头冷笑，想，我都初中了，怎么可能还小，我偏要叫你曹老师！

我是不愿母亲和曹老师在一起的，能和母亲在一起的只能是父亲。但我无法阻止他们。在母亲和曹老师去领结婚证那天，我跑了出去，漫无目的地走啊走，走到我累了倦了，走到天都黑透了。我在一处墙角坐下来睡着了，不知过了多久，我听到了母亲和曹老师呼喊我名字的声音由远至近，我不愿醒。我想我的父亲李立山了。

我醒来时，是在家里的床上，天已经大亮。我叫了声，妈。母亲从隔壁屋走过来，看到我，眼泪刷刷地下来了。

后来，母亲说，你曹叔，他是我们家的蚕。你一定要对你曹叔好一点。我冷笑，他怎么会是蚕呢？明明我是蚕啊！

曹老师很忙。

曹老师每天上课下课忙，回到家里也忙，忙着给我们买菜做饭。母亲的身体不好，买个菜烧个饭脸都煞白煞白的。我说我来做饭吧。母亲说，不要，你要好好学习！曹老师说，有我呢！

晚上，曹老师坐在桌子前备课，一个人安安静静地，课本上的文字，一笔一画都工整鲜明，像印出来的。

在我读完初中、高中后，又上了大学。我是一只期待破茧而出的蚕，我想要快一点去飞翔。

大学四年，我回去的次数屈指可数。

母亲时不时给我打电话。

你曹叔，他不容易，对我们好。

你曹叔，常念叨你的名字，你有空回来看看他。

你曹叔，他……

快毕业时，我回了趟家。我去了趟曹老师的小学，站在教室外，隔着透明的玻璃窗，曹老师佝偻着身子站在讲台前。是什么时候，曹老师这么老了？对着台下的小学生们，曹老师一字一句，像多年前给我们朗读课文，认真而严肃。课文读完，曹老师又一一点名，让站起的孩子们都讲讲读后感。

那一晚，我和曹老师第一次喝酒。我还是叫他曹老师。我说，曹老师，我敬你，感谢你这么多年照顾我们娘俩。曹老师受宠若惊般说，别，别这么说。能和你妈，和你一起生活，是我一辈子的福分。像想到了什么，曹老师又说，你爸李立山是个蚕农。可你知道一只蚕需要度过什么，才能破茧而出吗？我说，什么？曹叔朝我笑笑，说，蚕以卵繁殖，蚕卵看上去像粒细芝麻，叫蚁蚕，经过一龄、二龄、三龄、四龄、五龄、蛹期、蛾期，再到雄蚕先死去，雌蚕产下约500个卵，再死去……

曹叔细细地给我讲解，讲得很平和，我却听得心潮澎湃。

不久后的一天,母亲突然给我打了电话,说,你快回来,你,你曹叔没了!

像多年前,母亲告诉我父亲的噩耗般,我的心里头,居然也很莫名地痛起来。痛彻心扉!

曹叔的葬礼出乎意料的隆重。送行的人排了好几条街,都是曹叔教过的学生。曹叔做了三十年的语文老师,桃李满天下。那位年轻校长说,我也是曹老师的学生。曹老师,曹老师他是一只春蚕。

我站在队伍的前列,心里头在呼喊着,曹叔,曹叔,你听见了吗?

母亲中大奖后

下午，母亲兴冲冲地从外面冲进来，无比快乐地喊了一声："我中大奖了！"

屋子里，我在看着电视，妻子在拨弄着手机，都没吭声。我没吭声是因为母亲的所谓中奖，一定是骗人的，这怎么可能呢？要说天上掉馅饼也不大可能这么轻易掉在母亲头上吧！妻子不吭声是因为她与母亲素来不和，这几乎就是婆媳矛盾的通病了。这也让我常常难以想象，若是她们两个都掉进了河里，我该救谁？

母亲倒是对此毫不在意，继续在说，一副不把事情原委说个一清二楚不罢休的架势。

"我是先收到了一条短信，说我中了5万块的大奖，要我尽快和他们联系，还留了个电话号码和名字。

"我电话打过去后，那个人知道我在银行存了钱，说这次是针对他们的储蓄用户的回馈,如果我没存钱还轮不到我呢,让我一定放心,他们不是骗子,还问我要了个卡号,说三天内钱就会打到我卡里。

"他们又跟我说,感谢我这么多年支持他们银行的工作,银行也是因为我们的积极存款,才能把钱借出去,获得更高的收益。

"他们后来又跟我说,不知道我知不知道,其实每次银行给我的存款利息,都是要交税的,这个叫利息税,包括我中奖的5万块钱,也要交税。当然,也不多,是全部钱的5%,也就是1 500块钱。按规定,他们要先收到税金后,才能给我打钱。"

母亲一口气说了一堆话,听到后面,我的脑子有点蒙了,她不会是上当了吧?

我说:"那你,你把税金交了吗?"

母亲说:"交,当然交了啊,我跟你说,刚好家里有这些钱,我就把钱给他们打过去了。"

我说:"哦。"我不知道该怎么说。母亲这分明是遭遇了骗子。可要不要和她说清楚?前年母亲清理一堆垃圾时,不小心把三百块钱夹带着扔掉了,几天后等她想起来,早已经找不到了。为此,母亲饭也吃不下,觉也睡不好,哭了好几回,嘴巴里一直喃喃着,钱,这钱我怎么就不小心扔了呢……折腾了一周多,搞得全家人都心惊胆战,怕她出个什么好歹。这次是1 500块钱,不要又出什么问题呀,母亲的年纪一天天大了,可再经不起这打击呀!

妻子不知什么时候放下了手机,说:"妈,这是好事啊,这样,你把银行卡号给我,我让人帮你查查钱到账了没有。"

母亲犹豫地看了看妻子,又看了看我。

我朝母亲点了点头。妻子有个好朋友在银行工作,我不知道妻子葫芦里卖的什么药,但看她的样子,是不是她有了好办法?

5万块钱,是在第三天到账的,一分不少。当母亲兴奋地给我打电话,我惊呆了,这,这怎么可能呢!

我想到了妻子。

我问她:"妈那钱,真是银行中奖给的?"

妻子说:"你说呢?"她的眼睛朝我瞪着。

我乐了,妻子这回是真舍得花血本呀。

妻子说:"对了,你还说要和你妈说一下,这种诈骗电话还是不要信,哪个银行真会莫名其妙地给她钱呢!"

妻子还说:"我跟你说呀,这次给你妈钱,我也是不想你妈被气出个好歹来,你妈不仅是你妈,更是咱妈呀。"

这个事情不能拖,我当即就去找了母亲。

我到了门口,母亲刚好开门,把我拉进了屋,从身上掏出那本银行存折,递给了我,说:"刚好你来了,省得我去找你了。还给你。"

我说:"怎么了,妈?"

母亲说:"你以为我老太太是真傻呀,一开始我是真信了,所以打了钱过去,后来5万块钱打进来,我就想明白了。这平白无故的,银行怎么可能给我打钱呢!一定是你媳妇给我打的,不然她问我要卡号干什么?她是怕我想不开,怕我出什么事情。"

"放心,我以后不会再信那些电话或短信了。这个事情,我也已经报警了。"

"这次呀,你妈我虽然丢了1 500块钱,也痛心,但你妈也真的是中了大奖,中了个好儿媳妇的大奖呀!"

母亲说着,又乐呵起来了。

默默地,我心里头一块大石头落了地,也不由得畅快起来。

母亲开的店

乡下的母亲打来电话,说,她要开店。

他正忙着。他是母亲拉扯大的,是个孝子。他说,好啊,妈,开店需要多少钱,我给你。母亲说了。他立马把钱转了过去,不忘又说一句,妈,别想着赚钱,你开心就好。

母亲这店,果然是不赚钱。

隔个把月,母亲给他打电话,说,儿子,钱没有了,你给我打点。次数多了,他有点哭笑不得,母亲开个店怎么就亏钱亏这么厉害?这次,母亲又给他打电话了。打完钱,他想着,是不是该回家一趟。一来也有些日子没看母亲了,二来,他也想去看看母亲的店。

他是在中午回的家。

母亲看到他回来,有点意外。母亲说,你怎么不说一声?我好去买点菜。他说,不用,妈,我随便吃点就行。母亲给他炒了盘蔬菜,他吃得津津有味。他还在吃的时候,母亲看了看时间,说,你慢慢吃,我去店里了。他愣了下,说,好。他想,母亲开个店,比陪自己儿子还重要啊。

他是在半小时后,出现在母亲店里的。店在村口,来来往往的人多。那店,原来就有。有很多年了。后来,别人不想开了。母亲就接过来,她开了。看到他来了,母亲说,来了。他说,嗯。柜台内的后面有一张椅子。他在椅子上坐着,坐着看,母亲在柜台前,忙前忙后的。

有人进来,是村里的王大伯。王大伯说,我买瓶酱油。母亲拿了一瓶,递给他。王大伯说,多少钱?母亲说,二十二块五,这样,你给二十块钱吧。王大伯说,这怎么成?母亲说,怎么不成,我有专门的进货渠道,便宜。王大伯拿着酱油,说,那,谢谢你。王大伯说,你这里啊,比镇上的超市都便宜。母亲喜滋滋的,说,那是。母亲还说,下回再来啊。母亲目送着王大伯离开。

又有人进来,是村里的张奶奶。张奶奶年纪大了。张奶奶走进来时,腿脚不灵便,走得极缓慢。母亲赶紧从柜台内走出来,将张奶奶扶进来。母亲说,张阿姨,你要点什么?张奶奶说,面条,你这里面条有吗?母亲说,有,你要哪种?母亲指给张奶奶看柜子上的那几种面。张奶奶指了其中一包干面条,说,这个吧。母亲说,好。张奶奶说,我拿一包。张奶奶付了钱。母亲给张奶奶拿了两包干面条。母亲说,买一送一,还有一包是送的。张奶奶要走了,母亲想起什么,说,等等。母亲拿了一小袋火腿肠,给张奶奶。张奶奶不要。母亲说,这也是送的。张奶奶是母亲搀着出门的。

一下午,母亲做了好几单的生意。母亲要么就是给便宜价格,要么就是送东西。原来,母亲是这样做生意的啊。

他翻过母亲的进货价格,并不便宜。母亲这样做生意,不亏才怪呢。

晚上,他陪母亲吃饭。有一会儿的沉默,他终究还是没忍住。他说,妈……母亲说,是想问我,为什么这样做生意?他没说话,算是默认。

母亲说,我给你讲个故事吧。多年前,一对夫妻带着他们的孩子来到了乡下。在孩子5岁的时候,男人遭遇到了意外。女人拉扯着孩子,太过艰难。孩子饿了,没东西吃,就哭。村里人听到了哭声,都来了。他们给孩子东西吃,劝女人,别难过,一切都会好起来的。孩子长大了,要上学了,村里人又来了,说,我们凑凑,孩子学总归要上的。就是在村里人的帮助下,孩子一步步地长大,有出息了。女人就想着报答村里人。给他们钱,肯定不会收,女人就开了店……

母亲说着,说得眼圈红红的。他听着,听得眼圈红红的。他说,妈,你要多少钱,我都给你。

装在嘴巴里的新牙

那几天,孙赫心情很复杂。母亲说,儿子,你要原谅我,接受……母亲的眼神有几分犹豫,表情也是带着摆儿的。孙赫瞪视着眼前这个和自己生活了那么多年的母亲,是越来越无法理解,也看不懂了。都五十多岁的人了,怎么就想要再婚,给自己找上一个后爸呢?难道现在的日子不好吗?孙赫真是气得想哭。

那个老头,孙赫见过一次。五十多岁,瘦瘦的、矮矮的,摆在面前,像一根干干的木头。那根木头到了孙赫的跟前,还显得自来熟,说,你是孙赫吧?你好,我姓赵,你可以叫我赵叔……孙赫一把打断了木头的话,说,你想当我爸吗?木头愣了一下,还没来得及说什么,孙赫又说,我的爸已经死了,死了快三年了……孙赫说着话,也是一时的气急,牙齿突然一阵痛感,先是隐隐作痛,再就是剧烈疼痛。孙赫着急上火有几天了,单位繁杂的忙不完的活儿,还有,就是眼前母亲的事儿……事儿都是难搞的,孙赫心里活动一加剧,牙齿就"抗议"了……

办公室里,同事小赵说,孙哥,你早就该去医院看看了。孙赫说,去医院吗?我其实还好呀。孙赫心里打着摆儿,医院是个令人生畏的地方,至少对他是如此。孙赫怕痛,之前查到一个病症,要挂号打青霉素。孙赫站在付费的队伍中,想着想着,人就走出了医院的大门。像背后有人追,孙赫几乎是撒开腿落荒而逃。

母亲和那根木头的发展是显而易见的。母亲见孙赫不同意,竟搬去了木头那里住。母亲一去三天。三天后,母亲回来,孙赫的脸差点就落了下来。孙赫想说,妈,你也这大把年纪了,没结婚就住陌生男人那,这合适吗?孙赫想说,妈,你不要脸面,我还要脸面呢。孙赫还想说,这个男人到底有什么好呢?但孙赫没有说出来,捂着自己的嘴,嘴里时不时隐隐作痛的牙。前天下午,孙赫路过一家私人牙科诊所,在门口左顾右盼的时候,老板说,要看牙吗?孙赫说,牙齿有些不舒服。孙赫有几分犹豫。老板说,来检查下吧,检查不要钱。孙赫就进去了。诊室里,年轻的医生给孙赫一番检查,得出的结论是,一颗牙破了个洞,旁侧的智齿长歪所导致的,建议拔掉智齿,补那颗破洞的牙,再加一个牙套保护。孙赫说,会痛吗?年轻小伙愣了一下,说,要打麻药的……孙赫不作声了,脑子里想到的,是一根粗大的针筒,生生地刺入了自己的牙肉里。孙赫的眉头紧锁在一起。

母亲已经好几天没和孙赫说话了,脸上也没什么表情。孙赫下班回来，母亲烧了几个菜，两个人各吃各的。孙赫想说什么，母亲突然转过身，进房间了。孙赫看着母亲进了房间，看着母亲的背影，发了好一会儿的呆。

孙赫对牙齿疼痛的预估，是完全错误的。以为痛几天，就好了。谁知道，这疼痛像潮水一般，甚至痛到了极致。牙痛，带动了脑袋都痛，孙赫捂着脑袋，快要疯了！甚至，孙赫以为，晚上睡觉痛感就能过去了，谁知道，这都能让自己痛醒！凌晨三点多，孙赫忍着剧烈的牙痛，沉浸在漆黑的夜中，又想到了母亲。

孙赫终于下定了决心。站在了医院的牙科门口，轮到孙赫时，孙赫满脸紧张地走了进去。一位中年女医生说，小伙子，不要紧张，你这么紧张我怎么给你治呢？治疗的过程，几乎是没有痛感的，这是足以让孙赫意外的。打麻药，杀死牙神经……孙赫从牙科走出来时，如释重负。

孙赫和母亲坐在了一起，开诚布公地谈了一次。母亲说，我和那个人，以前住一个村，他家住前面，我家住后面，我们小的时候就一起玩耍。原本，我们俩应该是可以走到一起的，也是因为其他的一些原因，错过了。前段时间，他找到了我，他一直没结婚。他也知道了我一个人在过，就想我们能不能在一起……孙赫的眼睛睁得大大的，好久没说出话来。

医院跑了三趟，牙齿补好了，孙赫的舌头在嘴巴里挪动着，对这颗补上的牙，从不习惯，也慢慢变成了习惯。

　　孙赫让母亲叫来了那根木头，说，叔，我现在把母亲交给你了，你要好好待她，好吗？那根木头坦然地点着头，用力地说，好。孙赫认真地看着那根木头和母亲，还有他们发丝间的斑白。

外婆来

外婆是陪着外孙长大的。外孙喜欢住在外婆那里,外婆也疼外孙,好吃的,好喝的,都省给他,还陪他一起玩。

外婆说,你看你看,现在我对你多好,将来等我做了老太婆,你会把你好吃的好喝的给我分享吗?还有,你会陪着我吗?

外孙眨着一双又黑又亮的大眼睛,脆亮的声音说,外婆,我会的,一定会的。

外孙像一棵小树,春秋变换间,一年年过去了,小树也长成了大树。外婆这棵大树,慢慢也长成了老树。

一个长假。外婆给外孙打电话,说,你在哪呢?你表哥表姐都回来了,怎么不见你回来?在忙些什么呢。

外孙说,外婆,我在外滩。

外婆说,外滩?外滩人多吗?

外孙说，多，多得像蚂蚁一样，蚂蚁您知道吗？小的时候，我逗一群蚂蚁时，还被您说过呢！

外婆说，记得记得，那时的你呀，多么的顽皮呀。

外孙说，外婆，我先不和您说了，有事儿了……

隔一天，外婆再给外孙打电话，说，你在哪呢？

外孙说，外婆，我还在外滩呢。

外婆说，外滩人还是很多吗？

外孙说，多呀，如果说昨天的人像一大群蚂蚁，现在是另一大群蚂蚁来了，我基本就是看不见人，只能看到一个个的头在挪动……

外孙说，外婆，我先不和您说了，有事儿了……

再隔一天……

一大早，腿脚不便的外婆一路兴致勃勃，从郊区松江跑到了人民广场，再赶到了外滩，走啊走地，就走到了外孙的面前。

那个时间，外滩的大客流还没到。穿着一身崭新民警制服的外孙刚下岗位，在一旁的位子上休息，对于外婆的到来，有几分惊讶。这是外孙作为新民警，第一次参加这样的执勤。

外孙说，外婆，您怎么来了？

外婆说，就许你在这儿，不许我来这儿吗？

外孙说，外婆，您知道吗？就是您现在站的这个位置，前几天，有一个调皮的七八岁小男孩，原本是和父母站在一起的，走着走着，慢慢地就松开了父母的手,悄悄地藏在了一处角落里。他的父母是在几分钟后发现丢了孩子,都要急疯了!我刚好在附近,问清了孩子的体貌特征,就在那个角落里,把孩子给找了回来。孩子的父母千恩万谢地赶来,我的脑子里却突然想到了小时候我藏起来您找我的事儿……

外婆说,论起藏的本领,你是最拿手的,现在看来,你找人的本领也不差。

外孙又说,外婆,在您的左手边,前天,一对中年夫妻,好端端地站在栏杆前,吹着徐徐的江风,看着碧波荡漾的黄浦江。那个男人,突然一阵抽搐,硬生生地倒在了地上。那个女人急坏了,拉扯身边的人,寻求着帮助。我马上跑了上去,一边用对讲机和指挥中心联络,告诉他们位置,请他们立刻安排救护车前来救援,一边我小心地看那个中年男人的状况,还好我选修过医疗救助,在医护人员赶来之前,做了些初步急救措施。后来,收到了指挥中心的信息,那个男人脱离了危险,我由衷地高兴……

外孙还说……

外婆听得津津有味,说,看不出来,我的小外孙真的长大了。外孙不好意思地笑笑。

这时,几个行人走上前来问路,豫园怎么走?还没等外孙说话,外婆嘴巴里吧嗒吧嗒地,仔细而认真地讲解起来,那几个人连连点头,说,谢谢,谢谢。

外孙朝外婆竖起了大拇指。

外婆说,我外孙不能回来陪我,那换我来陪外孙吧!两个人相视而笑。

回家看看

冯丽在端午小长假时回了趟老家。一百公里的路,因为拥堵,车子开了三个小时。平时忙,儿子要读书要补课,分身乏术,也只有在这节假日里才有那么点儿的时间。

他们先去的是公公婆婆家。公公婆婆念叨孙子已经很久了,听到孙子电话里告诉他们已经在路上了,公公婆婆激动的声音顿时像要从手机里蹦出来:"太好了,太好了,"又不无责怪地说:"你们怎么也不早点说,没什么菜给你们准备呀!"丈夫张伟说:"没关系,我们有什么吃什么,不提前和你们说,就是不想让你们多准备。"

在公公婆婆那里吃了个午饭。

饭后,冯丽说:"我想去趟我家。"冯丽说的,是她自己的家。张伟没有异议。他们上车,和公公婆婆暂别,车子开在马路上,十几分钟就到了冯丽的家。

冯丽回家，主要目的是去看看爷爷。

冯丽的爸妈还在城市里打工，这次因为加班，也没有回来。爷爷是一个人住。这一晃，奶奶已经过世快十年了。

冯丽下了车，很大声地敲爷爷的门。

爷爷的耳朵不好。爷爷从屋子里出来，因为已经是夏天，穿着背心、长裤，裸露在外的臂膀，能清晰地看到骨头从薄薄皮层间的凸起，消瘦得让冯丽看得辛酸。

儿子欢快地叫着："太爷爷。"

爷爷看着自个儿的孙女孙女婿和重外孙，很激动，说："你们怎么回来了？你爸妈说，他们要加班，这次不回来了。"爷爷助听器的声音听起来嗡嗡嗡的。

冯丽说："我知道。爷爷你好吗？看你好像又瘦了，这几天是不是很热？你还是尽量少出门……"

爷爷说："现在我也不敢出门了，前几天我走着路，脚一软，差点就摔跤了。这年纪呀，老了真的就退化了。"

爷爷说着，还自嘲似的笑了笑。笑得有几分苦涩。

算起来，爷爷已经88岁了。

冯丽陪着爷爷聊了会儿，又想起了什么，说："爷爷，你等我一会儿，我去去就来。"他们开动了车，车子上了路，到了冯丽一个同学家。

前些天，同学在朋友圈晒了几只鹦鹉的图。

冯丽说:"我可以买一只吗?"

同学说:"买就见外了,我送你一只好了。"

冯丽带着一只鹦鹉回来了,连带着鸟笼和朋友送的鸟食。冯丽教爷爷怎么给鹦鹉喂食,还可以教鹦鹉讲话。有鹦鹉陪着爷爷说话,这样爷爷就不孤单了。

爷爷饶有兴致地听着。

这一晃,一下午就过去了。

张伟的手机响了好几回,是公公婆婆打来的。他们在问,晚饭准备好了,什么时候回来?孙子难得回来一趟,公公婆婆这是想孙子了。

他们坐上车,车子开出了一段路。

冯丽说:"我好想陪爷爷喝一次酒。"

冯丽说着,眼泪就下来了。

张伟把车子掉转头,说:"我们去接爷爷吧,去我家。你陪爷爷喝个酒。"

这一晚,冯丽喝得很尽兴,爷爷喝得也很开心。不记得有多久,冯丽没有和爷爷一起喝酒了。冯丽最早喝酒,是她还是个孩子时,坐在爷爷的身边。爷爷喝着酒,筷子在酒杯里沾上了一点点的酒,放进了冯丽的嘴巴里。冯丽的小嘴巴砸吧砸吧着,眉头就皱了起来。然后,爷爷奶奶,爸爸妈妈,一桌子的人都呵呵呵地笑了起来。这些,都是后来爷爷告诉冯丽的。爷爷不无疼爱的眼神,看着自个儿的孙女。

张伟将爷爷送了回去,再回到家,冯丽还没睡,脸红红的,眼圈红红的,说:"爷爷老了,爷爷老了,我爸给我发微信,让我多陪陪爷爷,我……"

张伟轻轻拍了拍冯丽的肩,说:"接下来儿子的暑假,补课的间隙,我们多回来走走吧,看看你爷爷,也看看我的爸妈。"

冯丽用力点着头,这一点,荡漾在眼眶间的眼泪就下来了。

万物生长

冬天，外公的病似乎已经到了关键的阶段，像一场僵持太久的战役，是不是，要到一个了结的时候了？

外公隐约还能认出我。

我低身蹲在床边，轻轻地叫，外公。

外公的头没动，眼神却是朝我身上瞟了一眼。

外公得的是脑梗。先是脑子反应不过来，人忘事了，糊涂了。身体机能不听指挥了。脸歪了，讲不出话了，人也都认不真切了，半个身子不听使唤了。

外公就整天整天地躺在床上了。看得出来，很难受。

特别是大小便已经不听使唤了，小便可以用成人尿不湿。大便就不行了。外婆、母亲，或是舅舅，走过外公躺着的床边时，闻到了一股浓重的味儿，就知道了，外公一定是大便了。

外婆忍不住会叫唤几声，说，你这死老头子，怎么不说一声呢！

外公呜呜呜地，似乎是在解释，又完全解释不清。已经脑梗的外公，他哪里还能知道是不是大便小便了呀！

母亲不会说什么。

舅舅也不会说什么。

其实外婆说什么，也不是抱怨，外婆也是难过，难过相濡以沫数十载的老头子，怎么好端端地一下子成这样了呢？

细心帮外公收拾过后的外婆，走到外面时，眼睛都是潮潮的，像这南方潮湿又冷峻的冬天，西北风呼呼地卷着，吹起了外公帮助舅舅搭建起的围墙上的一个铃铛，铃铛"叮铃""叮铃"清脆地响。

外公得病后，只对我有反应。

小的时候，外婆、母亲他们都说我像外公，外公的脾气闷闷的，不善言谈。我也是闷闷的，不爱讲话。

外公也对我脾气。

每次我和母亲去外公家。外婆和母亲讲着话儿，外公就笑眯眯地拉着我出去玩。别人都说，你外孙啊？这么大啦，挺可爱呀。外公笑笑，嘴巴里似乎在说什么，总之内心是无比欢欣的。外公还爱带着我，从一家走到又一家，像要把队里的左邻右舍都走个遍。大家也都知道我上外公家来了。

再逢我随母亲快到外公家时，看到相熟的邻居，邻居就说，一会儿，你外公一定又要带你来玩了。

后来我读中学了。去外公家的次数少了些。每次，我去外公家，外公总拿出好吃的糖果、云片糕给我吃。我说，我不吃，你给表妹吃吧。那个时候，舅舅的女儿、我的表妹刚上小学。那个时候，我其实已经不大喜欢吃糖果了。我知道，外公经常去外面给结婚的人烧菜，烧完菜，经常他们给些糕糖。估摸着外公就给了表妹一些，其他的，留着给我吃。

表妹还是看出，外公对我，和对她是不一样的。

表妹就撅起了嘴巴，说，爷爷，你偏心。

外公说，我怎么会偏心呢，一个是我孙女，一个是我外孙，我是对你俩一样好呀。外公说话的时候，还朝我眨了眨眼睛。

工作后，我去看外公的机会就少了，像一只纷飞的鸟儿，鸟儿越飞越高，也越飞越远，直到在天空中变成了一枚看得见又似乎看不见的黑点。

外公脑梗后，我回来的次数多了。

每次去看外公，我都能感觉到外公的变化。

外公的身体机能问题越来越多，尽管外婆他们每天都按照医生的意思去为他擦洗身子，为他做一些理疗。

外公也彻底老了。头发，几乎全白了。眼睛，越来越浑浊了。

走出房间，我鼻子酸涩地问母亲，外公会好吗？母亲没有讲话，眼睛红红的。我不由得暗自哀叹,我问了一个傻问题啊!

外公过世那天,天很冷,还下了一场雨。急骤而下的雨刷刷刷地,把那些要走出去的人,都劝回了外公躺着的那个屋,让大家最后再陪陪外公。

我的妻子,挺着大肚子,也捂着大肚子,朝着静静躺着的外公鞠了三个躬。

春天的时候,我的女儿出生了。

女儿像一棵茁壮成长的花儿,一岁,两岁,三岁……,在绚烂地生长着。

女儿五岁时,我带她到了外公的墓前。

女儿稚声稚气地问,爸爸,这是谁呀?

我说,这是我外公。

女儿说,外公?我见过吗?

我说,见过吗?当然了。

我抬头看着天空,一只飞过的鸟儿身后,还有一只鸟儿跟着飞过来,扑扇扑扇着。

心有明月,万物有光

天刚蒙蒙亮,他就起床了,打开漏着风的门。包裹早已打理好,几件破旧的衣服,几个硬邦邦的窝窝头,是他全部的家当。他还犹豫了下,回头看了一眼,那熟悉的破旧的屋,熟悉的周围的一切,还看到了头上的一轮明月。终于微微叹了口气,踏着月光指引的路,缓缓向前走。

路面不平,都是小路,这么个崇明岛上,又有什么好的路呢。他循着方向,往西走。他要从崇明岛的东部,一直走到西端。到了西端的一处,隔着条长江,相对离上海近些,只要到了上海,那离他的目的地——香港,也就近了。

崇明岛太大,从东到西,他辗转地整整走了三天。他啃完了窝窝头,渴了,去河边喝上口水。他也去找过人帮助,也有人帮他,递上些食物。他再三道谢。

一处岸边,有去上海的小船。他踏上了小船。他没有什么钱,被赶下了船。他恳求,他说,哪怕是我来帮你们摇船。

他摇了半个月的船,抵消了坐船的费用。

到了上海,香港还是遥不可及。他一脸茫然,想,香港在哪里?又怎么去呢?他想破了脑袋。

历经了太多的艰辛。

他走走停停,花了大半年的时间,终于到了香港……

那一刻,香港爷爷坐在我的面前,看着我,缓缓地向我描述着抗日战争时期,他去往香港的历程。

那时候,是十年前,香港爷爷87岁,精神还不错,道起这段往事时,精神尤为振奋。香港爷爷知道我写点小说,找到我,细数那段不堪回首的往事。香港爷爷脸上沟壑密布,像他过去数十年历经沧桑的年华。

香港爷爷说,你写小说,好!

我笑笑,说,爷爷,您这段往事,对我的触动是非常大的。以前我关注到的,只有一些书上别人写的文史资料,而现在您讲的,却是活生生的经历。

香港爷爷站起身,又重重地说了声,好!他要来来回回走几步路,坐久了他是要走走的。

香港爷爷来到了客厅，二舅家底楼的一间屋里，墙上挂了一张黑白照。香港爷爷凝视着照片，很久很久，每次，香港爷爷都要看这照片好一会儿，一脸肃穆的表情，看得眼圈红红的。

那是早逝的外公的照片。

外公这么早离世，香港爷爷是主要原因。外公与香港爷爷是亲兄弟，香港爷爷是兄长。

香港爷爷那时突然离开，整个家都留给了外公。外公要照顾年老的长辈，要忍受动乱时代的煎熬。香港爷爷还被诬陷说是投了共产党，外公因此被抓去，还被打瘸了腿。外公后来的过早离世，与这段往事不无关联。如果香港爷爷不走，外公也不会被打。有什么事，兄弟俩都可以一起扛。

香港爷爷每次一想到这，就悔恨无比。香港爷爷跪在外婆的身前，说，都是我错，都是我的错！

外婆说，不怪你。

舅舅、妈妈他们也说，不怪你伯伯，要怪，也怪那段不堪回首的岁月。

这些年，香港爷爷每年行走在香港与崇明之间，一年两到三次。每次，他都要住上十天半个月。

香港爷爷说，香港回归祖国那一天，前三天后三天，他都兴奋得睡不着觉。

香港爷爷说，这些年，祖国的变化，他都关注在心。

香港爷爷还说，那时的祖国，要是像现在这样和谐太平，他也不会逃难去香港了，也不会后来连累弟弟了。

说到此，香港爷爷抑制不住的，眼圈又红了。

前年夏天，我们和表姐一家去了趟香港，去旅游，也为看看香港爷爷。这两年，香港爷爷已经无法走动于香港与崇明之间了。

香港爷爷在住所由保姆照顾着，吸着氧气，神色不佳。香港爷爷拉着我们的手，说，有可能，我们是最后一次见了。很快，我又要回来了。

我们的眼圈瞬时红了。

香港爷爷说的"回来"，是他的落叶归根。

若干年前，香港爷爷就在我们岛上的新开河火葬场旁的墓园，买下了一块墓地。那块墓地，有外公，有香港爷爷，还会有外婆。

去年，香港爷爷走了。

今年，香港爷爷回来了。

香港爷爷是微笑着过去的。香港爷爷说，我的将来，一定要回到我生长的地方，心有明月，万物有光。香港爷爷照片上的笑，感动着在场的每一个亲人。

港口，有一个老人

李干去香港旅游。香港是个好地方。老婆说，是购物天堂嘛！

李干心里在想着事儿，还有人。有一会儿，李干听到了老婆的话。李干说，好哇，那我们就去天堂吧！

此刻，天还亮亮的。

李干和老婆的眼前，就是香港维多利亚港，看着身边来来往往的人，有往港口方向去的，有从港口那边走过来的，每个人的脸上，有浓重表情的，也有平淡表情的，说着话，或是若有所思，一一走过去。

远远地看到一个老人，老人站在港口的一处，一个人凝神注目着远方。远方，一片蔚蓝的海。老人这是在等什么人，还是在想什么事儿呢？

李干和老婆走过去。

李干不经意地转头看了老人一眼。

老婆注意到了，推了李干一把，说，看什么呢？看美女吗？

李干说，看什么美女啊，哪个美女有你美呀。

李干的老婆，是个大美女。李干和老婆是校友，作为校花的老婆可没少被人惦记。李干追老婆，费了老大的劲儿。那么多双眼睛虎视眈眈的，李干硬是杀出了重围，将校花娶为老婆。

对李干的说法，老婆鼻子里哂了一声。

维多利亚港上的人很多。风吹在身上，舒服。李干放松地伸展了下腰。

晚上，李干和老婆住在港口旁的一家宾馆里。

房间里，李干和老婆讲着话。讲着讲着，老婆说困。老婆打了个哈欠，仰躺在床上，很快就睡着了。李干躺在老婆身边，睡不着。李干在想一些事，还有人。李干站了起来，窗外，是灯火璀璨的港口夜景，很美。

李干从宾馆走出去，数着步子往港口走，一二三四五……港口的一处，老人还在。老人就这么呆呆地站在那里，看着远处的海。李干来到了老人身边。

有一会儿，老人没发现身旁的李干。李干说了声，你好。老人反应过来。

夜色中，老人看了眼李干，说，有事吗？李干说，我看见你，一直发呆，是有什么事儿吗？老人说，哦，我在等一个人。老人又说，你是内地人？李干说，是的。老人说，我也来自内地，有一些年了，我等的人，最早也来自内地。李干笑了，那种碰到亲人的笑。李干说，那你们没约好时间吗？老人说，约好了。李干说，那你打电话问问哪。老人说，她呀，没电话。李干笑笑。李干说，那你慢慢等，我去吹吹海风。李干去了港口近海处。风刷刷刷地猛吹，吹到李干脸上，吹到李干的耳膜上，连响个不停的手机铃声都没听见。

第二天，李干很早就起来了。

李干喜欢跑步。李干跑得快，老婆跑得慢。跑着跑着，老婆跟不上了。李干等老婆，老婆说，你先跑吧，我等等走过来。

李干跑到港口，又看到了老人。老人还呆呆地站在港口处，呆呆地看着海面。李干说，你还在等，昨晚你没回去吗？老人说，回去了。李干说，那个人，是从海面上坐船过来吗？老人说，不是呢。李干愣了愣，说，难不成那个人是游过来吗？李干正说着，老婆慢慢地走过来了。李干给老婆介绍老人。李干说，他昨天到现在，都在等一个人呢。老婆对老人说，你好。老人也说，你好。

这一周度假的最后一天。

李干他们是下午的飞机，回上海。

上午，李干和老婆又去了港口。港口的景致，也是香港的一大特色。他们又看到了老人。老人还那么站在港口。

李干说，你还在等吗？老人说，是的，我必须等到她。李干说，这个人是谁，对你这么重要？老人说，她是我老伴，当然重要了。李干说，那她，是出去了吗？老人说，是的，她就在这大海里。李干愣了下，说，大海里？老人说，对，我把她撒在了大海里——是她自己说的，她离开的时候，她要回到大海里。她的老家，是内地的一个渔村，她说，这样她就可以回家了。老人又说，年轻的时候，我们老吵架，吵得天翻地覆不可开交，满心以为离了谁都能好好地过，现在发现，没有她，我根本活不下去。老人还说，她离开，到今天，刚好三十天。老人一脸泪汪汪。

　　海风吹过的时候，李干的手机振动了几下，他狠狠地摁掉了，伸出的手，拉住了老婆的手。

晚上的声音

正是冬天。晚上夜深人静，老刘一个人在屋内，关了灯，躺在床上睡觉。

老刘听到了一点声音，是从窗外传来的，老刘仔细地听，似乎是对面老太太痛苦的声音。老太太今年八十多岁了，也是一个人住。老太太身子骨看起来挺硬朗的，平时楼上楼下缓步在走，走得小心翼翼，唯恐踏空了楼梯。

老刘又听了一会儿，毫无疑问，肯定是老太太的声音。有时，楼道里，老刘碰到老太太，会打上一句招呼，出去啊？老太太说，是啊是啊——

想到这，老刘赶紧摁亮灯，噌地从被窝里坐起来。老刘穿上衣裤，有寒意袭上身，忍不住打了个大大的喷嚏。

老刘打开门，又敲了对面老太太的门。

老刘说，老太太，睡了吗？

老太太没有声音。

老刘把头靠在门上，透过门，依稀听见老太太痛苦的声音，一声长一声短，此起彼伏。

老刘去敲了楼上邻居的门，又敲了楼下邻居的门。楼道里的灯亮着，邻居们穿着衣服都出来了，到了老太太家的门口。

楼上的大赵，楼下的小方他们都靠在门口听，果然，听到了屋内的声音。小方赶紧拨了120，请他派救护车来。大赵他们几个，也联系了小区物业，物业说，马上派人来打开门。

物业的人来了，门打开了。

几个女人进去，开了灯，看到了蜷缩在床角、捂着肚子一脸痛苦的老太太，她们赶紧把老太太扶起来。

救护车到了，医护人员在邻居们的招呼下，抬着担架进了屋，抬着老太太出了屋。

事后，医生说，如果不是发现得早，老太太恐怕就没了。

老太太的儿子买了好多东西，上了老刘家的门。老太太的儿子住得远，也不常来看老太太，老太太的儿子拉着老刘的手，说，刘叔，感谢您啊，若不是您，我妈可能就没了。我的这点小心意，请您收下。

老刘一脸无功不受禄的表情，说，别，别，其实我也没做什么，邻居之间相互帮助是应该的,不用客气,不用客气的……

好说歹说的,老太太的儿子还是留下了那些礼物,倒是老刘,连连说,不好意思,不好意思啊。

老太太是半个月后出院的。

出院后,老太太的儿子,给老太太白天请了个保姆,晚上,老太太还是一个人住。

隔了一两周,晚上,老太太又出状况了,还是老刘发现的,老刘第一时间通知了楼上楼下的邻居们。又是找物业,又是打120。

再到第三次,老太太出问题,又是老刘发现的。

风言风语一下子就来了。

老太太还住着院。老太太的儿子虎着脸闯进了老刘家的门。老刘的儿子也早听到了风声,也回来了。

房间里,坐着老太太的儿子,老刘的儿子,还有老刘。

老太太的儿子不叫老刘刘叔了,冷着脸直截了当直奔主题,说,我也不和你绕圈了,说说吧,你和我妈到底怎么回事,是什么时候开始的,你们又想干什么?

老刘的儿子也冷着脸,静静地坐在那里听。

老刘今年81岁。年龄,倒是和老太太相近。

老刘看了老太太的儿子一眼,又看了自己的儿子一眼,老刘一向柔和的脸上,表情突然变得坚决起来。

老刘说，我和老太太，没有任何事情，你们千万不要胡说。

老太太的儿子说，那我妈妈有事，你为什么每次都知道？

老刘的儿子看着老刘，嘴里没有说话，眼睛里似乎带着同样的疑问。

老刘说，这个问题啊。

老刘指指窗，说，你们看到吗？

两个人纳闷地看着老刘。

老刘指的那个窗，是扇打开的窗，时不时地还有风进来，让房间变得冷飕飕的。

老刘说，这窗啊，我晚上也开着。再冷的天，我也不关。

老刘说，我怕啊，我这么大年纪了，一个人住，也没人来照顾我，要是有个什么好歹，我就把窗开着，到时我的声音别人也能听见也能来帮助我，谁知道，我听到了老太太的声音……